# 불어오는 바람 1
### 장박골의 아침

최문경 대하장편소설

# 불어오는 바람 1

## 장박골의 아침

문예바다

# 5·18 연가

이근모

저항 아닌 선각의 땅에서 불렀던 노래는
위대한 사랑의 노래였다

가로등 불 밝힐 수 없었던 어둠의 세기에
홀연히 일어선 점화의 횃불
한 사람을 위한 가로등이 아닌
만인을 사랑하는 가로등 이고저

그날의 함성은 제 살을 녹여 불 지핀 성화였고
80만 시민, 심장의 피를 마시고 피어난
새빨간 장미의 눈물,
뜨겁게 입 맞추는 민중의 아픔이었다

어두운 밤 저마다 깨어나
거리마다 민족의 역사를 새겼던
그날의 함성 흘러 어언 40년

위대하여라,
한때는 모독당한 역사의 양심에서
군홧발에 왜곡된 시민의 눈물이었지만
임을 위한 행진곡이었기에
나라를 위한 혁명의 불꽃으로 타오를 수 있었다.

여기 불멸의 역사가 있어
그날의 함성 하나까지도 놓치지 않고
역사의 제단에 새기며

자유로써 자유를
정의로써 정의를
민중으로서 민중을 사랑하기에

경건한 가슴에 손을 얹어
투혼의 영혼 앞에 무릎 꿇고
대한의 대지를 힘껏 끌어안노라

오, 창대하여라,
역사에 사는 5·18이여
천년만년 더불어 사는 민주여, 사랑이여.

| 목차 |

작가의 말 ·································································· 10
인물들의 줄거리 ······················································ 22
결말 ········································································· 48


1부. 고향으로 귀향하다

  1. 고향으로 귀향하다 ············································ 52

  2. 장박골의 아침 ··················································· 58

  3. 선영의 장대함 ··················································· 63


2부. 드디어 올 그것이 왔다

  1. 드디어 올 것이 왔다 ········································· 68

  2. 푸른 무등산, 사슴의 눈빛 ································ 74

  3. 불어오는 바람 ··················································· 80

  4. 무등산은 말한다 ··············································· 93

## 3부. 미친 돌풍의 눈은 무엇이란 말인가

1. 미친 돌풍의 눈은 무엇이란 말인가 ·········· 106

2. 녹차 밭에 오르다 ·········· 113

3. 어머니의 영혼을 가꾸다 ·········· 117


## 4부. 하늘은 알 것이다

1. 햇차를 마시다 ·········· 128

2. 하늘은 알 것이다 ·········· 138


## 5부. 칠 년 전, 그날을 떠올리며

1. 칠 년 전, 그날을 떠올리며 ·········· 158

2. 기억을 더듬다 ·········· 165

3. 푸른 강 저쪽 ·········· 173


## 6부. 6월, 항쟁의 불꽃이 타오르다

1. 생명의 저항 ·········· 186

2. 유인물을 배포하다 ·········· 197

3. 독서실에 계엄군이 들이닥치다 ················ 205

## 7부. 아, 오월의 아침

  1. 아, 오월의 아침 ···································· 214

  2. 어제 일을 알다 ····································· 217

  3. 칠 의형제들, 책보를 둘러매다 ················ 227

## 8부. 밤의 등불이 되다

  1. 밤의 등불이 되다 ································· 236

  2. 꿈을 꾸고 나서 ···································· 241

  3. 눈을 떴다 ············································ 247

## 9부. 금남로는 사랑이었다

  1. 기억과 애도 ········································· 252

  2. 금남로는 시민들의 사랑이었다 ·············· 256

  3. 민주화의 거리 금남로 ··························· 262

## 10부. 여자를 살려야 한다

1. 여자를 돕다 ················································ 270

2. 여자를 살려야 한다 ······································ 276

3. 두 사람이 어딘가 닮았다 ······························ 282


## 11부. 출구는 어디에 있는가

1. 출구는 어디에 있는가 ································· 286

2. 민정이를 죽게 할 순 없어 ··························· 293

3. 내가 누구인가 ············································ 296


## 12부. 득량댁의 봄

1. 득량댁의 봄 ··············································· 304

2. 조막손의 힘 ··············································· 307

3. 누님으로서의 사죄 ····································· 310


**해설. 44년 세월을 견딘 저항과 통곡의 서사** ············ 322
  – 최문경 대하소설 『불어오는 바람』
  / 김종회(문학평론가, 전 경희대 교수)

| 작가의 말 |


대하 장편 소설 9부작 '불어오는 바람 소리'는 1992년~1998년에 광주시민 일보(현:광주 시보)에 '수채화 속의 나그네'로 8년 연재했던, 후속 작품으로 10부작에서 1권 '수채화 속의 나그네'(2018년)를 먼저 출간하고 이번에 9권을 출간하게 되었다.

1980년 5·18 민주화 운동 당시의 주인공 시점에서, 6월 민주항쟁 이어 전두환 제5공 정권 말기와, 노태우 제6공 정치 시절인 1988년 국회 광주청문회로 알려진 시점으로 마무리된다.

5·18 민주화운동 연장선인, 1987년 6월 민주항쟁으로 탄생한 제6공화국의 기원이 바로 5·18의 투쟁과 희생이었기에 너무도 당연한 귀결이었으며 국민적 열망이기도 했다.

국회는 5·18 광주민주화운동 진상조사 특위를 가동했다, 광주청문회가 시작되고, 그간 폭동, 유언비어, 간첩 등으로 호명됐던, 80년 5월의 실상이 공중파를 통해 생중계됐고, 시청자들은 그 충격적 실체와 진실을 알고 나서 분노로 경악했다. 국회 광주청문회에 대한 국민적 관심이 폭발하자, 노태우 정권은 그해 11월 전두환의 사과 성명을 내놓았다.

저자인 나는, 당시 예비작가로서 광주시 광산동 72번지인 전남도청 정문 옆에 살면서, 1980년 5월 18일부터 27일까지 열흘간의 신군부 '군'의 만행을 직접 보았다. 그것이 1991년 문예지 '표현'에 이어 1999년 광주매일신문 신춘문예 소설 부문에 당선되었다. 91년 문예지를 통해 데뷔하면서, 그 이듬해인 1992년에 쟁쟁한 경쟁자들을 물리치고 광주시민 일보(현:광주 시보 8년) 연재를 시작했다.

당시 5·18의 주도 세력인 신군부의 영향력이 사회 곳곳에 미치고 있었던 시기여서 글을 쓰는 데 어려움이 많았다. 시보 편집자의 엄격한 간섭과, 제재에 연재가 중단될 뻔한 위기가 여러 번 있었지만, 그때마다 기지를 발휘하여 간신히 명맥을 이어가곤 했다.

나는 연재를 끝내고 책으로 묶을 때 통제받았던 부분을 다시 써낼 요량이었는데, 현장 증언자로서 만족할 만한 성과가 나오지 못했다는 판단에 출간을 뒤로 미루고 또 미뤘다.

광주청문회가 열린 지 올해 무려 45년이 지났다. 국회 청문회 등 여러 차례 공식 조사에서도 발포 명령자와 암매장 등 핵심 사안이 미완으로 남아 있는 상태로 5·18의 최종 학살자가 기어코 세상을 떠났다.

돌이켜 보면 작가인 나는 너무 오랫동안 그들의 주변을 서성거렸다. 그렇지만, 그 사이 당시 5·18의 시위 진압군들이 양심고백, 폭로 등 결정적 증거들이 하나둘씩 밝혀졌을뿐더러, 2023년 전두환 전 대통령의 친손자 전우원이 국립 5·18 민주묘지를 찾아 참배한 것은, 노태우 전 대통령 아들 노재현 씨 이어 두 번째 전씨 일가 중 최초이다. 그를 고 문재학 열사의 어머니 김길자 여사, 김태수 총상 부상자, 김관 구금 피해자 등이 전우원을 따뜻하게 맞이한 것 또한 내가 출간을 지체한 이유 중의 하나일 것이다.

1980년 5월 17일 신군부의 비상계엄 전국 확대에 이은, 5월 18일 신군부 '군'의 폭력적인 시위 진압으로 촉발된 5·18 광주민주화운동은 21일 집단 발포 후 퇴각, 그러나 27일 새벽, 개시된 계엄군의 상무충정 작전으로 끝이 났다.

그러나 천주교 광주대교구 정의구현사제단의 단식으로부터 시작되어, 서울 명동 성당 사제단이 전국 곳곳에서 민주화의 불꽃을 피워 올려 5·18 광주민주화운동이 6월 민주항쟁으로 이어지면서 한국의 민주주의가 자리를 잡았다. 공식으로 인정된 기록물인 영국의 '대헌장' 프랑스 혁명의 '인권 선언' 등과 같이 유네스코 세계기록 2011년 등재됨으로써 5·18 민주화운동의 의의를 갖는다.

연재를 시작한 1992년 시점에서 마무리되는 1998년까지, 열한 사람의 주인공들이 각자 장편 소설 한 권 분량으로 5·18 민주화운동의 아픔 속에 사는 이들의 증언, 증거, 사실에 입각, 이들(주인공)을 통해 진실한 목소리를 담아내고 있다.

43년 전까지만 해도 우리나라는 군부에 의한 잔혹한 국가폭력들이 만연했다. 그것들의 진실을 밝히고 피해자들의 명예 회복과 그들이 기억하고 있는 한 분, 한 분의 아픔과 희생을 공감하고 존중해야 할 것이다.

5·18 민주화운동을 무력으로 진압하고 대통령이 된 전두환 씨는 헬기 사격을 부정하고 5·18을 폭동으로, 5·18 민주화운동 유공자들을 빨갱이로 비하하여 사자 명예 훼손 혐의 유죄 선고 받았지만 그는 사죄 없이 눈을 감았다.

극우 보수세력, 그 일배들은 5·18 민주화운동을 북한 특수군이 내려와서 참여했다. '빨갱이짓' 이라고 왜곡. 폄훼를 일삼는 등 말도 안 되는 소리를 주장하다가 실형 선고를 받아 구치소에 수용되었다.

5·18 민주화운동 당시 북한군은 단 한 사람도 광주에 속해 있지 않았다. 그것은 왜곡이며 광주시민의 명예를 훼손한 사람의 넋두리였다. 당시 광주에 속해 있었던 사람은 오히려 신군부 계엄군이

었으며, 그들은 마치 광주가 자신의 손아귀에 쥐어져 있는 듯 행동했다. 그것은 일종의 폭정이었다. 그들의 폭정은 시작에서부터 지금까지 끝이 없는 정체와 고통으로 일관되었고, 선량한 시민들의 가슴속에 살아 숨 쉬는 5월을 통째로 짓밟았다.

성스러운 민주화운동에 북한군을 개입시킨 것은 참으로 터무니없고 황당한 난센스다.

사실 자체도 틀렸고, 신원 미상자는 모두 북한군이라는 논리도 터무니없다. 그것은 민주화운동의 정의를 자의적으로 해석해서 5·18 민주화운동을 폄훼하려는 비열한 왜곡 발언이다.

5·18 민주화운동은 신군부 계엄군의 폭동 진압으로, 민주주의 운동이 열흘 만에 종식되었다. 설사 장기화했다고 할지라도, 한 도시에서 일어난 사건에 북한이 특수부대 군인들을 대거 내려보내는 것은 있을 수도, 상식적으로 용납이 안 되는 주장이다. 어디까지나 소문에 불과한 얘기를 증거나 확인 없이 그대로 전달하면서 44년이 넘게 거짓이 진실이 되어 광주민들에게 상처를 줬다. 미국의 중앙정보국 CIA의 비밀정보문건에도 북한군의 개입설은 없었다고 했다. 80년대 말부터 5·18 민주화운동 연구, 논문 등에서, 많은 서술이 이루어졌고, 그 당시 발간된 저서의 내용들은 훼

손되지 않고 진실에 충실한 편이었다.

광주시민들이 총기를 탈취했다는데, 탈취가 아니고 지원받은 것이다. 상황이 너무 급하니까, 절실하니까 계엄군과 대응하기 위해서 시민들이 나서서 무기 필요성을 얘기하고, 지원 받은 것이다. '시민군'에게 폭도들이니 무기 탈취니 하는 문장도 적합하지 않다.

작가 지망생이었던 나는 5·18의 민주화 운동 열흘간을 지켜보았고, 겪었다. 1980년 5월 23일, 25일, 26일 범국민 궐기 대회 때마다 참여했다. 상무관 안치소의 피 묻은 태극기와 거적때기로 덮여 있는 싸늘하게 식은 소중한 영혼들을 보면서 주변 사람들과 목 놓아 울었다.

그리고 노트에 옮겼다. 광주시민들이 무슨 잘못을 했다고, 순진무구한 '시민군'을 폭도라는 누명을 씌워 칼로, 총으로, 군홧발로, 헬기로 짓밟았다. 광주에 '북한군'이 한 사람도 소속되어 있지 않았듯이, 광주시민은 5·18 민주화운동에 '폭도'로 소속되지 않았다 폭도는 신군부 지휘부 전두환 사령관이었다.

1980년 5월 18일, 신군부 세력들이 광주에 점령군처럼 쳐들어와 시민들에게 폭력을 행사하였다. 군부의 총칼 앞에 어린아이,

소년, 소녀, 학생, 임산부, 젊은이, 어머니, 아버지, 오빠, 누나, 동생, 할아버지와 할머니 장애인들이 희생당했다. 내 부모, 형제를 다 죽이는데, 그런데 불구경만 하고 있을 사람은 없을 것이다. 급하니까, 군부에 대응하기 위해 경찰서를 찾아가 무기의 필요성을 얘기하고, 그것을 지원받았다.

 무기 창고 문을 열어 놓은 것을 보면서, 이 또한 응원하는 것으로 무기고 창고를 비워 둔 것이라 여기고 가져온, 어쩌면 손에 쥐여 준 것이나 다름없는데, 무기 탈취라니. 그런 무지한 막말이 어디 있단 말인가.

 천인공노할 신군부 전두환 정권의 학살에 맞대응하고 민주주의 인권을 지켜낸 훼손되지 않았던 대한민국의 역사와 민주주의에서 5·18 민주화운동은 실로 커다란 의미와 가치를 내포하고 있다.

 5·18 민주화운동 44주년이지만, 아직 진상규명이 충분하지 않다. 헬기 사격 등 새롭게 진실이 밝혀지고 있지만, 발포 명령체계와 명령자, 헬기 사격, 전투기 출격 대기, 민간인 학살 규명 및 암매장 등이 남아 있다.

 당시 광주 전일빌딩에서 발견된 수백 개의 총탄 흔적을 계기로 1980년 5월 21일 전남도청 앞 집단 발포의 책임자를 추적, 이 작품으로 5·18 민주화운동의 정신과 의미를 시민과 함께 나누고 공감하는 기회가 되길 바란다.

 이 대하 장편 소설은 보성군 2개 읍과 10개 면을 중심으로 하여 문덕면의 '주암호'를 소재로 쓰여졌다. 소설 속 열한 명의 주인공들은 하나같이 현장 증언자고 파수꾼이다.
 1980년 5월 국민을 지켜야 할 신군부 '군'이 광주시민의 가슴에 총부리를 겨누고 무차별적인 학살과 폭력을 가한 사실에 주인공들은 물러서지 않고 스스로 무장을 하고 불법적인 신군부 폭력적인 군부 집단에 맞서서 저항한다.
 이날 새벽, 신군부는 상무 충무작전에 실패한다. 하지만, 천주교 광주대교구 정의구현사제단의 단식투쟁으로 시작된 6월 민주항쟁에서, 무고한 광주시민을 학살하고 들어선 5공화국의 독재에 항거, 5·18 광주 민주항쟁 때 국가폭력 사태의 진상을 규명운동을 하면서, 전두환의 만행이 알려지고, 역사적 책임과 대의뿐 아니라 그들의 욕망과 인간적 감정으로 이끌어 가지만 신군부 계엄군은 5월 27일 새벽, 실패했다. 그러나 5·18 민주화 운동이 6월 민주항쟁으로 이어가면서 민주주의를 불러온 것이다,
 5·18 이후 간선제를 통해 대통령이 된 전두환은, 정부 비판을 하지 못하도록 신문, 방송 등 언론 통제, 시위 탄압, 박종철의 사

망, 조작, 은폐, 이한열 열사의 사망 등, 시위 확산(직선제 요구) 6월 민주항쟁으로 이어졌다.

전두환 정부는 노태우 후보를 앞세우며 직선제 요구를 받아들이면서 군사정권은 막을 내렸다.

대하소설은 이 시점으로 마무리된다.

팔 년 전, 5·18 민주화운동을 했던 열한 명의 주인공들이 각자, 주인공으로 5·18의 역사적 책임과 대의뿐만 아니라 인물들의 욕망과 인간적 감정 이끌어간다, 광주민주화운동 열흘째 되는 5월 27일 새벽, 신군부 계엄군이 재진입으로 (상무 충전 작전) 전남도청이 점령된다. 전남도청 안에 있던 시민들이 사살되거나 상무대 505보안대로 끌려간다. 하지만 5·18 민주화 운동은 끝난 것이 아니다. 시민들은 천주교 광주대교구 정의 구현 사제단과 함께 6월 민주항쟁의 참여하면 민주주의를 일구어낸다.

소설은 1980년에서 1988년 광주청문회를 알려진 마지막 시점까지 특정 사료(5·18 민주화운동)들이 선택되고, 현재적 성찰은 허구와 팩트의 조합되는 과정을 거쳐 작품이 집필되었으며, 이 과정에서 필연적으로, 사료들에 의해 재창조되었다.

대하 장편 소설 '불어오는 바람'은 보성군 문덕면 주암호를 중심으로 쓰였다. 시가(시댁) 인 보성군 문덕면 봉정(외얏동)마을이

1979년 주암호로 인해 수몰되면서 취재를 시작했고, 1980년 5월 18일, 5·18 민주화운동 당시, 광주시 광산동(전남도청과 충장로 입구) 72번지(가족이 7년 거주). 27일에는 계엄군들이 쏘아대는 총탄이 우리 집 지붕을 날아다니며, 지붕을 뚫었다,

당시, 경상도 말을 하는 군인이 총으로 대문을 밀고 들어와 물을 달라고 했다. 집 마당에는 작두샘이 있었다. 물그릇을 집어 든 나는, 너무 놀라서 물그릇(놋대접)을 떨어뜨렸는데 그 군인이 다시 집어 내 손에 놓아주면서 말했다.

"놀라지 마이소. 군인입니더." 했다.

그들은 하나같이 일반 병사들이었다.

당시 나는 5·18 민주화 운동 열흘 동안, 총탄이 쏟아지는 전남도청 앞에 나가 학생들과 시민들에게 먹을 것을 전하고 더러 그들의 상처를 감싸주며 같이 분노하고 같이 울기도 했다. 나는 그 내용을 1992년 광주시민 일보(현:광주 시보) 연재를 시작하여, 1998년 마무리하게 된다.

연재소설이라 하지만, 당시에는 전두환 말을 함부로 하거나 글을 쓴다는 것은 있을 수가 없었다. 내가 취재한 사료와 쓴 글들은 돈궤 속에 감추어 놓을 수밖에 없었다.

그리고 5·18 광주민주화운동 땐 '북한군'은 한 사람도 만나본

적이 없었고, 들어본 적도 없었다. 나는 6·25 동란과 5·18 민주화 운동을 겪었던 사람이다. 5·18 민주화 운동 44년. 지금까지 희생자분들을 왜곡하고 폄훼하는 일배들이 있다는 것은 참으로 유감이다.

빨갱이가 무서워서 집 뒤 방공호에 숨거나 마을 사람들과 뒷동산 굴속에 숨어 밖에 나오지를 못했다, 굴 입구에는 머위나 다래밭이 있었지만, 사람들은 허기진 배를 채우기 위해 바닥에 고인 물이나 석간수로 해결하고, 열매를 따 먹기 위해 밖으로 나오지 못했다.

그런데 5·18 광주민주화운동 당시. 그 무서운 '빨갱이'가 나타났다고 하면 시민들이 밖에 나왔겠는가. 5월 21날, 집단 발포로 선량한 광주시민 10만 명의 군중이 금남로에서 계엄군의 총탄에 피를 튀기며 쓰러졌다. 그날은 광주를 불법으로 점령하고 있던 전두환 신군부 계엄군이 광주를 시민의 품으로 돌려주라는 삐라를 손에 들고, 평화 협상을 보기 위해 모여든 시민들이었다. 만약 금남로 거리에 '북한군'이나 '빨갱이'라는 말이 나돌았다면 어찌 사람들이 금남로 나왔겠는가. 우리 '군'을 믿고 광주의 평화를 보기 위해 모여든 선량한 시민들이었다.

그때 평화를 깬 사이렌 소리와 함께 총탄이 날아들어 죽거나 부상당한 사람들의 비명이 하늘을 찔렀다. 그런데도 잘 벼른 칼날을 그 비명을 향해 찔렀지만, 전두환은 결국 칼을 내려놓고, 6월 민주항쟁에서 무릎을 꿇는다.

| 인물들의 줄거리 |

1부. 김득수

첫 번째, 주인공인 김득수는 보성군 문덕면 장박골에 선영을 두고 있는, 평생 공무원(문덕면 면 직원)으로, 사환에서 주사 (6급)까지 오른 입지전적 인물이다.

그는 고향 주암댐의 수질 예방 대책으로, 공무원과 면 자율 환경감시단으로 구성된 민·관 합동 단속반이 되어 주기적으로 점검하고 상수원 댐의 상류지인 문덕, 용암. 덕치, 죽산까지 감시반으로 편성 주 3회 이상 순찰을 나가기도 한다.

그는 본시 타고난 성실성으로 주사까지 오르긴 했으나, 당시 사흘 전에 죽은 남편의 도장을 가져와 인감도장을 떼어 달라고 부탁한 부인에 대한 인정상 그렇게 응했던 것인데, 의붓아들 양일이가 이의를 제공하자 면사무소에 사표를 제출했다.

그는 고향 문덕을 떠나 도회지에서 노동판으로 떠돌다 귀향한다. 이미 고향 봉정리 2구 반송 오얏동 마을이 수몰되는 바람에 운곡리 2구 석동에 새집을 마련하고, 면사무소 봉사자로서 동력선을 몰고 밀어꾼들의 불법 어획을 단속하며 고향의 젖줄 주암호를 청정지역으로 지켜낸다.

그는 아내 득량댁이 5·18 민주화 운동 때 삼대독자 임규정 시민군으로 활동하다 죽어 암매장 8년 만에 발굴되면서, 집안 분위기가 활기를 띠고, 막내 셋째 놈이 5·18 민주화 운동과 6월 민주항쟁'에 관한 연구논문 발표를 앞두고 있었다.

김득수는 주암댐 환경감시원 생활을 통해 순천시와 화순군 및 보성군 2개 읍 8개 면 49개 마을이 수몰되었으며, 2,336가구 1만 2,750명의 주민이 마을을 떠난다.

## 2부. 권덕룡

두 번째, 문덕면 '쇠골목 마을'이 고향인, 주인공 권덕룡 일병은 5·18 민주화운동 당시, A 특전사여단 시위 진압군으로 온 계엄군(공수부대)으로서. 전라도에 고향을 둔 권 일병은 부대 동료들의 만행에 충격을 받는다. 그는 동료들의 난폭함과 잔인성에 무기력해서 잠시 이탈, 증심사 부근 배고픈 다리 옆에 누워 있는데, 변일규 이등변으로부터 "빨리 오이소. 여자 두사람이 강 상사한테 맞아 죽습니다."라는 말을 듣고 팀원으로 복귀했을 때, 지하실로 끌려 온 분홍 원피스를 입은 여자는 옷이 찢어져 속살이 보였고, 붉은 실, 하얀 실을 엮어 인동꽃 수의 머리띠로 묶은 여자의 뒷머리에 서 피가 낭자했다.

권 일병과 변일규 이등병은 최 선임하사 도움으로 두 여자를 밖으로 내보내기로 하고, 변일규는 분홍색 원피스의 여자를, 권덕룡 일병은 인동꽃 수의 머리띠를 한 여자를 내보냈으나, 여자가 흘리고 간 머리띠가 권 일병의 눈에 들어와 무심결에 줍기 위해 고개를 수그리는 순간, 위험한 물체가, 그의 머리를 스쳐 다른 병사의 철모를 뚫다 튕겨 나와 다른 병사의 다리를 뚫었다. 그 때문에 위험을 모면한 그가 정신을 차리고 났을 때, 여자가 흘리고 간 머리띠를 찾으러 왔을 때,

"빨리 고향으로 가세요. 여긴 위험합니다."하고 쓰러졌다.

"빨리 권 일병 병원으로 옮겨야 합니더."

변일규 이등병의 목소리가 가늘게 들리면서 깊은 잠 속으로 빠져들었다.

권덕룡은 그날, 아군끼리 사격으로, 장갑차 (90미터 무반동총)에

세 발인가, 네 발인가 맞았는데, 철모가 벗겨져서, 다시 주워서 쓰고 났을 때 전교사 쪽에서 날아온 총알이 그의 귀 옆을 쌩!하고 스쳤다. 머리에 두 방이나 총알을 맞았지만 철모를 쓰고 있어서 제대로 맞지는 않았다. 한 방은 머리 옆 부분을 맞아 철모가 약간 흔들렸고, 또 한 방은 철모 뒤통수에 맞아, 그가 앞으로 푹 넘어지면서 총이 땅에 떨어진 채로 의자 밑에 몸을 스쳤다.

5·18 민주항쟁 2일째, 가톨릭 센터 뒤쪽에서 인동꽃 수의 머리띠를 한 스물네댓 살의 여자가 떨어뜨린 것을 집으려고 땅바닥으로 넘어지는 순간, 큰 물체가 머리 위를 스쳐 가는 바람에 죽을 고비를 넘겼다고 생각했는데. 그 뒤로 또 큰 사고가 도사리고 있을 줄은 꿈에도 생각하지 못한 일이었다.

그때 또 어느 쪽에서 총알이 날아와 어딘가에 박혔다. 그 순간 철모를 튕기고 나온 총알이 그의 몸 어딘가를 뚫고 지나가면서 정신이 혼미해졌다.

"쏘지 마세요! 우리 아군입니다."

변일규 이병의 목소리가 아스라하게 들렸고, 강종언 상사와 민범식 중사 그리고 정병일 병사, 유래경 소대장의 목소리를 들으면서 권덕룡은 임규정 형 옆에서 편안한 잠 속으로 빠져들었다.

오인 교전이었다.

송암동에 주둔 중이던 전투 교육 사령부(보병학교 교도대)가 그 앞을 지나던 B 공수특전여단과 길 안내를 맡았던, 권덕룡 일병이 소속된 A 공수특전여단을, 시민군으로 착각해 공격한 것이다. 교도대는 90밀리 무반동총으로, APC를 공격하며 집중사격을 이어갔고, 그들의 공수 특전 여단 또한 이에 대응하며 서로 간에 총격전이 벌어진 것이다. 변 일고 일병이 입수한 정보에 의하면, 육군보병학교 교도대 (교육·훈련이 주목적인 부대)의 그날 일은 이렇다.

교도대는 광주와 화순, 나주 사이 경계 지역에 투입되었다. 5월 24일은 송암동 인근 야산에 매복했다. 효덕초동학교 부근 삼거리를 지나면서 시민군과 교전이 있었다는 소식에 화기 중대는 90밀리 무반동총을 챙겨 광주 쪽을 향해 겨냥했고, 1~3중대는 나주에서 오는 차량을 차단하고 있었다.

B 특전여단이 효천삼거리 부근에서 시민군과 마주치자 총격을 가하면서 이동했다. 이걸 본 첨병(감시병)들이, 시민군들이 마을을 향해 총을 쏘며 우리 쪽으로 오고 있다고 보고했다.

"폭도들이 맞느냐, 단단히 살펴보라."

"폭도 같다. 우리 앞까지 왔다."

교도대장은 명령을 내렸다.

화기 중대는 곧장 90밀리 무반동총 등으로 공수여단 장갑차와 뒤따르던 군 트럭을 공격했다. 변일규 일병 역시 부상을 입은 터라 정확한 기억은 안 나지만 30여 분 교전한 뒤 멈췄고, 상대편이 아군이었다는 것을 알았다고 했다.

권덕룡은 '송암동 오인사격'으로 숨진 군인들의 사망 원인이 무더기로 조작됨을 알고 분노를 참을 수 없었다. 5·18 계엄군 사망자 23명 중 13명이 부대 간 소통 문제로 아군끼리 싸우다 사망했지만, 시민군에 의해 죽었다고 조작했다.

전교사 전투상보에는 이날, 오후 '2시 15분 B 공수 병력비행으로 철수 중 봉쇄 부대인 보교와 충돌 사고'라고 기록했다.

이 사고로 권덕룡은 5년간을 광주통합병원에서, 그리고 개인병원에서 정신질환 치료를 받아 오다 이번 '초당골다원' 박기종 사장의 친구가 운영하는 보성 읍내 K 병원 정신건강의학과 '정신질환 분석실' 진료센터로 옮겨와 입원 치료를 받는 중이었다.

3부. 박기종

세 번째, 주인공인 박기종 사장은 언론인으로 5·18 때 직장을 그만두고 어머니가 가꾸던 '초당골다원' 녹차 밭을 가꾼다. 보성군의 10개 면과 2개 읍이 있다. 벌교읍과 보성읍이다. 미력면, 율어면, 겸벽면, 복내면, 노동면, 문덕면, 조성면, 득량면, 회천면, 웅치면이다.

녹차 밭에서 일하거나 찻잎을 따는 인부 아줌마들은 보성군의 2개 읍과 10개 면에서 와서 함께 차밭 일을 하는데, 말 못 하는 윤효정이 5·18 때 계엄군으로부터 폭력을 당했거나 성고문 등으로 기억을 잃고, 말도 하지 못하는 것으로 짐작하고 자신들의 딸처럼 여긴다. 5·18의 주동자 신군부 전두환에 대한 비난도 쏟아내고, 6월 민주항쟁에서, 결국 굴복하고 독재 군사정권이 끝낸 것에 환영한다. 박종구 사장은 예당댁이 차밭으로 데리고 온 여자(윤효정) 8년간 자신의 별채에서 살게 하면서 그녀 진료 날이면 읍내 K 병원으로 데리고 다니는, 타고난 호인이다.

## 4부. 예당댁

네 번째, 주인공인 예당댁은 5·18 민주화 운동 때 광주에 진압 부대원으로 온 아들 권덕룡 일병 어머니로서, 사람들의 매서운 운명 앞에 고통을 받는다.

아들 권덕룡 일병을 비롯하여 계엄군들이 잔인한 방법으로 광주시민을 공격하고 학살한 것은 사실이지만, 모든 책임을 그들에게만 져서는 안 된다고 여겼다. 그들은 자신의 의지에 따라서 행동한 것이 아니며, 어떠한 진실도 알지 못했던 시대의 희생자이기 때문이다.

그들은 '상명하복'의 원리에 따라 군부의 명령에 복종해야 했던, 군인의 신분이었다. 그렇지만 피해자는 광주시민, 가해자는 계엄군(공수부대)들이라는 점은 부정할 수 없는 사실을 안다.

그러나 어머니로서 예당댁이 피해자와 가해자의 관계로 나눠 볼 때, 당시 군인들 역시, 그들 모두 국가폭력, 국가 권력에 의한 피해자라고 생각하며, 아들 덕룡처럼, 광주시민들에 대한 죄책감을 안고 사는, 그들의 증언이나 양심고백이 이루어졌으면 하는 것이 그녀의 바람이었다.

다행히 아들은 읍내 K 병원 '정신건강의학과 정신질환 치료실'에서 실험 치료를 통해 의사에게 5·18 민주화 운동 시위 진압군으로서 죄책감을 고백하면서 건강을 회복한다.

예당댁은 5·18 민주화운동 때 시위 진압부대원 아들 덕룡 역시,

가톨릭 센터 뒤쪽 건물 수색 중에 문예 창작 교실에서 강의받던 두 여성을 끌고 내려와 고문 중에 바락바락 대들다 강 상사로부터 폭력과 성 추문 등으로 상실한 여성들의 죄책감에 벗어나지 못했던, 아들이 같은 읍내 K 병원 정신건강의학과에서, 함께 치료받던 강민정과 윤효정을 만나게 되면서 무릎을 꿇고 용서를 빌었고, 그것은 받아들였다.

## 5부. 윤효정

메스머는, 인간의 몸에는 자기가 흐르고 있으며, 이러한 지기의 균형이 깨질 때 질병이 발생하는 것이라고 말했다. 기억상실증, 기절적 망상, 환각, 기절적 만성 증후군의 환자이다. 이러한 질병은 뇌 조직이 기절적으로 손상되었을 때 나타나는 정신적 장애이다.

다섯 번째, 주인공인, 윤효정은 작가 지망생으로 5·18 때, 가톨릭 센터 뒤쪽 5층 건물 '문예 창작 교실'에서 시인 지망생 강민정 아우와 강의 중에, 그날 건물을 수색하던 계엄군에게 지하로 끌려가 모진 폭력을 당해 기억을 망각하게 된다.

그날, 진압군 병사로부터 폭력을 당해, 기절적 정신장애를 입은 윤효정은, 일곱살의 기억으로 헤매다, '상죽대내마을' 뒷산 엄마의 삼베 밭 비슷한 미력면 초당골이 엄마의 삼베 밭인 줄 알고 열흘 가까이 물가를 떠돌다 '초당골다원' 녹차 밭에서 일하게 된다.

그날 계엄군의 폭력에 의해 죽음의 문턱까지 갔던 강민정과 윤효정을 살려준, 두 진압군 병사에 의해 지하실 샛문을 빠져나온 윤효정은, 붉은 실과 하얀 실을 엮어, 인동꽃 수놓아 뒷머리를 묶었던 그 머리띠를 흘리는 바람에, 다시 그곳으로 갔다. 그곳에는 시민군과 계엄군 간에 싸움이 치열했다.

"하얀 실은 엄마고, 붉은 실은 아버지야. 머리띠 잃어버리면 아버지 작은네 집에서 안 돌아오신다. 꼭 매고 있으면 집 떠난 아버지가 돌아오실 거야."

"언니, 잃어버리지 않을 거야. 아빠 만나야 하니까."

파란 명주에 엄마실 아빠실 엮어, 한 땀 한 한 땀 인동꽃 수를 놓아 매어주던 언니의 환청이 들리면서 다시 되돌아섰을 때였다.

땅바닥에 흘린 인동꽃 머리띠가 눈에 들어왔다, 그런데 그녀를 지하실 샛문으로 탈출시킨 그 병사가 손으로 집는 순간, 위험한 물체가 병사의 머리 위를 아슬하게 스치고 지나가 옆의 사람 어디를 뚫었다. 머리띠가 병사를 살린 것이다. 위험을 피한 병사가 그녀를 보고 말했다.

"여기는 위험합니다. 빨리 고향으로 가세요."

효정은 남광주시장역 철길은 넘어 학운동 정류장에서, 고향 문덕 '상죽대내 마을' 가는 보성행 직행버스를 탔으나, 버스 속에서 쓰러져 기억을 잃었고 말이 나오지 않았다.

겨우 일곱 살 때의 기억이 살아 있는 그녀는 병원을 나와 보성강이 흐르는 '상죽대내마을' 뒷산 삼배 밭매는 어머니를 찾아 열흘간을 초당골 녹차 밭 강가를 엄마의 삼베 밭인 줄 알고 떠돌았다. 그러다 녹차 밭에서 일하는 예당댁 아줌마를 만나서 차 밭에서 8년간 일하게 되었다.

차밭 박 사장 도움으로 읍내 K 병원 정신건강의학과 '기억분석실' 실험을 통해 기억을 불러온 윤효정은, 사고가 5·18 민주화운동 당시 진압군의 폭력에 의한 사고임을 알고 가족을 만나게 된다. 그리고 읍내 k 병원에서 치료받던 강민정도 8년 만에 만나고, 당시 병사였던 변일규와 권덕룡을 만나 인동꽃 수의 머리띠를 돌려받게 되면서, 여덟 살 때 집 떠난 아버지와 화해하게 된다.

서로가 은인이었던 두 사람, 예당댁으로부터 가족이 되어 달라는 프로포즈를 받게 된다.

## 6부. 송광민

여섯 번째, 주인공인 송광민은 보성군 문덕면 출신으로 대학생이다.

5.18 민주화 운동 첫째 날, 독서실에서 공부하던 아침에 계엄군이 들이닥쳤다. 염창호 형의 '소쿠리 짜자루'에서 공짜 밥 얻어먹고 '호롱불 야학' 강학들인 한군, 오군, 양군 등 친구들과 함께 계엄군에 끌려간 송광민은 감시를 피해 탈출에 성공한다.

민주항쟁 4일째 되는, 5월 21일 시민대표와 계엄당국의 평화협상이 무산되고, 집단 발포로 금남로에 많은 시민이 쓰러졌다.

'시민군'이 형성되고, 시위가 무장 상황으로 치닫자, 계엄군 지휘부는 광주 외곽으로 전원 배치해 곳곳을 봉쇄한 후 자위권을 발동하는 쪽으로 바꿨다.

5일째 계엄군이 퇴각하자, 송광민은 한군, 오군 등을 동원해 훼손된 차량을 끌어내고 여기저기 굳지도 않은 진홍빛 핏물을 물로 씻어냈다. 그리고 거리에 나섰다. 한 군, 오군 등과 학생들과 젊은 형님들과 '계엄철폐'와 '전두환 처단'이라고 쓴 플래카드를 붙이고 노래와 구호를 외치며 돌아다녔다. 가는 곳마다 아줌마들이 시위 차량을 불러세우고 나눠주는 주먹밥과 김밥, 음료수 등을 먹을 때는 대단한 사람으로 보이다 못해, 그들은 마치 승리하고 돌아온 개선 병사들처럼 의기양양했다. 그래봤자 계엄군을 향해 총 한 발도 못 쏘는 그들이었다.

염창호 형을 따라 도청 안으로 들어온 송광민은 학생 수습 위원(질서 유지 무기 회수 헌혈 활동 등) 맡게 된다. 한군, 오군, 이군, 등은 염창호 형과 팀을 조직 투사회보를 제작 배포하고 5월 27일 새벽을 맞았다.

'시민군'들은 카빈총을 들고 각자의 자리에서 새벽을 기다리고 있었다.

그들 중에는 총을 들지 않은 고등학생들도 남았다. YWCA, 전일빌딩에는 소쿠리 짜자루 '호롱불 야학' 팀들이 지키고 있었다. 도청 방송실에서, 방송을 진행하던 여자도 남아 방송을 진행하고 있었다.

"사랑하는 광주시민 여러분. 지금 계엄군이 도청을 향해 쳐들어오고 있습니다. 우리의 형제·자매들이 총칼에 죽어가고 있습니다."

30분 이어지던 방송이 끊긴 새벽 3시. 신군부 군대의 폭도들은 광주 전역에서, 맞서 대응하는 시민들을 살해하면서 오고 있었다.

"광민아, 그리고 한군, 오군 모두 도청 담을 넘어라."
창호형의 목소리가 들려왔다.
"형은 어쩔겁니까?"
"나는 여기 남겠다."
점령군의 구둣발 소리가 들렸다.
광민은 서울 친구들과 도청 담을 넘어 광주은행 사이의 지붕을 타고 넘어, 민간인 아주머니가 숨겨 주었기에 살아남았고, 그날 도청에서 붙잡힌 창호형은 상무대로 끌려가 구속, 수감 중이었다.
송광민은 그 후, 임규정 형이 이끌었던 '외곽도로 경계'조 의형제 형들과 한 몸이 되어, 광주 남동성당 정의 구현 사제단을 도와서 6월 민주항쟁의 성공을 가져온다.

7부. 임규정

일곱 번째, 주인공인 임규정은 5.18 민주화 운동 때 '외곽도로 경계' 조 칠 의형제의 팀장으로 무장 시위대를 이끌었다. 오월 21일 계엄군의 집단 발포 후 금남로에 모인 10만 시민을 쏘아 쓰러뜨리자, 무기의 필요성을 느끼고, 시외지역으로 나간다.

영암, 해남, 목포 등지에서 무기를 확보해서 돌아오는 길에 보성군에 들렸다가 문덕지소에 무기를 반납하고, 고향을 잘 지켜 달라고 하고 광주로 돌아오다 화순 너릿재 터널 입구 22번 국도에서, 광주에서 화순 방향으로 마주 오던, 무장 시위대가 탄 차량이 주남마을 앞 검문소를 통과하려다가, 경비 병사가 멈춰서라는 신호를 무시하고 달리다 병사들이 쏜 총을 맞고 뒤집혔다

임규정은 무장 시위대가 탄 차량을 들이받는 바람에, 그의 소형 차량이 도랑 쪽으로 기울면서 임규정은 도랑으로 빠졌다. 그때, 마침, 그곳 경비를 섰던 권덕룡 병사의 눈에 띄어 살려 보내 집으로 돌아왔으나, 오후에 계엄군이 영암, 해남, 보성 등지에 나타났다는 정보를 듣고 다시 무기를 소지하고 문덕 고향으로 가다가 녹동마을 앞 22번 국도 너릿재 터널 부근에서 사살된다.

8년 동안 암매장되었다가 발굴된다.

한편 그의 '외곽 도로경계' 조 의형제들이 임규정 팀장 대신 천주교 광주대교구 정의구현사제단을 도와서, 6월 민주항쟁의 승리로 이끌면서 독재정권 전두환이 굴복하게 만든다.

득량댁의 삼대독자 남동생인 임규정은 광주 동구 궁동에서 '진산 표구점'을 운영하며 돌백이 아들과 아내, 셋이서 단란한 가정을 꾸려가는 평범한 사업가이다.

5·18 민주화 운동 당시, 집에 찾아온, 함평에서 농민회를 이끄는 친구 채학기와 커피를 마시던 중, 가톨릭 센터 뒤쪽에서 학생들의 시위로 소란스러워 보이자, 맨날 하는 학생들의 평화시위로 알고 구경하러 갔다가, 신군부 계엄군들이 학생들에게 폭력을 가하고, 도망가면 끝까지 따라가 잡아 와서 발가벗겨 두들겨 패자, 이에 항의하다 계엄군에게 잡혀 폭행당한 뒤, 두 사람은 병원 치료를 받게된다.

길을 가다가 붙잡혀 들어와서 병원 치료받고 있는 일곱 명과 칠의형제를 맺고, 광주공원에서 나눠주는 총기를 받고 '외곽도로 경계' 조 무장 '시민군'으로 활동하다 암매장된다.

전두환 신군부는 계엄군이 광주시민을 무차별 살상하는 참극을 벌이면서, 계엄 당국을 통해 광주 참상에 대한 보도 금지 조치를 내렸다. 언론은 광주에서 일어난, 엄청난 유혈 참극과 저항이 벌어지고 있는데 언론은 이에 대해 손 놓았다.

이미 외신은 광주학살과 참극을 시시각각 보도하고 있어서, 전 세계가 알고 있는 참극을, 국내에서 보도하지 못한다는 고민을 넘어 좌절과 분노가 앞서면서 신군부에 대한 저항으로 이어졌다.

5·18 광주민주화운동 열흘간, 광주시민이 온몸으로 신군부 폭거에 맞설 때, 기자들은 펜을 놓고 광주시민과 함께했다. 언론인들은 광주가 신군부의 군홧발에 함락된 마지막 날인 5월 27일 피눈물을 흘리며 접어야 했다

전두환은 1987년 4·13 대통령 임기 내 개헌을 거부하고, 기존 제5공화국 헌법으로 차기 대통령 선거를 치르겠다는 이른바 호헌조치를 발표하고 전두환 정부가 개헌 거부를 공식화하자, 곳곳에서 일어나기 시작한 것이다.

박종철 고문치사사건의 조작. 은폐, 이한열 열사 사망. 6월 민주항쟁은 '4.13 호헌 조치'가 철회되고 직선제 개헌이 통과되면서 전두환 5공은 6월 민주항쟁으로 치달으며 군사정권은 막을 내리게 된다.

6월 민주항쟁은 광주대교구 정의구현사제단 단식투쟁으로 시작되어 서울 명동성당, 그리고 전국 성당의 투쟁에 농민 노동자가 참여하면서 민주화를 이루었고 2011년 5.18 민주화운동의 관련 기록물이 영국의 '대헌장', 프랑스 혁명의 '인권 선전',등과 같이 유네스코 세계기록에 등재됨으로써 인정되면서, 6공화국을 출범하게 하는 결정적인 계기가 되었으며, 노태우의 6·29 선언은 결국

전두환이 무릎을 꿇게 된다.

## 8부. 염창호

여덟 번째의 주인공 염창호는 아이 손가락만 한 호롱불의 불꽃을, '소쿠리 짜자루' 뒷방에 밝히고, 철판으로 필경한 것을 등사해서 다량으로 투사회보를 찍어내어 시민들에 배포했다.

'소쿠리 짜자루'의 뒷골목은 술꾼들의 터전이다. 밤이면 '소쿠리 짜자루' 뒷골목거리는 온갖 악을 써대며 싸움질하는 소리로 가득하다. 뒷골목이란 욕설, 말과 함께 때리는 낮은 소리, 낮은 비명소리가 뒤섞여 있었다. 그러나 끝내는 서로 부여잡고 울음을 터트리는 그들이다.

염창호는 낮에는 남동에 있는 고령인쇄소 필경사로 일하고, 밤이면 전남대 네거리 뒷골목에서 '소쿠리 짜자루' 음식점을 하면서, '호롱불 야학'으로 학생들을 가르치는 강학이다.

염창호 사장은 손에 쥔 것이 없고, 배경도 없기에 스스로 뒷골목에 자리 잡았다. 무엇보다도 새로운 발견은 밑바닥부터 시작해서 큰 위안이 되는 일을 하고 있다.

고아나 다름없는 염평식 조카를 대학 졸업시켜서 어엿한 공무원(문덕면 직원)을 만들었고, 고향 선, 후배 학생들에게 장학금을 주었으며, 배고픈 이들에게 뜨거운 국밥 한 그릇 챙겨 먹이는 염창호. 예비 검속자로 구속되었다가 풀려나온 염창호는 '소쿠리 짜자루'에서 일을 못 하게 된다.

고령인쇄소에서 타자수로 있는 그의 약혼자, 문예숙이 5·18 당시, 길거리에서 구경하다가 진압군에 의해 목숨을 잃자, 분노를 느낀 염창호는, 전남도청 앞 집단 발포 후, '호롱불 야학'에서 틈틈이 유인물을 제작 배포한 경험으로 삼아, 송광민과 한 군, 이 군, 박 군, 양 군, 오 군 등을 데리고 도청 안으로 들어와 투사회보를 제작하는 일을 맡아 한다. 5·18 민주화 운동 열흘째인 27일 새벽, 계엄군에 검거되어 풀려났으나 다른 죄명으로 재구속 되어 6·29 이후 석방을 앞두고 있다.

### 9부. 염평식

일찍 부모님을 여읜 염평식은 큰아버지 집에서 염창호 삼촌과 함께 자란다. 삼촌 덕분으로 대학을 졸업하고 공무원(문덕 면직원)

으로 근무한다.

　광주 5·18 민주화 운동, 열흘이 되는 날, 새벽 전남도청이 계엄군에 의해 점령되면서, 도청 안에서 투사회보를 제작 배포하고 있던 염창호 삼촌이 끌려가 구속되자, 면사무소에 사표를 제출하고, 삼촌 석방을 위해 5·18 민주화 운동 구속자 진상위에 몸담고 활동한다.

　그때 그한테는 강민정 약혼자가 있었다.

　부산에 살고 있는 강민정은 일주일에 두 번씩 윤효정과 가톨릭센터 뒤쪽 문예 창작 교실에서, 문학 강의를 듣기 위해 부산에서 급행열차를 타고 올 때면 평식은 강민정을 만났었다. 직장 관계로 토요일과 일요일이 그녀 강의를 받는 날이다. 일요일인 5월 18일 오후 두 시, 부산에서 특급열차를 타고 온 그녀는 윤효정과 같이 강의실로 들어간 뒤 소식이 끊어졌다.

　염평식은 강민정이 마음이 변해 다른 사내를 만나 잘살고 있을 거라고, 지금의 아내를 만나 결혼해서 아이들 셋을 낳고, 창호 삼촌의 구속자 진상규명위에 몸담고 일하면서도, 그는 임규정 형님이 이끌었던 '외곽도로 경계' 조 의형제들과 광주 남동성당 정의구현사제단을 도와 6월 민주항쟁을 이끌었다.

　천주교 사제단 시발로 시작된 개신교. 불교. 원불교. 한목소리로 '권력 참회'를 촉구했다. 전두환 대통령은 특별담화를 통해 '개헌논의 유보' 성명, 현행헌법으로 '정부 이양', '대통령 선거 연내 실시' 등이 발포(호헌조치) 되자, 천주교계에서는 교구별로 사제가 중심이 되어 단식농성에 들어갔으며, '호헌 철폐와 민주제 개헌 지지'를 주장하는 서명운동을 벌였다. 기독교계에서는 목회자들이 단식기도를 벌였고, 불교계도 철야농성에 들어갔다. 재야인사들도 단식농성에 동참하였으며, 교수들은 대학별로 성명을 발표했다.

염평식은 행복한 가정을 꾸리면서도 강민정을 잊지 못했다. 혹시 그녀가 5·18 민주화 운동 때 성폭행을 당하고 몸을 감추지나 않았나. 그렇지 않았다면 진압군의 폭력으로 인해 병원에 입원해 있지나 않을까 하는 생각을 염두에 두고 있었던 그였다.

## 10부. 강민정

문덕면 죽산골 '하죽대내마을'이 고향인 강민정은 아버지가 사고로 돌아가시자, 할머니 월산댁이 어머니를 내쫓는 바람에 혼자 남게 되고, 어머니는 재혼해서 부산에서 살게 된다. 강민정 역시 부산에 살고 있는 막내 고모 댁으로 보내져 거기서 자랐다.

시인 지망생인 그녀는 이웃 마을인 죽산골 '상죽대내마을'의 윤효정과 어린시절을 같이 보낸 터라, 작가 지망생인 윤효정과 가톨릭 센터 '문예 창작 교실'에서 강의를 받던 중, 1980. 5월 18일 오후 2시쯤, 건물을 수색하던 시위 진압군에 끌려가 지하실에 감금되어 폭행당한다.

폭행당하는 중에 약혼자 염평식이 약혼선물로 사 준 원피스가 진압 병사의 칼끝에서 조각조각 찢어지자, 분노를 참지 못해 바락바락 대들자, 더 큰 폭행으로 이어지고, 분홍색 원피스 사이로 벌거벗겨진 채 무릎 꿇려 폭력과 성 추문을 당한다. 사랑하는 약혼자가 아닌, 다른 사내인 병사들에게 몸을 보인 수치심을 느낀다.

다행히 변 이등병의 도움으로 지하실을 빠져나와, 실내체육관 앞에서 기성복 가게를 하는 여사장이자 김 보살 덕분에 병원 치료를 받지만, 강제로 옷이 벗겨진 심리적 상실감, 수치심으로 병세가 악화되고 정신분열증이 심해지면서, 김 보살이 주지로 있는 보성의 오봉산 암자에서 수양하게 된다.

"당시 진압 병사들은 젊은 여성들이 눈에 띄면 다짜고짜 블라우스와 원피스 등을 찢어 걷어 내거나 대검으로 바지와 치마를 찢어 여자를 거의 나체로 만든 다음 폭행을 했다."

몇 년 후, 약혼자 염평식이 암자로 찾아오지만, 강민정은 그 약혼자를 외면한다.

지하실에서 진압 병사로부터 강제로 원피스가 벗겨졌고, 그 수치심에서 벗어나지 못한 그녀는 오봉산 바위에서 몸을 날려 자살을 시도했지만, 마침 암자를 다시 찾아오는 염평식에게 발견되어 목숨을 구한다. 하지만 평식의 결혼 사실을 알게 되면서 체념한다. 그때 마침 지하실에서 강민정을 구출해준 진압 병사 변일규를 만나게 되면서 그의 구애를 받아들인다.

한편 강민정은 일곱 살 때 떼놓고 나간 생모, 김 보살도 받아들인다. 그들은 문덕면의 동산리마을에 보금자리를 꾸미고 생모의 덕분으로 사업을 시작한다.

## 11부. 득량댁

열한 번째 소설 속 주인공인 득량댁은 김득수의 아내이자, 5·18 민주화운동 때 '외곽도로 경계'조 칠 의형제를 이끌었던 '시민군'

이다. 득량댁의 삼대독자 남동생 임규정은 5·18 민주화운동 7일째 되는 날, 무기 확보를 위해 시외지역으로 나가다 전남 화순 간 도로 22번 국도 너릿재 입구에서, 이 지역을 차단하고 있던 경비 병사들에 의해 사살되어, 암매장된 지 8년 만에 발굴되어. 5·18 국립묘지에서 잠들게 된다.

"박정희 대통령이 우리 경제를 살렸구만요."

"그건 그렇지."

득수는 아내의 말에 고개를 끄덕였다. 아내가 그냥 전두환이 미워서 두 대통령을 비교해서 하는 말이 아니었다.

"제가 박정희 대통령을 보았구만요."

"아니? 자네가 어떻게 박정희 대통령 보았단 말인가? 그분이 시골 보성에 언제 오셨당가? 더구나 득량 산골에서 말이네."

"열 몇 살 때, 광주에 있는 금호 미용학원에 다녔구먼요. 그때 광주에 박정희 대통령이 오셨구만요. 도청에서부터 양동시장 돌고개 넘어까지 중고등학생들이 손에 태극기를 들고 환영했구만요. 그래서 우리 미용학원생들도 나가서 맨손으로 환영했지요. 그런데 시상에 말이에요."

득량댁은 말을 마치지 못하고 울음부터 쏟아냈다.

박정희 전 대통령의 군사정권을 떠올렸던 것일까. 전두환 신군부의 폭력으로 삼대독자 남동생 임규정을 잃은, 아내 득량댁은 폭력에 관한 이야기만 나와도, 싸움하는 것만 보아도 울음을 터뜨렸다. 그 역시 어린 시절, 시골에 살면서 박정희 대통령 말은 들었지만, 얼굴 보기란 어려웠던 시절이었다.

"박 대통령도, 전 씨처럼 흉악범으로 눈에 보였구만?"

"아니구만요. 흉악범이라뇨?"

"그런데 왜 울어?"

"짠해서요."

"짠하다니? 무슨 소리여."

아내는 눈물을 손수건으로 훔치고 나서 차분하게 말을 시작했다.

"우리 미용사들도 생전 처음 보는 박정희 대통령이 어떤 분인가 했지요. 경제 대통령. 경제 대통령 해서, 잘 잡수시고 살도 찌고, 근사하게 생긴 신사 모습을 보려고, 서로 밀치고 하면서 내다봤지요. 시민들의 손을 잡고 악수하는 박정희 대통령은, 시상에 키는 작고, 얼굴은 시커멓고, 옷은 낡아 보이더라구요. 새까만 눈만 살아서 빛이 반짝했구먼요. 얼마나 짠하고 고마웠으면 금남로 거리, 양동시장 아줌마들이 박 대통령 손을 잡고 울었구만요. 우리 미용사들도 다 울고요. 그렇게 해서 살려놓은 경제 대통령 덕분에, 잘 먹고 잘살면 고맙지요? 그런데 잘살고 있는 광주 사람들을, 전두환 그 신군부들이 죽이고 폭동으로 몰아서 감옥 속에 처넣고, 그래 놓고도 대통령 더하고 싶어서 정권 연장하다가, 유월 민주항쟁에 모가지 떨어졌구만요. 우리 광주 오일팔 열사님들의 희생이 국민들을 살렸구만요. 오일팔 민주화운동으로, 많은 광주시민들의 '죽음'을 청문회를 통해서, 방송, 영화 등을 통해서 알게 된 국민들이 전 씨의 목을 꺾은 것이구만요. 그렇지 않고 정권 연장이 되어 계속 그 자리에 앉아 있었더라면 온 국민을 광주 사람들한테처럼 했을 것이 구만요."

"그건 자네 말이 맞네."

남편의 말에 조금 안정이 된 듯 아내의 표정이 밝았다.

이제는 세상이 바뀌었다. 세상을 바꾸기 위해 목숨마저 던져야 했던 5월, 광주의 젊은 영령들과 그들이 떠난, 그 자리를 6월 항쟁을 승리로 이끌었던 국민이 채워주고 있잖은가.

"이제, 우리 규정이 처남은 삼대독자가 아니구만. 그 돌 백이 아들이 있잖은가?"

"돌 백이가 뭐요? 초등학교에 들어갔구만요."

"그럼, 그새 여덟 살이라 말이요?"

"그러지요."

"우리 삼대독자 임규정 시민군이 떠난 지 팔 년이나 됐구만."

"우리 규정이 삼대독자가 아니구만요."

이번에는 득량댁이 목에 힘주며 말했다.

내외는 밝게 웃었다.

| 결말 |

 80년대 민주열사, 그리고 촛불 집회까지도 모두 80년 5월 정신이 바탕이 되어 있다. 민주화뿐만 아니라 인권을 지키기 위하여 항쟁해야 했던 5월 광주는, 한국을 넘어서 아시아 전역의 모델이 되고 있다.
 오늘날까지 우리가 민주주의 외칠 수 있는 것도, 유린 받는 인권 앞에서 분노를 느끼며, 목소리를 높일 수 있는 것도, 모두 광주의 열사들이 피로써, 눈물로써, 수 놓은 5월이었기 때문이다
 5·18은 아직 끝나지 않았다. 앞으로도 계속될 우리 후손의 지표이자 숙제이다.

1부

고향으로 귀향하다

1. 고향으로 귀향하다

아침 해가 담수 위로 올라 장박골을 비추었다. 비스듬한 햇살이 닿아 묘소 가장자리 선영이 빛나고, 들판 너머 크게 휘도는 호수는 옥빛으로 빛났다.

빛을 받은 산야도, 빛을 받은 호수도 들처럼 깨어나고 있었다.

김득수는 산뜻한 공기를 몸 깊숙이 들이마시며 주암호와 떨어진 집 앞 개울가로 나왔다. 물결이 발아래로 밀려와 찰랑거렸다.

"오늘은 단속 안 나갈 거지요?"

"매운탕이 그렇게 맛있던가? 이 사람이 그것에 맛을 들였구먼."

"물고기는 우리 보성강에서 잡히는 물고기가 최고지요."

"이 사람아, 누가 듣는구먼."

평식은 그 소리에 겸연쩍은 표정으로 멋쩍은 웃음을 지었다. 득수는 잠시 칠 년 전 일을 떠올렸다.

5·18 민주화운동 이후로 두세 번 안부 전화만 있었을 뿐이다.

문덕면사무소에 평식이와 함께 근무했던 김득수는, 면사무소에 사표 내기 전까지 보성군청 수산계 직원들과 합동단속을 나갔다가 불법 어획을 하는 자들을 덮쳤었다. 그 바람에 평식이뿐만 아니라 직원들 모두가 밀어꾼이 버리고 달아난 고기를 나누어 가졌는데, 그는 숙직하느라 나누어 받은 고기를 가져가지 못해서 평식에게 주곤 했었다. 득수는 두 달 전에 도회지 생활을 청산하고, 고향 문덕면의 석동마을에 새집을 지어 이사했다.

새로 말끔하게 단장한 화단에는 분꽃, 향기가 짙게 풍겨오고, 하얀 목련, 꽃이 눈부셨다. 하루하루가 눈부시게 변화가 오고 있었다.
 소철잎은 탐스럽고, 홍단풍도 울긋불긋 잎을 피우고 있었다.
 마당 가에 엄지손가락만 하게 자두꽃 새싹이 돋아나는 아침, 소리를 내며 자라는 작은 오동나무 잎, 물감을 들이듯 하루하루 색깔이 달라지는 대추나무…, 마을 앞으로 넘실거리던 보성강, 푸른 자태를 있는 대로 표출하고 아우성치며 제풀에 철썩철썩 소리치는 강, 천년만년도 더 고향을 사랑하겠다고 소리치던 푸르디 푸른강! 집 앞으로 넘실거리는 호수, 그는 물에 잠긴 자두 등 옛집을 건져 그대로 옮겨 놓게끔 물가에 새집을 마련했다.
 장독대에는 키가 큰 접시꽃이며 해바라기를 심어 울타리로 삼았다.

물에 잠긴 고향 땅의 온기가 코 밑에 스쳤다. 들 그리고 강, 봉정 2리 자두도(반송) 마을 사람들의 땀으로 뒤섞인 구수한 흙냄새도 풍겨왔다. 그것은 어머니 품속 같은 강이었다.

장박골 선영을 앞으로 하고 풍요롭게 훈김 나는 강마을이었다. 아름답고 깨끗한 보성강을 끼고, 고풍스럽고 그윽한 멋이 풍기는 기와집들이 옹기종기 모여 있었던 것이었다. 얕은 구름과 눈 앞에 끝없이 펼쳐진 청보리밭과 푸른 논배미는 그림에서나 볼 수 있었던 바다 물결처럼 펼쳐 보였다.

햇살을 받아 붉은 황금빛으로 발하는 장박골 선영의 장려함은 저절로 눈시울을 뜨겁게 했다.

푸른 수목들 사이로 드러난 아침 햇살에 둘러싸여 있는 정갈한 선영이 눈에 들어왔다. 내가 어쩌다 조상을 욕되게 했단 말인가. 이제라도 고향 보성 문턱으로 돌아와 이렇게 선영을 바라볼 수 있으니 뭔가 뿌듯하고 위안이 되었다. 어찌 그의 선영만 있겠는가. 살아서 일찍 고향을 떠난 사람들이 죽어 다시 만난 혼백들의 집터이기도 했다.

몇 년 만에 대하는 선영인가, 감회에 젖게 했다.

주암댐 건설로 고향이 수몰되는 바람에 모두들 고향 보성, 문덕을 떠났지만, 그래도 득수만은 남아서 고향을 지키고자 하였다.

그는 고향의 푸근함을 장박골로 꼽았다.
 선영의 이름을 더럽히고 도리(복숭아와 오얏(자두)의 꽃)를 다하지 못한 것이 부끄럽기만 했었다. 사람이 한 번 이름을 더럽히며, 그 더러워진 이름을 지울 수가 없다.

 국왕이 품은 오얏나무(李木), 조선의 인재를 꿈꾸었던가.
 대한제국의 문장(紋章)에 있는 궁궐 지붕과 왕실 그릇에 새겨진 붉은 오랑의 오얏꽃잎, 그것은 자두의 옛말이다. 오얏은 줄기가 늘어질 정도로 열매가 많이 달린다. 정조가 오얏나무를 심게 한 곳은 현륭원과 대황교 근처였으며, 오얏꽃은 밤에 보면 더 아름답다.
 이 나무들의 꽃이 지고 열매가 익어 갈 때면, 나무 밑으로 자연히 길이 난다. 이것을 도리성혜(桃李成蹊)라고 하는데 줄여서 도리라 한다.
 할아버지께서는 누군가 인품이 훌륭하여 사람들이 감복하여 따르게 되는 경우에 이 말을 사용하였다. 도리는 훌륭한 인재를 나타낼 때 쓰는 말이니만큼, 염평식 아우의 말을 염두에 두어 첫째 놈, 둘째 놈, 세계 석학을 꿈꾸는 셋째 놈에게 기대를 해본다.
 도리를 심고, 도리꽃을 보며, 훌륭한 인재가 되고자 노력했던 이들과, 이들을 도리로 바라본 조상들이 심은 것은 단지 나무만이 아니었던 것이다. 그들은 봉정 오얏등에 복숭아나무과 오얏나무와 더불어 훌륭한 인재를 심고 있었던 것이다.

'논어' 계씨에 군자는 아홉 가지 생각하는 것이 있다고 가르쳤다.
공자왈 군자 유구사하니 시사명하여 청사총하며, 분사난하며, 견득사의니라
공자 말씀하시기를 군자는 생각하는 것이 아홉 가지가 있는데

1. 볼 때는 밝음을 생각하며,
2. 들을 때에는 총명함을 생각하며,
3. 얼굴빛에는 온순한 것을 생각하며,
4. 용모에는 공손하기를 생각하며,
5. 일할 때는 가벼이 넘기지 않을 것을 생각하며,
6. 의문이 생길 때에는 묻기를 생각하며,
7. 노여워질 때는 곤란하게 됨을 생각하며,
8. 이득을 보거든 의리를 생각하게 한다고 하셨다.

집안의 웃대지사나 선비들은 이름을 목숨보다 소중히 여겨 청

명을 최고 가치로 알았다. 청명(淸明), 즉 깨끗한 이름이 욕되거나 더럽혀지면 자신은 물론 부모 형제를 포함한 가문이 망하는 것으로 단정, 자결 또는 은거로 속죄하는데 아직 그런 일이 없다고 했었다.

모름지기 나라를 다스리고 경영하는 통권자는 깨끗한 권력으로서의 청권(淸權)이 되어야 하고, 나라에 녹을 먹는 공직자는 깨끗한 관원으로서 청관(淸官)이 되어야 하며, 부자는 권력과 밀착해 정경유착으로 돈을 벌 게 아니라, 자기 노력으로 깨끗하게 버는 청부(淸富)가 되어야 하고, 학자나 문필가는 사문난적(斯文亂賊)으로 곡학아세(曲學阿世) 하지 않는 깨끗한 이름의 청명이 돼야 한다. 그래야 가문에는 물론 나라의 법도가 서고 정의와 기강이 바로 선다 하였다.

공자 왈 군자유삼외 외천명 외대인 외성인지언

소인 부지천명이 불외 압대인 모성인지언

공자께서 말하길

"군자는 두려워해야 할 것이 세 가지가 있다. 천명을 두려워하고, 성인의 말씀을 두려워해야 한다. 소인은 천명을 모르기 때문에 두려워하지 않고, 대인을 예사로 알고 존경하지 않으며 성인의 말씀을 업신여긴다." 했네.

"우매한 소인이 전두환이 아니겠습니까? 5·18 민주화운동을 한 고귀한 대인들이 광주 시민들이 아니겠습니까?"
"그러네. 천명은 하늘이 부여한 올바른 이치이네. 대인과 성인의 말씀은 모두 천명을 어기지 않고 마땅히 두려워할 것이고, 이것을 통해 참되게 자신을 수양해야 하거늘……. 그걸 깨닫지 못했으니, 그 벌을 받아야 할 것이구만."
언젠가 염평식 아우와 나누었던 대화를 떠올렸다.

## 2. 장박골의 아침

득수는 고향에 오자마자 주암댐의 수질 오염 예방 대책으로, 공무원과 면민자율 환경감시단으로 구성된 민·관 합동 수사반 일원이 되어 주기적으로 점검하고 상수원 댐의 상류지인 문덕, 용암, 덕치, 죽산까지 감사반으로 편성, 주 3회 이상 순찰을 나가기도 한다.

어제는 죽산으로 갔다가 밀어꾼들이 잡은 고기를 덮쳐 가져와 선착장 물에 그물채 담가 놓고 있다. 평식이가 옆에 있다면 나누어 가졌을 텐데. 고향에 오니, 그 아우가 보고 싶었다.

고향 장박골에 선영을 두고 평생 공무원(문덕 면직원)으로 있던 김득수는 사환에서 주사(6급)까지 오른 사람이다.

그는 본시 타고난 근면과 성실성으로 주사까지 오르긴 했으나, 당시 사흘 전에 죽은 남편의 인감도장을 가져와 인감증명을 떼어 달라고 한, 부인에 대한 인정상 그렇게 응했던 것인데, 그녀의 의붓아들인 양일이가 이의를 제기하자 사표를 낸 것이다. 그가 실직함으로써 가장의 권위를 잃어버린 뒤에 오직 선택할 수 있는 길이란 현실에 대한 무관심과 비굴함이었다. 그러나 스스로를 위무해야 했다.

도회지로 자리를 옮긴 김득수는, 그간 광주시의 대도시에서 노동자로 떠돌았다. 아들 셋에, 딸 하나를 둔 김득수는 막내 셋째 놈만 지방 명문대학을 다니고 있을 뿐, 첫째 놈, 둘째 놈, 딸까지 셋은 서울 명문대학을 보내면서 적잖은 빚을 지고 있는 데다, 다니던 직장마저 그만두었으니, 그간의 고생이 이만저만이 아니었다. 지금은 딸도 결혼해서 아이들 낳고, 행복하게 잘살고 있고, 서울 있는 아들들도 엘리트로 불리우고 있다는 중이다.

문제는 아내 득량댁이 걱정이다.

아내는 5·18 민주화운동 때 하나밖에 없는 남동생을 잃고 우울증을 앓아왔다.

다행히 고향 문덕으로 내려온 뒤 '초당골다원' 녹차 밭에 나가서 아줌마들과 어울려 찻잎을 따면서 건강이 많이 회복되긴 했지만, 남동생이 암매장된 지 칠 년이 넘도록 뼛조각 하나도 찾지 못했으니, 언제 우울증세가 재발 될지 모르니 마음을 놓을 수가 없었다.

처남 임규정은 5·18 민주화운동 때 '시민군'으로 '외곽도로 경계' 조 칠 의형제들을 이끌고 신군부 계엄군들과 맞서 싸우다가 항쟁 6일째 되던 23일 날, 계엄군들로부터 문덕 고향을 지키겠다고, 고향에 오다가 녹동마을 인근 22번 국도 너릿재 터널 앞에서 계엄군에 의해 희생되어 암매장되었다.

개울물이 어느새 발을 덮고 밀려왔다. 그 끝물의 따뜻한 감촉으로 그는 선영들의 혼령을 느꼈다.

김득수는 고개를 들어 집 앞까지 물이 널찍하게 펼쳐져 있는 담수 건너 장박골 선영을 다시 한번 바라보았다. 선영은 그의 힘이었고 가슴 설레는 기쁨이었다. 조상들의 뼈가 묻혀 있었고, 거쳐

간 이들의 혼이 간직된 정갈한 선영이 눈에 들어왔다. 선산은 일족의 근본이자 미래 후손이 자라날 새로운 영기의 터전이기도 하다. 선산등성이 너머에는 윗대의 조상 묘지가 있고, 이쪽 장박골에는 할머니와 할아버지가 잠들어 있다.

할아버지는 향리 서당에서 야학을 가르쳤던 분으로 기억된다.

득수에게 증조 되시는, 그 선친이신 증조부는 한학을 두루 익힌 분으로, 한학교육인 〈동몽선습(童蒙先習) 조선시대에 서당에서 교재로 사용하는 책〉, 소학(小學) 8세 안팎의 아동에게 유학을 가르치기 위하여 만든 수신서(修身書), 통감(痛鑑) 등, 사서삼경을 두루 가르침을 받은 것 같았다. 천자문을 익혔고, 학생들이 배우는 초급교재인 부자유친(父子有親), 군신유의(君臣有義), 부부유별(夫婦有別), 장유유서(長幼有序), 붕우유신(朋友有信) 오륜을 익힌 것 같았다. 그때 할아버지는 어린 소년의 몸으로 선친에게 큰 정신적 영향을 끼친 것으로 판단된다.

보성군 문덕면 봉정 오얏동 마을이 주암호로 인해 수몰되면서 짐 정리를 하던 중 벽장 속의 작은 전궤에서 꺼낸 서책 중에 이런 글귀가 쓰인 것을 읽어보았는데 글에서, 할아버지가 선친에게서 교훈을 받을만한, 국가사회, 일신을 바치는 옛날 의인들의 행적이

기록되어 있었다.

득수를 사랑채로 불러 앉혀 놓고 좋은 말씀을 하셨다. 선친은 서책을 보시다가 가끔 어린 그를 불러 앉히고 역사상에 빛나는 의인 걸사의 언행을 가르쳐 주시며 또한 세상 형편, 국가사회의 모든 일을 알아듣도록 타일러주시었다. 이러한 말씀을 한두 번 듣는 사이에 내 가슴에는 이상한 불길이 일어나고, 그리고 나도 그 의인의 걸사와 선친 같은 훌륭한 사람이 되겠다고 하는…, 숭배하는 마음을 먹었다.

증조부께서는 여러 종류의 서책을 읽으시다가 감회에 젖거나 하면 할아버지를 불러다 앉혀 놓고 옛사람의 전기를 가르쳐 주셨던 것이고, 할아버지는 어린 마음에도 사상에 빛나는 그분들의 기개와 사상을 숭배하는 마음이 생겨 어떻게 하면, 그분도 그렇게 훌륭한 사람이 될 수 있을까 하는, 생각을 늘 하게 되었던바 향리 서당에서 야학 가르치던 분이다.

논어 계시편 9장에서

    공자 왈 생이지지자 상야 학이지지자 차야
    곤이학지 우기차야 곤이불학 민사위하의

공자께서 말하길 "나면서부터 아는 사람이 으뜸이고, 배워서 아는 사람은 그 다음이며, 어려움을 당해서도 배우지 않는 사람은 가장 못한 사람이다. 하였네."

나면서부터 알았거나 어려움을 경험하고 말았거나 앎에 이른 점은 동일하다.

군자는 배움을 중시한다. 어려움을 경험하고도 배우지 않으면 최하위의 사람이다.

할아버지는 선친으로부터 역사를 통해, 배운 의인들의 삶에 대한 흠모가 유년 시절 선친의 정신적 원체험으로 자리하고 있었음을 알고 있었다.


## 3. 선영의 장대함

어느새 햇볕이 따뜻하게 달아올라 장박골 선영을 비추었다. 따뜻한 묘지 주변에는 살랑대는 바람과 부드러운 흙냄새, 그리고 땅에서 밀고 올라오는, 온갖 야생의 냄새와 햇빛이 달아오른 대지의 산들이 내뿜는, 호흡과 뒤섞인 그곳을 향해 그는 손을 흔들었다.

김득수는 고향 보성 문덕면 봉정리 오얏동에서 태어나 50여 년을 살아왔다.

"우리 규정이가 문덕 사람들을 살렸구만요. 동생 죽음이 큰일을 했구만요."

"그려. 규정이 처남이 오일팔 때 우리 보성 문덕에서 큰 공을 세우고 떠났응께……. 우리 규정이는 폭도가 아니구만요."

"폭도라니? 우리 규정이 처남이야말로 민주화운동을 옳게 한 사람이여. 그 뭣인가 '외곽도로경계' 조 일곱 명의 의형제가 뭉쳐 시 외곽지역에서 무기를 가져와서 계엄군 놈들과 싸우지 않았는가. 그런디 무슨 폭도라니?"

처남 임규정은 5·18 그의 '외곽도로경계' 조 칠 의형제 무장 시위대를, 계엄군의 철통같은 경계망을 뚫고 지방의 시, 군, 읍, 면으로 내려보냈었다. 그 지역 사람들에게 광주 '사태'의 진상을 알리고 지원세력 확보하기 위해서였다.

처남 임규정은 전남 서남부지역을 제외한 타지역까지 항쟁을 확산시킬 뜻이었다. 그러나 처남의 힘으로는 역부족이었다.

"아들 하나 남기고 갔응께, 대를 이을 수 있구만요."

"그려. 그 아기가 지금 몇 살이지?"

"애기가 아니구만요. 일곱 살 이구만요."

"돌백이 때 보았는데, 세월 참 빠르구만. 규정이 처남 떠난 지, 벌써 칠 년이구만."

그는 아내 마음 아픈 이야기를 길게 하고 싶지 않았다.

"녹차 가져올게요. 오늘 첫물차 수확했구만요."

"그려. 그렇지 않아도 목이 마르던 참이구만."

그윽한 차 향기가 집안을 감돌자 그는 미소를 지었다.

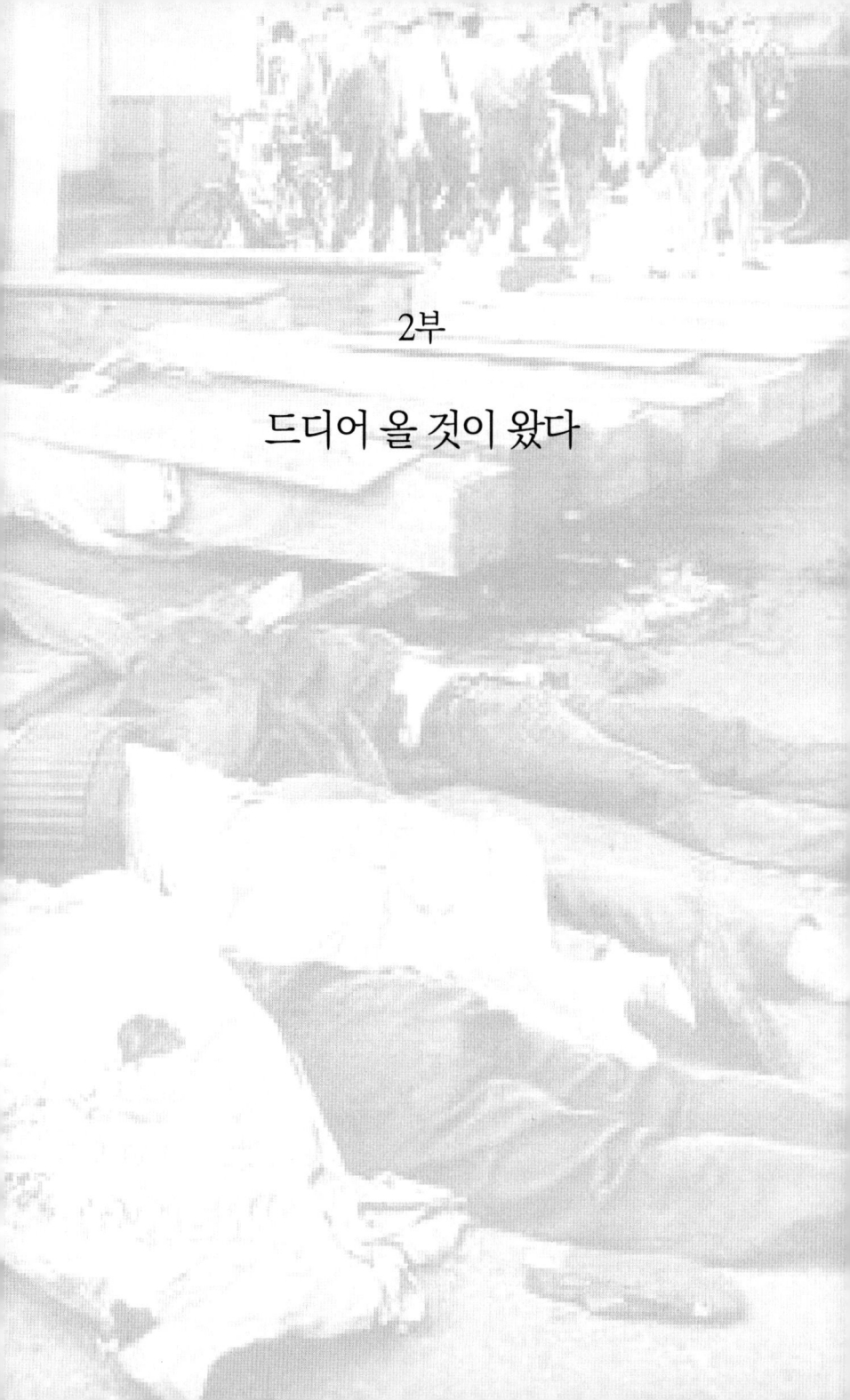

## 2부

# 드디어 올 것이 왔다

## 1. 드디어 올 것이 왔다

커튼이 드리워져 어두웠다.

아침 햇살에 투사되는 커튼의 무늬 위로, 탱크의 엔진소리와 중화기의 사격 소리, 90밀리 무반동총 발사음이 창문을 뚫었다.

창문 밖에서 들려오는 시위대의 함성소리, 그리고 퉁퉁 최루탄 발사음과 척척 울리는 군홧발 소리, 술렁이는 학생들 소리.

길가에 멈춰선 군용트럭 위에 시위대, 팔을 걷어붙인 B 부대원들이 미친 듯이 진압봉을 휘두르며 구타한다. 여기저기서 비명이 터져 나온다.

그 아래. 깨진 보도블록과 병 조각. 돌멩이가 널린 차도 위에 올챙이 포복을 하고 있는 시위대를 M16이 무차별적으로 진압봉을 휘두른다. 순식간에 피투성이로 쓰러지는 시위대를 향해 낄낄거리며 즐기는 듯한 B특전여단 병사가, 주저앉는 한 명을 무참하게 구타한다.

"이 폭도 새끼들 누구 허락받고 시위하는 거여? 지금 전시상황인 줄 모르나? 이 새끼들은 모두 다 조쳐버려야되."

"B공수 부대원님들, 이제, 그만 됐어예."

보다 못한 천사표 변 이등병이 그들을 만류하고 나섰다.

"이 씹새끼들은 쥑여뿌리야 한다."

"지금 시간이 없습니더. 송정리 비행장으로 가야 합니더."

B특수여단에 지원 병력으로 길 안내를 맡았던, A특수부대병사들과 함께 이동하던 B특수부대원들은 움직이는 물체를 모두 쏘았다, 저수지에서 물놀이 하던 소년, 집 앞산에서 놀던 무구한 소년에게 총상을 입혔다. 그러자 권 일병과 함께 가던 천사표 변일규가 만류하고 나선 것이다.

현 주남마을 앞 주둔지에서 송정리 비행장으로 이동하여 전교사 예비대로서 의명 기동타격대 임무를 수행하라는, 전교사의 지시가 하달되어 아침 9시경 A특전여단 2개 대대는 헬기로 이동, B특전여단 2개 대대는 육로로 이동하라는 지시를 받고, 이동 중, B특전여단에 지원 나가 길 안내를 맡았던 A특전여단이 송암동 부근에 이르러 교도대와 교전을 벌였으나 높은 곳에서 숨어서 쏘는 교도대가 우위였다.

광주-화순 간 국도에 검문소를 설치하고 임무를 수행하고 있었으며, 녹동마을 앞 화순 너릿재 부근 22번 국도에 주둔해 외곽 봉쇄 임무를 맡았던 A특전여단 십여 명이 함께, 오늘 1시경 송정리 비행장으로 이동하라는 지시를 받고 이동 중, 오인 교전으로 권덕룡 일병은 사고당한 것이 어렴풋이 떠올랐다.

또 얼마나 죽어 있었던 것일까.

낡은 철 침대 위에 잠들어 있던 권덕룡은 악몽을 꾸는 듯 식은땀을 흘리며 뒤척이다 일어났다.

병실 안이었다.

읍내 K 병원. '정신질환 분석실' 창문 넘어 아침이 밝아왔다.

읍내에서 약 2킬로 지점에 있는 주암호가 보였다. 호수 빛이 마치, 소녀의 뒷머리를 묶었던, 파란 명주에 인동꽃 수놓은 머리띠의 명주를 펼쳐놓은 듯 짙푸르렀다. 호수를 둘러싼 모래밭은 은가루를 뿌려놓은 듯 눈이 부셨다. 주암댐 수몰로 '쇠골목' 마을이 물에 잠기면서 면소재지 부근으로 이주했지만, 증조할아버지 이어 아버지가 태어났고 그가 태어났던 그리운 고향마을이었다. 가내골에서 불어오는 바람을 타고 강변을 따라 달려온 신성한 바람이 창을 통해 들어왔다. 고향집 '쇠골목'의 정취가 물씬하다. 눈을 감아도 살포시 잠이 깬 것처럼 고향집 귀산리가 보였다.

이틀 전, 이 병원에 입원한 그는, 치료 기간 중 눈만 감으면 쫓기는 꿈을 꾸었다. 치료제에 취해서인지, 실험치료에 의한 피곤함 때문인지 눈만 감으면 악몽에 시달렸다.

그때 갑자기 병실을 요란스럽게 흔들며 굴러가는 탱크 소리에 놀라 잠시 감았던 눈을 떴다.

간호사가 주는 치료제의 약을 먹고, 실험 중 그의 B공수부대원들에게 쫓겼다. 흉몽을 꾸다가 깨고 또 비몽사몽 간에 다시 잠들었고, 잠이 들면 다시 특전부대 병사들에게 쫓겼다.

권덕룡은 악몽을 떨치려는 듯 상체를 일으켰지만, 비명을 지르며 넘어졌다. 그날처럼 총알도 맞지 않았는데, 한숨을 뱉으며 이마에 땀을 닦았다.

권덕룡은 그날, 아군끼리 사격으로, 장갑차(90미터 무반동총)에 세 발인가, 네 발인가 맞았는데, 철모가 벗겨져서, 다시 주워서 쓰고 났을 때 전교사 쪽에서 날아온 총알이 그의 귀 옆을 쌩하고 스쳤다. 머리에 두 방이나 총알을 맞았다. 철모를 쓰고 있어서 제대로 맞지는 않았다. 한 방은 머리 옆 부분을 맞아 철모가 약간 흔들렸고, 또 한 방은 철모 뒤통수에 맞아, 그가 앞으로 푹 넘어지면서 총이 땅에 떨어진 채로 의자 밑에 몸을 스쳤다.

5·18, 광주민주항쟁 2일째, 가톨릭 센터 뒤쪽에서 인동꽃 수의 머리띠를 한 스물네댓 살의 여자가 떨어뜨린 것을 집으려고 땅바닥으로 넘어지는 순간, 큰 물체가 머리 위를 스쳐가는 바람에 죽을 고비를 넘겼다고 생각했는데……. 그 뒤로 또 큰사고가 도사리고 있을 줄은 꿈에도 생각하지 못한 일이었다.

그때 또 어느 쪽에서 총알이 날아와 어딘가에 박혔다. 그 순간 철모를 튕기고 나온 총알이 그의 몸 어딘가를 뚫고 지나가면서 정신이 혼미해졌다.

"쏘지 마이소! 우리 아군입니더."

변일규 이병의 목소리가 아스라하게 들렸고, 강종언 상사와 민범식 중사 그리고 정병일 병사, 윤래경 소대장의 목소리를 들으면서 권덕룡은 임규정 형 옆에서 편안한 잠 속으로 빠져들었다.

오인교전이었다.

송암동에 주둔 중이던 전투교육 사령부(보병학교 교도대)가 그 앞을 지나던 B공수특전여단과 길 안내를 맡았던, 권덕룡 일병이 소속된 A 공수특전여단을, 시민군으로 착각해 공격한 것이다. 교도대는 90미리 무반동총으로, APC를 공격하며 집중사격을 이어갔고, 그들의 공수 특전여단 또한 이에 대응하며 서로 간에 총격전이 벌어진 것이다.

변일규 일병이 입수한 정보에 의하면, 육군보병학교 교도대 (교육 훈련이 주목적인 부대) 의 그날 일은 이렇다.

교도대는 광주와 화순, 나주 사이 경계지역에 투입되었다. 5월 24일은 송암동 인근 야산에 매복했다. 효덕초동학교 부근 삼거리를 지나면서 시민군과 교전이 있었다는 소식에 화기중대는 90미리 무반동총을 챙겨 광주 쪽을 향해 겨냥했고, 1-3 중대는 나주에서 오는 차량을 차단하고 있었다.

B특전여단이 효천삼거리 부근에서 시민군과 마주치자 총격을 가하면서 이동했다. 이걸 본 첨병(감시병)들이, 시민군들이 마을을 향해 총을 쏘며 우리 쪽으로 오고 있다고 보고 했다.

"폭도들이 맞느냐, 단단히 살펴보라."
교도대장(중령)이 지시하자,
화기중대장이
"폭도 같다. 우리 앞까지 왔다"고 보고하자, 교도대장은 명령을 내렸다.
화기중대는 곧장 90미리 무반동총 등으로 공수여단 장갑차와 뒤따르던 군용트럭을 공격했다. 변일규 일병 역시 부상을 입은 터라 정확한 기억은 안 나지만 30여 분 쯤 교전한 뒤 교전이 멈췄고, 상대편이 아군이었다는 것을 알았다고 했다.

권덕룡은 '송암동 오인사격'으로 숨진 군인들의 사망 원인이 무더기로 조작됨을 알고 분노를 참을 수 없었다'
5·18 계엄군 사망자 23명 중 13명이 부대 간 소통문제로 아군

끼리 싸우다 사망했지만, 시민군에 죽었다고 조작했다.
 전교사 전투상보에는 이날, 오후 2시15분 B공수 병력비행으로 철수 중 봉쇄 부대인 보교와 충돌 사고라고 기록했다.

 이 사고로 권덕룡은 5년간을 광주통합병원에서 그리고 개인병원에서 정신질환 치료를 받아 오다 이번 '초당골다원' 박기종 사장의 친구분이 운영하는 보성 읍내 K 정신건강의학과 병원 '정신질환분석실' 진료센터로 옮겨와 입원 치료를 받고 있는 중이었다.

 이틀간 검사를 위해 입원했던, 읍내 K 병원에서 퇴원해 집으로 온 권덕룡은 새로 지어 이주한 면소재지 부근 '쇠골목 마을' 집앞에 널편하게 펼쳐진 주암호를 내려다보면서, 지난 5·18 광주민주항쟁 시위진압부대원로서의 칠 년 전 일을 떠올렸다.


2. 푸른 무등산, 사슴의 눈빛


 타닥타닥, 벽난로가 타는 소리…….
 그는 무릎을 굽혀 양동이 안에서 톱밥 한 줌을 집어 든다. 그리고 타고 있는 난로불 속에 가만히 뿌려 넣는다. 타다타닥 붉은 인동꽃, 불꽃이 피어나듯 바알간 불꽃이 타오른다. 권덕룡의 내면 깊숙이 타고 있는 이야기들과 함께……. 그러나 이내 불꽃이 사그라져 들고 만다.

권덕룡은 그 짧은 순간 불빛 속에서 누군가의 얼굴을 본 것 같았다. 어머니였다.

다시 한 줌의 톱밥을 불씨 속에 던져 주었다. 이번에는 아버지와 동생들의 모습을 보았다. 또 한 줌을 조금 천천히 불길 속에 던져 넣는다. 모교인 C대학교 친구들과 교수의 얼굴 보였고, 그리고 도서관과 강의실, 잔디밭과 교정의 풍경과 후문의 풍경이 어른거렸다. 대학에 재학중인 공부벌레 송광민과 고향의 선. 후배들의 얼굴이 떠 있었다. 심지어 염평식형의 삼촌인, 전대 정문 네거리 뒷골목에서 '소쿠리짜자루' 가게를 꾸려나가는 염창호 형님과 김득수 당숙의 처남인, 광주 궁동에서 '진산표구점'을 잘 꾸려나가고 있는 임규정형이 덕룡에게 뭔가를 말하려다 웃음만 남겨 놓고 불씨와 함께 사라졌다.

그는 다시 톱밥 한 줌을 집어 난로에 뿌린다. 불씨가 파랗게 살아났다. 그러자 모두들 톱밥 한 줌씩 집어내어, 난로에 톱밥을 뿌려준다. 파닥파닥 붉은 인동꽃 같은, 붉은빛 화사한 불꽃이 환하게 피어오른다. 덕룡은 깜짝 놀란다. 불빛 속에서 누군가의 얼굴을 보았다. 전혀 낯모르는 여자인 것 같은데도, 어디에선가 보았던 것도 같은, 확실하게 기억이 나지 않은 얼굴이었다. 덕룡의 몸 안에서 타고 있는 불꽃이 간절한 그리움으로 반짝반짝 빛나기 시작했다.

권덕룡 일병은 톱밥의 불꽃이, 자신의 몸 안을 뜨겁게 달구는 첫사랑, 백사장 마을 앞 강가에서 만났던 소녀 그 열기를 어찌하지 못해 번쩍 눈을 떴다. 붉은빛은 밤의 시간을 넘어 신새벽으로 조금씩 숨어들어 오고 있는 중이었다.

이제 얼마 후면 부대 안의 숨은 그림자는 잔잔히 짙은 본색을 드러낼 것이다. A공수특전부대원인 그들은 자신들의 안위를 위해 어디에서도 제 색깔을 드러내기 마련이다. 부대 안이 온통 빨간 빛으로 감돌고 있었다.

"개새끼들."

광주시민에 대한 연민의 정과 고향 사람들이 겪어야 하는, 화력 좋은 톱밥 난로 앞에 새벽이 거의 다가왔다.

어젯밤, 어둠이 내리면서 가설무대 뒤쪽에 설치된 조명탑에 불이 들어와 연병장을 밝게 비췄다. 연병장 한쪽에 대기하고 있던 군용 트럭들이 대오를 맞추며 서서히 움직임을 보였다. 두 대대

병력을 태우고 광주로 내려갈 수송차량이었다.

광주 '5·18 민주화운동' 진압 '충전 작전'에, 주둔하고 있던 A공수특전여단부대 내 대대 병력을 투입, 5월부터 대대적인 움직임을 보였다. 대전에는 1개 대대, 광주에는 2개 대대, 전주에는 1개 대대였다.

권덕룡 일병은 이번 5·18 민주화운동 시위진압에 그가 몸담고 있는, 하필이면 A공수특전여단인가? 울컥 가슴 속에서 치솟는 감정의 눈물을 어쩔 수가 없었다. 하나 삼켜야 했다.

아버지 전 권 교장이 좋지 않은 일로 학교를 그만두게 되어 눈물을 삼켰을 때가 첫 번째였고, 이번에 두 번째로 치솟는 눈물을 삼키고 있었다.

눈물에 가시뼈라도 들어있는 듯 목이 몹시 아팠다.

광주시민들에게 가해질 진압이 눈앞에 떠올랐다.

공수특전여단은 전쟁 때도 가장 위험한 지역에 투입하는, 특수부대인데 전투경찰과 일반 군부대를 놔두고 공수여단을 투입 시키는 것이니, 이런 일이 벌어진다면 정신적인 고통을 감수해야 했다.

1980년 서울의 봄이 대대적으로 전개되며 민주화의 열기는 그 어느 때 보다 뜨거웠다.

광주에서는 5월 14일 '민주대성회'라는 이름으로 학생 시위가 평화롭게 열렸고, 5월 16일에는 학생들이 거리 시위를 나서, 촛불 집회의 전신인 횃불 시위를 조용히 평화롭게 열어가고 있었다. 말 그대로 민주화운동이었다.

나라가 이만큼이나 살만해서 군인들에게 혜택이 돌아오긴 했지만, 나라를 뒤흔드는 5공정치 전쟁을 언제까지 치러야 하는지 알 수 없는 일이었다. 앞으로 광주에 닥칠 일은 또 얼마나 잔인한 싸움이 될지 막막했다.

첫 번째 지휘관의 지시가 잔잔하게 흘러나왔다

이윽고 가설무대에 베레모를 쓴 여단장이 올라왔다. 부대원들이 환호했다. 그는 환호성에 답하기라도 한 듯, 그의 지시가 잔잔하게 흘러나오자, 소리를 줄인 부대원들은, 그 소리에 귀를 기울였다.

권덕룡 일병은 정신을 가다듬으며 침착하게 자세를 바로잡았다.

확성기에서 흘러나오는 여단장의 목소리는 느리고 부드러우며,

톱밥 난로의 붉은 인동(덩굴)꽃 불빛처럼 따뜻하고 침착했다. 그는 그제서야 대원들을 돌아보며 고통을 잊으려 했다.

"그마들 새끼, 폭동 진압 맞제?"

"맞습니다."

강종언 상사와 정병일 병장이 5·18 민주화운동 시위진압에 있어 빈정거리는 듯한 소리가 그대로 권덕룡 일병의 귀에서 웅웅거리고 있었다. 그는 이를 사려 물었다.

'폭동이 아니고 평화민주화운동을 하는 겁니다.'

권 일병은 그들 두 부사관(하사. 중사. 상사)를 빤히 건너다보며 속으로 말했다.

강종언 상사는 권 일병을 전라도에다 얽혀 매서, 신상은 물론이고 매사 트집 잡고 뒷조사하고……. 그러나 그는 조금이나마 꿀리는 데가 없었다. 저럴 수가 있을까. 배신감이 벌레처럼 몸뚱이에 스멀거렸다.

침착해야 한다고 생각하며 호흡을 가다듬었다. 그러나 공중으로 떠오른 몸뚱이는 좀처럼 내려 앉지 않았다. 그 빈정거리는 소리를 듣는 순간 광주민주항쟁 전부가 한꺼번에 덮쳐오는 것 같았고, 5·18 민주화운동이 이런 걸레 같은 두 공수한테 모욕을 당한다는 생각에 온몸에 피가 곤두섰다.

지금 권 일병의 몸뚱이로 떠올리고 있는 힘의 정체를 알 수 있을 것 같았다. 살기였다.

이래서는 안 된다고 다시 호흡을 가다듬었다.

## 3. 불어오는 바람

확성기에서 두 번째 지휘관의 지시가 잔잔하게 흘러나왔다.

권덕룡 일병은 호흡을 조절하며 침착하게 확성기에서 두 번째 흘러나오는 지휘관의 지시에 숨을 죽이고, 두 병사를 쏘아보았다.

광주에 배치된 대대장은 관보부 출신이다.

우리나라 군대 체제는 미군이 작전권을 갖고 있기 때문에, 우리 마음대로 군대를 이동시킬 수 없다. 그러나 특전사는 우리나라 국방비만으로 군대를 양성한 것으로 자유자재로 이동시킬 수 있다. 그래서 집권자의 친위대 역할을 하고 치안을 담당했다. 훈련도 강하게 시키는데 배고파도 먹지 못한 채 천리행군식으로 밤에도 고된 훈련을 하지만, 이 또한 자부와 긍지를 갖게 한다.

부사관 체제에서 계급이 제일 높은 상사 계급이라면, 사병들 가운데서 계급이 제일 높은 병장이었다. 금방 엉덩이를 걷어찰 것 같은 서슬이 아니라고 할 수 없었다.

 확성기에서 지휘관의 지시가 흘러나올 때마다 권덕룡의 기분과는 달리, 그 두 병사들은 키들키들 웃으며 마치 잔칫집 마당에라도 온 듯 신이 나 있었다. 그러나 권 일병은 인기가 절정에 이르고 있던 영화배우처럼, 십 대의 반항 같은 감정이 자신을 어쩌지 못하였다. 그러한 저들의 충동감을 깨지 못하고 있는 것일까.
 '쏘아 버려? 그냥 쏘아버리라.'
 권 일병은 이를 악물고 방아쇠를 가늠자 구멍으로 타깃 한가운데 까만 정곡에 대고 조준했다. 그런데 이게 웬일인가. 바알갛게 피어오른 불빛 사이로 맑은 소녀의 얼굴이 보였다. 다시 가늠자 구멍에서 눈을 떼고 맨눈으로 보았다. 두 병사만 보일 뿐이었다.
 '이제, 됐어예. 눈싸움들 그만하이소예.'
 그때 권 일병을 지원하고 나서는 병사가 있었다. 천사표 변일규 병사였다.
 몸집이 큰 윤래경 소대장과 최순기 선임하사는 덩치만큼이나 무게를 지키고 있었지만, 사실은 그들 역시 눈(ㄱ)싸움으로 민 중사와 정 병장 두 사람을 쏘아보고 있었던 것이다. 당신들 민범식 중사와 정병일 병장은 5·18 광주민주항쟁 하는 학생들이 우리 공수특전여단에 무슨 잘못을 했습니꺼?……. 하는 식의 눈싸움이었다.
저들 두 병사 역시 만만치가 않았다.
'윤래경 소대장님예, 그리고 최순기 선임하사님 예, 제 말 잘 들어 보이소예? 우리 공수특전여단 천마 부대가 어떤 부대입니꺼? 이번 광주민주화운동 진압을 위해 투입된 '충전 작전' 부대가 아입니꺼?' 하고 핏줄 선 눈보다 더 무서운, 핏줄 번친 눈빛으로 살기를 띠고 눈싸움에 맞섰다.
눈에 보이고 귀에 들리는 민주화운동과의 전쟁 A공수특전여단이 진압에 나선 광주는 전쟁터일 것이다.

충전 훈련은 군이 시위를 진압하기 위해 실시하는 훈련이었다.
훈련계획은 전두환 보안사령관의 지시에 따라 보안사 참모들이 작성하여 넘겼다.
신군부는 광주에 배치된 '충정부대' 중심으로 강도 높은 폭동 진압 훈련을 실시하였으며, 대(對)정부 전복행위와 소요진압 작전에 투입되는 부대이다.
수도경비 사령부 예하 사단과 B,C,A,D 공수여단, 수도권의 17, 20, 30 사단 등 서울 및 근교에 있는 부대들로, 즉 작전의 주력은 특전부대였다. 미군의 작전통제권을 벗어난 부마항쟁, 12·12, 그리고 이번 광주 시위진압에 투입됐다.

전두환 보안사령관은 시국 수습방안에 서명하여 5월 13일부터 육군본부는 '충전 작전'을 시작했다. 13일 신우식 A공수여단장은 육군본부로부터 광주지역으로 출동 준비하라는 명령을 받고, 전북대와 충남대에 A공수여단 1개 대대씩, 그리고 우리 전남대와 광주대에 33대대, 조선대에 35대대를 배치했다.

시국 수습방안에는 비상계엄 전국 확대, 국회해산, 비상기구 설치 등 세 가지 골자로 하고 있다.

육군본부 작전참모부도 이 시기에 '학생시위 대처방안'을 작성한 4단계로 나뉘어 계엄 당국 대응 방안은 1단계(5월 7일부터 10일) 문교부 담화 발표 및 투입 준비, 2단계(5월 11일부터 13일) 포교령 발표, 3단계(5월 14일부터 15일) 학교휴교, 4단계 (5월 17일) 계엄군 투입 등이었다. 육군본부는 5월 7일 이전부터 군대를 동원, '비상계엄 전국 확대' 조치를 상정했다.

권덕룡 일병의 트라우마를 달래기라도 하듯, 부대 내에서 천사표 이미지로 알려져 있는, 변일규 병사가 그들 모두를 지원하고 나왔다.

"우리 특전사 A부대원님들예, 체력소모가 되지 않도록 이제 눈싸움 그만 하이소예. 특전사님, 우리 모두는 나라에서 시키는 대로 전쟁터에 나선 전사자들입니다, 아시겠습니꺼? 그리고 권덕룡 일병님께, 감히 쫄따구가 한 마디 하겠습니더, 너무 우쭐하지 말아예, 우리 공수부대원들도 인간입니다. 광주시민 학생들이, 우리나라를 위해 민주화운동을 하는 학생들입니다, 설마하니 동생들 같은 사람들하고 전쟁을 하겠습니꺼, 민범식 중사님과 정병일 병장님 그리고 강종언 상사님, 잘 들었지예? 서울에 봄은, 광주에서 민주화 열기를 일으켰습니더……. 그 중심에는 J대학교와 C대학교가 있습니더, 이런 학생들의 활동은 하루아침에 이루어진거 아닙니더, 천구백팔십 년 오월, 서울지역 대학생들이 중심이 되어, 서울역 시위가 절정에 이르렀고, 그 소식을 들은 광주지역 대학생들이 오월 십사일에 '민족 민주화 대성회'라는 이름으로 시위를 했습니더. 오월 십 육 일에는 학생들이 거리 시위로 나서 횃불 대행진을 하는 것이 아니고 민주주의 꽃을 피우고, 그 횃불 같은 열기를 우리 가슴속에 간직하면서, 우리 민주주의 함성을 수습하여 남북통일을 이룩하자는 뜻이며, 꺼지지 않는 횃불처럼, 우리 민족의 열정을 온 누리에 밝히자는 데 뜻이 있습니더……."

권덕룡 병사는 천사표 변일규 이병의 따뜻한 감정을 전해 받으면서 위안이 되었다. 권 덕룡은 우쭐한 마음에 불쑥 그에게 말을 걸었다.

"변일규 병사 고향이 어디라고 했지?"

"경상도 아입니껴, 최순기 선임하사하고 고향이 같습니더, 지역으로 봐서 저는 대구이고예, 선임하사는 고령입니더."

"고, 고령? 최순기 선임하사는 고령 출신이라고?"

"……"

"맞다, 언제인가 그분 고향이 고령이란 말을 했었지."

권덕룡은 다소나마 내 편이 있다는 데 힘이 솟았다. 고령군 쌍림면은 그의 진외가이다.

"그런데예, 권 일병께서 와 갑자기 고향을 묻습니꺼?"

"글쎄, 내가 왜 갑자기 고향을 물었지?"

변일규 이병이 그 말을 물어오자, 권 일병은 당황할 수밖에 없었다. 이 마음을 어떻게 표현해야 할까? 그 자신이 전라도가 고향이기 때문이었을까.

"전쟁 중에는 고향 같은 거 없습니더, 집으로 돌아가면 고향이고예, 못 돌아가면 무덤터입니더, 군쟁이란 상황은 내가 죽지 않으려면 누군가를 죽이는 그런 시스템이 아입니꺼? 옆에 있는 동료가, 설사 권덕룡 일병이라 할지라도, 죽어도 슬퍼하지 않습니더. 자신이 죽지 않아서 다행이다 이 생각밖에 못 한다 이거 아닙니꺼, 그래서 죽으면 억울합니더, 동료가 피 흘리며 죽은 것을 목격하고, 내 손으로 누군가를 죽이는……, 정치인들이나 지금 전쟁을 일으킨 전두환 말입니더…….”

민주화운동을 하는 광주가 전쟁터란 말인가? 시위진압이 아니고, 광주시민들이 이 많은 공수부대원들과 싸움을 한다 말인가.

'이제 변일규 병사도 많이 독해져 있구나.'

권덕룡은 혼잣소리로 넋두리를 늘어놓으며 그의 맑은 눈을 쳐다보았다.

맑은 눈빛은 분명 천사표 이미지가 맞는데, 그런데 무엇이 변일규, 자신을 조금씩 독하게 만들어 가고 있었던 것일까.

변일규 일병 역시 제 색깔을 찾아오고 있는 것인지도 모른다. 그의 눈빛이 온통 빨간빛으로 감돌고 있었다.

이번 5·18 민주항쟁을 진압하고 나면 변일규 이등병 역시 민범식 중사와 정병일 병장의 핏발 뻗친 눈빛이 되겠지.

"권덕룡 병사님 고향이 전라도라고 했지예?"

변 이등병의 말에 권덕룡 씁쓰레 웃으며 고개를 끄덕였다.

"지는 마, 부마 때도, 내 양심을 걸었습니더."

"알고 있네."

변일규. 그는 아직 햇병아리처럼 힘이 없다. 고참 병들이 그를 손바닥에 올려놓고 가지고 놀 만큼 가볍다고 생각하는 그런 지위였다. 그러나 변 병사는 풍부한 학식과 신체, 부모들이 부를 가진 터라, 유약한 모습은 찾아볼 수 없다. 재치 있는 농담, 선 후배 대원들에게 발랄하면서도 남자다운 향기, 남자의 섹시함을 느낄 수 있게 하는, 엄청나게 섹시한 향기를 가진 남자라고 할까.

그런 만큼 변 이병은 당당하게 인권 감수성을 키우고 있었던 것 같았다. 변 이병 스스로가 천부적인 인권을 가진 인물임에 틀림없었다. 그래서일까 부사관(하사, 중사, 상사)들 뿐 아니라 장교(소위, 중위, 대위, 소령) 등등 그리고 사병(이병, 일병, 상병, 병장)들까지도 그의 인권을 존중해주고 있다고 봐야 할까.

'귀하게 자란 아이가 귀하게 행동한다.'

"광주는 처음이 아닙니다. 친구를 만나러 한번 가 본 적이 있습니더. 학생들이 무등산 사슴의 눈빛처럼 맑고 순수할 것 같습니더. 우리 권덕룡 일병님의 눈빛처럼예."

"내 눈빛이 그렇게 보이나?"

변 병사의 칭찬에 조금은 기분 풀려 웃으며 물었다.

"저, 오월의, 무등산 풀밭에서 뛰노는 사슴 눈빛처럼 맑습니더,

그리고 오래전에 종교단체에서 사귄 그 남자 친구의 눈빛도 그랬던데예."

"나쁜 소리가 아니군."

"광주에 착한 친구들 몇 있습니더, 이번에 시간 있으면 한 번 연락해 보겠습니더, 친구 어머니가 광주 실내체육관 앞에서 남성기 성복 가게를 하는데, 전화번호 알고 있습니더. 마, 전라도 사람들 다들 착하고 인정이 넘칩니더."

덕룡은 그의 친구가 광주에도 있다는 말에 더욱 정감이 느껴졌다.

"변 병사는 어떻게 우리 부대에 지원하게 되었나?"

"지는 마, 너무 순둥이로 태어나서, 부모님께서 억지로 공수특전부대에 지원하게 하지 않았습니껴. 사내새끼가 기집애 같이 순해서 어디다 써먹겠느냐구, 담을 키워야 한다고 말입니더. 그런데 군대에 지원하고 보니 동료들이 다 착하고 좋습니더. 권덕룡 사병께서는 와 공수부대에 지원을 했습니꺼?"

권 일병은 차마 아버지 때문에 공수특전여단에 억지로 지원했단 말을 할 수가 없었다.

"제일 대답하기 힘든 질문이구만. 나도 변일규 이병처럼 순둥이를 벗어나고 싶어서 혼자 군대에 지원한 일이네. 그런데 나는 지금 변 병사의 흉내도 못 내고 있어. 변 병사야말로 우리 A공수여단에 없어서는 안 될 특전사야."

특전사 최고 영예인 탐팀인 특전사 요원 중에 체력, 침투기술, 전술 조치 등 분야에서 전투력이 가장 우수한 팀에서 주어지는데, 특전사 예하 각급 부대에서 예선을 거쳐 여단 별로 1개팀씩 하는 보팀업의 방식이다.

그 팀에서도 변일규 이등병이 아주 뛰어난 기량을 보였다.

특전대원들은 줄 하나에 몸을 맡기고 100m가 넘은 암벽을 순식간에 오르내려야 하며, 크랙(바위 표면에 벌어진 틈새), 슬랩(경사가 34-75인 넓고 평평한 암벽), 침니에(암벽을 세로로 갈라진 굴뚝 모양의 크기)로 이 숙달을 통해 어떤 상황에서도 임무를 완수 할 수 있는 능력을 가진 병사로 유사시 육지, 공중, 바다의 다양한 루트로 적진에 깊숙이 침투하여, 게릴라전, 교란작전, 정찰, 정보수집, 직접타격, 요인암살 및 납치, 인질구출, 주요시설 파괴, 항폭유도, 민사심리전, 비정규전 등 각종 특수작전 수행하는 임무를 가지고 있다.

G특전여단이 5·18 민주화운동 시위진압부대로 투입된 것도 변일규 같은 개인을 비롯하여 팀워크가 잘 되어 있기 때문이다.

그동안 제군들의 피와 땀으로 연마해온 훈련, 자랑스러운 공수특전여단 부대의 명예와, 특전용사와 명예를 위해 최선을 다해달라는 육 대대장의 훈시가 방송을 통해 흘러나오자, 권덕룡 일병은 금방 긴장감과 야릇한 흥분과 설렘으로 그의 가슴은 뛰어오르기 시작했다.

특전부대원 한 사람으로 그동안 힘든 훈련과 지휘관들의 엄한 교육, 이런저런 지겹고 힘든 고통스러운 일과 수모 반복 불쾌한 일들이 떠올랐다.

이제, 이때다 싶었다. 기회이고 힘을 과시 할 때마다, 즉 그 억눌렀던 것을 펼쳐볼 기회가 온 것이다. 그 모든 분노, 그것은 파괴의 욕구를 발산할 확실하고 정당한 대상을 찾아낸 것이라고 여겼는데 왜 슬픈 것일까.

광주가 고향이고, 고향 사람들이 민주화운동을 하고 있는데 같이 힘을 실어주지는 못할 언정, 자신이 시위 진압부대원으로 가고 있기 때문일까. 내가 누구를….

"맞습니다. 이번 우리 A 특전부대가 팀의 명예 특전사 요원으로 뽑히는 바람에, 저도 광주 무등산 풀밭의 사슴 눈빛을 닮은, 대학생들과 시민을 만나게 됩니더."

'무등산 풀밭의 사슴 눈빛을 닮은 광주시민들!!'

권덕룡은 가슴이 뭉클했다.

"순수하고 맑지."

이 순진무구한 변일규 병사는 저들과 무엇이 다를까? 다르지 않다. 저들도 사람이요 인간이다. 그런데 강종언 상사와 민범식 중사, 그리고 정병일 병장은 분명 다르다고 외치고 있는 것 같았다. 그의 특전여부대원들이 그러하고, 저 무등산 풀밭에서 한가로이 풀을 뜯고 있는 사슴의 선량한 눈빛을 담은 광주시민들이 외치고 있는 것 같았다.

"권덕룡 병사님이 C대학교 출신이라고 했지예?"

"이학년까지 다니다가 군에 지원했지."

"모교라 걱정은 좀 되시겠지만, 뭐 큰일이야 있겠습니껴? 순수한 학생들인데 그리고 강압 진압은 없는 걸로 알고 있습니다예."

"당연히 그래야지. 요 며칠 노상하는 민주성회인데요."

"민주성회가 뭔가?"

"민주화를 위한 집회를, 민주성회라 합니다."

윤래경 소대장이나 최순기 선임하사는 묵묵히 듣고만 있었다. 윤래경 소대장은 함부로 자기 내심을 표출하는 성격이 아니었다. 그는 자상하고, 조금은 어른스런 향기가 나, 폭신하고, 부드러운 향기와 그리고 그 역시 남자의 섹시함을 느낄 수 있는 향기를 가진 남자이다. 진압 과정에서는 소대장의 지시를 받고 작전을 원활히 수행할 수 있도록 보조하는 일이 소대장이다.

진압은 소대장과 분대장의 지휘체계를 갖고 신중하면서도 강력하게 진압해야 하는데 목적이 있었다. 특전사 체제를 보면 여단병력, 대대병력, 지역대, 지대가 있는데 지역대는 중위나 대위가 팀장이 되고, 대장은 소령이 된다. 그리고 한 팀이 11명으로서 팀장은 중위가 맡는다.

강종언 상사는 강하게 회오리바람이 부는 듯한 프레시하고 와이드한 향기라면, 민범일 중사는 시비를 거는 느낌의 향기, 에너지가 넘치고 거친 향기, 정병일 병장은 싸늘하면서 차갑고, 차분하면서 죽음의 그늘을 느낄 수 있는, 그러면서도 부드러운 달콤함이 있는 향기의 남자이다.

그때 최순기 선임하사가 권 병사의 어깨를 다독거렸다. 그런 최 선임하사의 표정은 어딘가 모르게 무겁게 가라앉아 있었다.

그의 역시 변일규 병사처럼, 오월의, 저 무등산 풀밭에 한가로이 노닐고 있는 사슴의 눈빛을 생각했을 것이다. 그들의 눈빛이 광주시민들의 눈빛이고, 민주화 운동을 하는 대학생들의 눈빛이라고……

최 선임하사의 낯빛이 무거워 보였고, 어딘지 모르게 불편한 심기를 드러내 보였다면, 그건 이미 광주 민주화 운동에 대해 사태 파악을 짐작하고 있었던 것 같았다.

최순기 선임하사는 베트남 전쟁, 부마항쟁 등에 참여했던 그로서는 광주민주화운동에 대해 잘 알고 있을 터였다.
"무등산이 참 아름답지예? 구경할 만 하지예?"
상황은 긴장하는데 변일규 일병은 의외로 느긋했다. 아마 선임하사 들으라는 듯 '수채화입니다' 하는 소리 같았다.
권덕룡은 고개를 끄덕이며 말했다. 선임하사의 표정도 조금 밝아 보였다.


4. 무등산은 말하다

확성기를 통해 경고 방송이 흘러나왔다.
대대장의 말 중간마다 마치 승리하고 돌아온 개선병이 부르는 군가처럼 「돌아온 병사」, 「콰이강의 다리」등의 경음악이 흘러나왔다. 스피커에서 왕왕거리며 흘러나오는 방송이 멎자, 강종언 상사와 민범식 중사, 정병일 병장은 마치 권덕룡의 기를 죽이려는 듯 분위기를 돋우며 승전가를 불러댔다. 공수 특전여단을 무거운 분위기로 주위에 도열한 병사들을 돌아보며, 몸을 좌우로 흔드는, 반동을 섞어가며 목청껏 군가를 토해냈다.

"안 되면 되게 하라. 특전부대 용사들……."
권덕룡은 루카치의『역사와 계급의식』을 잃었고, 레닌의『국가와 혁명』,『좌익 소아병』을 학교 도서관에서 있었던 것이 그의 큰 행운이었다.

확성기에서 세 번째로 지휘관의 지시가 흘러나왔다.
민첩한 동작으로, 잔혹, 추악…….
특전용사, 천하무적…, 세계 제일의 용사…. 그런데 권덕룡은 왜 이리 슬플까. 내 고향 광주! 전남 보성군 문덕면 운곡리 그는 다시 고향을 되뇌였다.

지휘관의 명령이 떨어지기가 바쁘게 몇백 명의 그들은 빠른 동작으로 일제히 트럭 위로 뛰어올랐다. 진압봉, 가스탄, 플라스틱 방패, 방석모 50센티미터의 곤봉으로 무장했다.
그동안 공수부대원들의 피와 땀으로 연마해온 훈련, 사랑스런 특전부대의 명예와 특전용사의 명예를 위해 최선을 다해 달라는 대대장의 훈시가 끝나자, 권덕룡 일병은 금방 긴장감과 야릇한 흥분과 설렘으로 그의 가슴이 뛰어오르기 시작했다.
특전단원의 한 사람으로서 그동안 힘든 훈련과 지휘관들의 엄한 교육, 이런저런 지겹고 힘든, 고통스런 일과, 부사관들과의 불쾌한 일들이 떠올랐다. 이제 이때다 싶었다. 기회이고 힘을 과시할 때다. 즉 억눌렸던 것을 펼쳐볼…, 그 모든 분노, 그것은 파괴의 욕구를 발산할 확실하고 정당한 대상을 찾아낸 것이라고 여겼는데, 왜 슬픈 것일까.

그 대원들이 탄 트럭의 행렬이 움직이기 시작했다.
투입된 A공수특전여단(18일), B공수특전여단(19일), 3c공수특전여단(20일)까지 약 3,000여 명이 투입된다는 정보를 얻어냈다.
5·18은 전두환이 민주주의 발전에 역행하는 5·17 계엄확대 조치를 내리면서 시작되었다. 10·26사태, 12·12 군사반란, 전두환의 중앙정보부장 서리 겸직, 80년 서울의 봄, 신군부의 5·17. 신군부는 이날 전국 주요 지휘관 회의를 열어 국가가 위기 상황이고, 시국수습방안이 전국 뜻이라면 대통령과 국무총리에게 압력을 넣었다. 5·17 쿠테타에 이어 5월 18일 비상계엄이 내려지면서 '정치 활동 금지', '국회 봉쇄', '정치인체포', '보도검열강화', '집회 시위금지', '휴교령', 등의 민주주의 탄압 조치가 내려졌다.
광주의 학생들은 전날 발표된 계엄확대 조치, 정치 활동 금지 조치, 휴교령에 맞서 시위를 벌이고 있다는 정보도 함께 들었다.

밤 10시경 주둔지를 출발, 어둠을 뚫고 광주로 향했다. 공수여단 2개 대대 688명(장교 84명, 사병 604명)을 태운 트럭은 달리고 달렸다. G 공수여단 2개 대대 역시 전북대와 충남대로 떠났다.

마침내 그들 병력들이 탄 군용트럭이 주둔지를 벗어나자, 어둠 속을 달리고 달렸다. 권덕룡 병사가 탄 일 번, 이 번 병력 차량의 순위였다.

군 트럭 뒷 칸 맨 후미에 윤래경 소대장과 최순기 선임하사 옆으로 권덕룡 일병이 앉아 있었고, 옆쪽으로는 민범식 중사와 강종언 상사, 정병일 병장이 자리를 나란히 했다. 변일규 이병은 권 일병의 앞줄이었다.

군용트럭이 호남고속도로에 진입하자,

우리는 검은 베레 특전용사들
불타는 의기정열 가슴에 찼다
하늘로 바다로 어디로든지
거침없이 달리는 천마부대다
천마부대다

　　　　　- 여단가 -

정읍을 지나자, 그가 탄 군 트럭이 긴 터널을 향해 빠르게 내달리고 있었다. 군용트럭은 터널 속으로 빠르게 흡수되었다.

터널 속으로 빨려든 차는 이내 암흑 속에 잠기고 병사들은 잠이 든 듯 조용했다.

잠시 후, 군 트럭은 숨을 토하듯 소리를 내지르며 터널에서 빠져나왔다.

전남 북의 경계인 터널을 지나면 장성군이다.

그는 어두운 터널의 민주화 불을 밝혀 줄 광주민주화를 떠올렸다. 그러나 시간이 지남에 따라 정돈된 부대원들 사이에서는 배신이 더 흔해졌다. 5·18 민주화운동을 하는 학생들에 대한 곱지 않는 시선과, 부대원끼리의 속삭임이 점점 더 강해지며 권덕룡 일병의 정신을 악화시켰다. 이념적으로 광주시민들에게 인간적인 대우보다는 원소에 뿌리를 두어 전쟁에서 전술력 이점을 얻을 수 있다고 판단했다

"여기가 어딘가?"

옆자리에 앉은 최순기 선임하사가 물어왔다.

그는 잠시 감았던 눈을 떴다.

"장성에 왔습니다. 고개면 넘으면 전라도 광주입니다."

권덕룡 일병은 광주가 가까워지면서 눈앞이 자꾸만 흐려 보이는 것은 어찌할 수가 없었다. 밤이어서가 아니었다.

 군용트럭은 어둠 속을 질주하고, 질주했다.

 그들이 탄 트럭이 장성을 지나 이어 각화동으로 접어들면서 권덕룡은, 그의 의식 속에 타오르는 톱밥 난로 불빛 사이로 보였던 어머니의 얼굴을 다시 한번 확인했다.

 '초당골다원' 녹차밭 푸른 가지 사이로 인동꽃처럼 빛나는 초록빛 햇살이 어머니의 하얀 옷 위로 스치고 지나간다. 푸른 차나무 사이로 하늘거리던 그녀의 하얀 옷자락은 보이지 않는다. 어머니의 손길이 닿는, 녹차밭 깊은 이랑마다 파릇파릇한 새싹이 돋아나 기둥처럼 장엄하게 서 있다. 초등학교 교사였던 어머니는, 자식들 셋을 돌보기 위해 교사직을 그만두었다, 자식들이 다 자란 뒤에 차밭 일을 하겠다고, 그 일에 뛰어들었다. 칠 년째이다.

 목적지인 광주를 눈앞에 두고, 대대장이 강조하던, 진압 작전의 행동지침을 윤래경 소대장이 말했다.

 "……하나, 신속한 해산. 둘, 체포. 셋, 재집결 방지……. 다섯 가지 행동 수칙이다.

 병사들은 지휘관 통제하에서 모든 행동에 있어, 철저한 규율을 확립하라……. 행동은 과감하게, 투석을 한다고 해서 위축되거나 기가 죽으면 작전에 실패한다. 그리고 개인행동을 엄금하라…….
'시위 군중들에게 공포 효과를 유발하라. 군중의 심리는 공포심을 느끼며 일순간에 허물어지기 마련이다. 타격은 과감하게 하고, 일단 체포한 범법자는 다중의 목격하에 무자비하게 응징, 시위해 보여라…….'
'무자비하게 응징?'
그것은 지난겨울, 부·마사태 진압 작전에서 얻은 교훈이다. 그 작전에 투입된 병력은 다른 부대였다. 부·마 사태가 있어 그들은 과감하고 용맹스러운 시위진압 작전이 얼마나 많은 시민들을 공포심으로 몰아넣었는지, 그래서 성공했는가를 병사들은 너무나 잘 알고 있었다.
대대장은 이번 '5·18 민주화운동' 시위진압에 있어, 부•마 사태에 투입되어 성공을 거둔 부대에 조금도 뒤지지 않는 성과를 거두어야 한다고 강조했다.
이번 광주시민들에게 가해질 진압이 다시 한번 눈에 떠올랐다.
누군가가 오월의 하늘 아래 무등산이라고 했던가. 변일규 이등병의 말처럼, 광주시민의 눈빛이 바로 저 오월의 무등산 풀밭, 사슴의 눈빛을 닮아있다고 했다. 그러나 현 칼자루를 쥔 권력자는,

저 푸른 무등산 풀밭에 한가로이 노니는 사슴 떼를…, 상상만 해도 머리가 아파온다.

'내가 누구를……?'

권 일병은 처연하게 혼잣소리로 중얼거렸다.

광주톨케이트를 지나서야 최순기 선임하사가 권일병에게 말했다.

"일 번 차, 이번 차는 전남대로 갈 것이다."

"J대예? 다른 차량은 어디로 갑니꺼?"

변일규 병사의 말에 최순기 선임하사가

"다른 차량은 조선대와 교육대로 갈 거야."

권 일병은 그 소리를 듣고 잠시 큰 충격에 사로잡혔다. 그 사실에 놀랐고, 공권력이 한편 두렵기도 했으나, 슬픔과 분노가 그보다 훨씬 컸다. 광주가 왜?, 도저히 용납할 수 없는, 자신도 모르게 눈물이 터져 나왔다. 그는 북받쳐 오는 울음을 삼키고, 삼키느라 힘들었다.

'안 돼? 왜 하필이면 광주?'

그는 피를 토하듯 속으로 외쳤다.

"권 일병은 광주 C대학에 다녔다고 했지예? 명문대학 아닙니꺼?"

불쑥 옆자리에 앉아 있던 최선기 선임하사가 물어왔다.

"지방에서는 알아주는 명문대학입니다. 국립대라 등록금도 싸구요."

"공부를 잘했네예?"

"예."

권덕룡은 그들의 대답만큼 시원하게 공부를 잘했었다. 초등학교 때부터 우등생을 놓쳐 본 적이 없는 아이로 꼽혔다.

교육자의 집안으로 덕룡은 엄청난 사랑을 받고 자랐었다. 그의 아버지는 중고등학교 교사를 거쳐 교장자리까지 올랐었다. 어머니 역시 초등학교 선생이었다. 하지만 아버지는 교육자로서 아들인 그에게 엄한 교육을 시켰다.

헤엄과 얼음 썰매 타기를 즐겨했던 그는 한 겨울에도 '쇠골목 마을' 집에서 좀 떨어진, 소녀의 외가인 백사장의 앞 꽁꽁 얼은 강에서 썰매 타며 놀았다.

아버지는 사소한 잘못에도 매를 들었으며, 공부를 제대로 안 하면 매타작도 아주 무섭게 하였다. 매타작이나 자주 하셨지 공부를 기르쳐 준 기억은 거의 없었다. 한겨울에도 방에서 쫓겨나 사립문

밖에서 두세 시간씩 벌을 받고 서 있기도 하고, 더 멀리 쫓기다 추우면 문덕장터 시외버스정거장 안으로 숨어들었다. 대합실 안에는 톱밥 난로불이 놓여 있었고, 불이 바알갛게 타오르고 있었다. 그는 그 앞에서 불을 쬐며 젖은 몸을 말리곤 했다.

 정류소 늙은 소장은 막차를 기다리는 손님들을 위해 톱밥 난로를 피어 올리는 것을 게을리하지 않았다.

 불이 사그라들면 늙은 소장은 한 움큼의 장작 쪼가리나 톱밥을 집어 난로 속에 넣었다. 파닥파닥 붉은 인동꽃이나 삐비꽃에 피어나듯, 바알간 불꽃이 타오른다. 이내 불꽃이 사그라지고 만다.

 이번에는 소년 덕룡이가 톱밥 한 줌을 집어 가만히 뿌려 넣는다. 파닥파닥 꽃잎은 삐비꽃 같은 불꽃이 환희 피어오른다. 덕룡은 깜짝 놀랐다. 삐비꽃 속에서 어머니와 아버지를 보았다. 그리고 인동꽃 속에서 피어나는 소녀를 보았다. 더운 여름날 헤엄을 치면 놀던, 백사장마을 외가에 온 소녀 윤효정이었다. 여덟 살 때 만났던 소녀는 얼굴이 맑았고, 눈은 머루알처럼 검고 뒷머리는 단정하게 인동덩굴을 수놓은 머리띠로 묶어져 있었다.

"이 녀석이 또 옷에 오줌 싸고 집에서 쫓겨났구나."
"아, 아니어요."

늙은 소장의 말에 덕룡은 얼굴을 붉히며 대들 듯했다.

"맞는데 뭘? 얼굴 붉은 걸 보면."

소장은 눈웃음을 지었다.

"아, 아닙니다."

권덕룡은 공부를 안 해서 집에서 쫓겨났다는 말을 실토해 버리고 싶었지만, 그것은 더 부끄러운 일로 여기고 말을 하지 않았다. 잔머리를 잘 굴리는 그는 영총해서 늘 성적이 우위에 있었다. 선천적인 체격이 컸고 뼈대가 튼튼하고 식탐이 강한 그는 농구, 축구, 배구 등 운동을 좋아하지만, 수영을 잘해서, 소녀가 살고 있는 죽산골 '상죽대내마을' 앞 강에까지 헤엄쳐 가곤 했다.

어쩌면 덕룡은 인동꽃 속에 바알갛게 피어난 그 소녀, 윤효정을 만나러 가느라 공부가 뒷전일 땐 아버지가 여지없이 매를 들었다, 그는 마을 또래 아이들은 물론 문덕면 소재지에도 상당한 완력으로 그곳 대장 역할도 도맡았다.

"이번만 특별히 봐주는 거야. 다음에 또 이불에 오줌 싸고 오면 난롯불 쬐지 못 할 거야. 아니면 키를 쓰고 소금 얻어 오게 하던지."

"키, 키요?"

"그래."

늙은 소장이 웃었고, 덕룡 역시 키들키들 웃었다.

옆집에 사는 형이 이불에 오줌을 싸 머리에 키를 뒤집어쓰고, 그의 집이나 이웃집을 돌며 바가지에 소금을 얻으려 다닌 것을 보았기 때문에 웃음이 나왔다.

북구 우산동 소방서를 지나 서방사거리 쪽을 향해 질주했다. 신호등이 작동하고 있었지만 무시하고 통과했다.

# 3부

# 미친 돌풍의 눈은 무엇이란 말인가

### 1. 미친 돌풍의 눈은 무엇이란 말인가

별채에서 나온 박기종 사장은 녹차밭을 향해 걸음을 재촉하며 길을 오른다.

사그락 사그락 찻잎이 익는 소리가 물결 소리만큼 부드럽게 사방으로 퍼진다.

그의 '초당골다원' 별채에서는 차밭 아줌마들이 첫물차 곡우(4월 20일) 전에 딴 찻잎으로 수제 덖음차를 만들고 있다.

한겨울 눈 속에서 미력면 초당골 영지를 머금고 자란 어린 순과 잎을 곡우(4월 20일경)전에 정성껏 손으로 따 모아 전통적인 덖음차 제다법으로 감칠맛이 뛰어 나고 부드러우며 은은한 향을 지닌, '초당골다원' 우전차는 보성에서뿐만 아니라 전국적으로 알려져 있다. 일단 그 차 맛의 일품은 그의 차밭 득량댁 아짐과 예당댁 당숙모와 여러 아줌들의 정성스러운 손끝에서 나온다고 본다.

한국 차의 녹차를 구분할 때 우전, 세작, 중작, 대작으로 구분한다. 우전이란 절기상 곡우 이전에 난 찻잎으로 만든 차라고 말하는데, 지금은 기후가 적절하지 않아서, 곡우 전에 만든 첫물차, 곡우 이후에 만든 두물차 등으로 구분한다.

두물차 세작은 우전보다 맛과 향이 진하다. 아무튼, 좋은 녹차는 제다법에 따른 고유의 색을 나타내고 찻물이 맑고 투명하며 차를 마신 후 기분 좋은 향기가 입안에 오랫동안 남고, 잔향이 그윽한 것이 좋은, 초당골다원 녹차가 아닌가 싶다.

차밭에서 아줌마들이 손으로 따서 모은 찻잎을 250-300℃의 가마솥에 찻잎을 넣고 타지 않도록 빠르게 덖는다.
 찻잎의 세포막을 자극하여 향이 나오도록 비벼 유염한다. 차의 맛과 향을 유지할 수 있도록 잘 말린다. 건조를 마친 찻잎을 기향 작업까지 보관하여 주문이 들어오면 100℃ 정도의 솥에 넣고 한 번 더 덖어 향을 낸다.
 가장 처음 딴 찻잎으로 만든 차를 첫물차, 곡우(4월 20일경) 전에 딴 차, 새순으로 만들어 빛깔이 맑고 향이 은은하다. 맛이 부드럽고 순하며 단맛이 난다.
 곡우 이후 두물차는 두 번째 수확한 찻잎으로 만든 차이다. 어린 찻잎의 모양이 참새의 혀를 닮아 작고 가늘다고 해서 작설차라 하며, 첫물차보다 맛과 향이 진하고 깊다. 이런 유념과 발효과정을 거치면서 맛이 더욱 은은하고 부드럽다.
 녹차에는 곡우 무렵 수확한 새순을 덖은 '첫물차', 곡우 이후 두 번째로 수확한 잎을 덖은 '두물차', 5월경 수확한 찻잎을 발효시킨 '발효 황차'가 있다.

햇차는 24절기 중 다섯 번째 절기인 청명(淸明) 이후 맑은 날만 골라 차밭에서 자란 새순 하나하나 따서 만든다. 잎을 따는 시기에 따라 첫물차, 두물차, 차는 3월부터 밑거름 작업을 하고 4월부터 시작해 5~6월에 본격적으로 찻잎을 따서 생산한다.

곡우(4월 20일경)를 전후해서 5월 중순까지의 차가 맛있다. 그 이유는 1창 2기라 해서 2장의 어린잎이 붙은, 어린싹만을 따서 만들기 때문이다. 이때 차의 잎은 신선하며 부드러워 최상급의 신선한 맛을 낸다.

녹차가 떫지 않고, 부드러운 맛을 느낄 수 있다.

우전차(곡우전차)라고 한다. 곡우(4월 20일경) 전의 어린잎으로 만든 최고급 차이며, 곡우차는 곡우 무렵에 딴 찻잎을 만든 차이다.

입하차는 입하(5월 4일경) 무렵에 딴 찻잎으로 만든 차이다. 하차(여름 차)는, 여름에 딴 찻잎으로 만든 것이다. 추파(가을 차)는 가을에 딴 찻잎으로 만든 차이다.

미력면 초당골의 깊숙한 골짜기를 향해 다랑 차밭들이 비틀거리며 올라가는, 오른쪽 어귀의 솔밭 사이로 그의 녹차밭이 보였다.

솔숲 사이를 헤집고 다니는 인부들의 모습이 그의 눈에 비쳐 들고 있었다. 아줌마들 일부는, 별채에 첫물차 덖음질을 위해 동원되었고, 일부는 밭에 미처 따지 못한, 밭에 남겨놓은 찻잎을 채다 하는 중이다.

일흔 살이 훨씬 넘은 나이에서, 육십 대, 오십 대에서 사십대에 이르기까지 다양하며, 서른 안팎의 여자 등, 십여 명 남짓이 인부들이 떼를 지어 종일토록 잘 가꾼 녹차 밭을 헤집고 다닌다.

득량댁 아짐과 예당댁 당숙모도 보였다,

멀리 보성군 조성면과 율어면에서 온 아줌마 몇 사람은 박사장의 물가에 새로 지은 초당골다원 별채에서 먹고 자고 차밭 일하면서 별채 관리도 해준다. 그중에는 오갈 데 없는 서른한 살의 여자도 육 년째 살고 있다.

박사장은 잠시 걸음을 멈추고, 차밭 안쪽에 서른한 살의 여자가 가냘픈 목을 꺾어 찻잎 따는 것을 바라본다. 박사장은 그 여자를 볼 때면 가슴이 먹먹하고 아파온다. 늘 젊은 여자가 안 되었다 싶은 생각이 들곤 한다. 부모 형제는 있는 것인지. 도대체 어디서 무슨 사고를 당해 말도 못 하는 것인지, 무엇에 큰 충격을 받고 기억을 상실한 것인지 모르지만, 저만한 나이 또래의 딸자식을 둔 그로서는 안타깝기만 했다.

그것은 함께 일하는 차밭 아줌마들 역시 궁금할 수밖에 없는 일이었다.

여자의 증세를 볼 때, 칠 년 전 5·18 민주화운동 당시 계엄군에게 끌려가면서 곤봉으로 머리를 맞았거나, 몹쓸 짓을 당한 뒤 여자가 저렇게 되었다는 등, 차밭 일을 하는 아줌마들 입에서, 입으로 별의별 말이 다 떠돌고, 떠돌아서 박사장의 귀에까지 들어왔다. 박사장으로서는 여자가 차밭에서 오래도록 일자리와 숙소를 제공하는 것만이 그녀를 보호하고, 동정하고 위로하는 게 전부라고 생각했는데, 아무튼 소문을 그냥 듣고 넘길 일이 아니다 싶었다.

5·18 민주화운동 당시 계엄군의 무차별 폭력 속에서 사망자 나왔다. 사망자는 청각장애인이다. 그분에게는 갓 백일이 지난 딸이 있는, 부모 형제와 처자식을 사랑하는 평범하고 선량한 가장이었다. 그는 시위에도 참여하지 않았으나, 계엄군의 잔혹한 폭력진압으로 인해 처참하게 맞아 죽었다.

검찰 검시조서에는 후두부 찰과상 및 열상, 우측 상지전반부 타박상, 좌견갑부 관절부 타박상, 진경골부, 둔부 및 대퇴부 타박상 등이 사인이며 사망진단서에는 후두부타박상에 의한 뇌출혈이 직접사인이었다.

꼭 여자도 처음에는 저 지경이었을 것이다. 어디서 치료를 받았는지 기억도 못하고 말을 못 하니 알 수는 없지만, 죽지 않고 살아남았다는 게 감사할 뿐이다.

여자가 초당골 녹차 밭에 온 지 벌써 칠 년이 넘었다. 처음에 길을 잃고 헤매던 그녀를 예당댁 당숙모 눈에 띄어 데려와서 산중 차밭 머리 컨테이너에서 아줌마들 몇 사람과 생활해오다가 지금은 '초당 골 다원' 별채로 옮겨와 살고 있는 것이다.

여자에 대해서 차밭 아줌마들의 말은 무성했지만, 차밭에서 하는 일만은 무섭게 해나간다. 일꾼 두 사람의 일을 거뜬히 해나가니 차밭 주인인 박 사장으로서는 고마운 일이었다.

여자는 초당골 녹차 밭에 파묻혀 있는 터라 제대로 병원 치료 한번 받지 못했다. 설사 5·18 민주화운동과 관련되지 않았다 하더라도 치료가 시급한 일이 아닌가. 그런데 정말 계엄군의 잔혹한 폭력에 의해 저 지경이 안 됐다고는 볼 수 없다.

그는 며칠 전에 읍내 K정신건강의학과 병원장이며 '기억분석실'센터장을 맡고 있는 김재완 센터장 친구에게 여자의 진료상담을 받은 후 치료를 받고 있는 중이었다. 예당댁 아짐 아들 권덕룡도 얼마 전에 여자와 같은 병원 "정신질환분석실"에서 치료를 친구에게 치료를 받고 있다.

　5·18 민주화운동 때 부상자들을 치료했던 의사 김재완은, 박사장의 절친이요 중고등학교를 함께 다닌 동창생이다.

　김재완은 5·18 때 진월동 인근에서 병원을 운영하고 있었으며, 2년 전 고향 보성으로 내려왔으며, 고향 사람들의 건강증진에 힘쓰기 위해 이곳에 자리 잡게 되었다고 했다.

　1980년 전두환 신군부는 공수특전부대 계엄군을 시위진압부대를 이끌고 와서, 광주 5·18 민주화운동에 참여한 민간인들까지 무차별로 죽인 일이다. 안타깝고 슬픈 일이 아닐 수 없다. 이렇게 폭력을 통해 정권을 잡고 나니, 정권의 안위가 두려웠던 군사정권은, 정권 유지를 위한 조직들을 강화시키는 일순위로 삼았다. 뿌리가 부실하고, 그래서 위태로웠던 군사정권은, 북한의 특수부대에 대항한다는 핑계로 사단 수색대 인원을 주축으로 특공연대, 특공여단을 창설하고, 시위를 막기 위해 경부교대나 백골단을 만들어 민주주의에 대한 대다수 국민의 열망을 힘으로 찍어 누르기에 급급했다.

　그렇게 5·18 민주화운동 10일간은, 전두환 신군부의 폭력과 광기, 무법천지로 만들었다. 비상식이, 상식으로 통용되던 너무나 암울했던 순간이었다.

## 2. 녹차 밭에 오르다

 녹차 밭을 향하던 박사장은 뒤를 돌아보며 호수를 내려다본다. 호수 빛이 마치 수묵담채화를 그리려고 풀어놓은 듯하다. 연녹색 물감처럼 짙푸르다. 호수를 감싸고 있는 모래사장은 눈이 부실 정도로 은기루를 뿌려놓은 듯 것 같았다.

 주암호수 배의 그림자에 놀란 잉어 몇 마리가 물 위로 솟구쳐 올라 수면을 박차고 튀어 오르는 잉어의 몸에서 비닐이 황금색으로 번쩍였다.
 얕다란 구름과 보성 벌 앞으로 끝없는 펼쳐진 청보리밭과 푸른 논배미는 그림에서나 볼 수 있었던 바다 물결처럼 펼쳐 보였다.

 박사장은 주암호의 짙푸른 물결만큼이나 큰 꿈을 갖고, 서울 Y신문사 기자로 입사했으나 5·18 민주화운동이 일어나면서 고향으로 돌아와 어머니를 도와 녹차 밭 일을 시작했다.
 언론은 5·18 민주화운동 때, 광주시민들이 계엄군에게 그토록 곤봉에 맞으면서 끌려가고, 총에 맞고 죽어 나가는데도, 당시 MBC와 KBS는 정부의 압박에 '광주에서 빨갱이 폭동이 일어났다' 라고 보도할 수밖에 없었다.

계엄군은 신혼여행 가는 차를 세우고, 이 부부를 끌어 내렸다. 감색 양복에 하얀 와이셔츠를 입은 신랑과 색동저고리에 빨간 치마를 차려입은 예쁜 새색시를 무작정 구타했다. 한두 명이 아니라 여러명의 군인들이 달려들어 집중 구타를 하자, 신랑은 거의 죽음 상태였고, 군홧발에 채인 신부의 치마저고리가 갈기갈기 찢어졌다. 옆의 시민들이 옷을 구해와서 입혔다.

그런데 언론에서는 단 한 줄도 그런 기사를 내보내지 않았다. 전두환 신군부는 계엄군이 광주시민을 무차별 살상하는 참극을 벌이자, 계엄당국을 통해 광주 참상에 대한 '보도금지' 조치를 내렸으나, 그러나 외신은 광주학살을 시시각각 보도했다.

국내 언론인들은 전 세계가 알고 있는, 참극을 보도하지 못한다는 좌절감과 분노를 폭발, 이는 신군부에 대한 저항으로 이어졌다.

광주에서 엄청난 유혈 참극과 학살과 저항이 이어지고 있는 만큼, 5월 20일 전국 각지의 언론사들은, 젊은 기자들 중심으로 검열 및 제작을 거부했다.

신군부는 전국 언론사 앞에 장갑차와 무장군인을 진주시키는 등 공포분위기를 만들었지만 편집국이나 보도국에서는 철야하며 투쟁으로 이어갔다.

광주민주항쟁기간, 광주시민들을 제외하고 신군부에 저항한 세력은 언론계 뿐이었다. 언론인들은 광주시민이 신군부 군홧발에 함락돼 열흘만인 5월 27일 새벽, 상무충전으로 밀고 들어온 계엄군에게 광주시민은 도청을 내어주어야 했다.

그 후 초당 골 다원 박사장을 비롯해서 수많은 언론인이 불법적으로 해직되어 거리로 내쫓겼고, 언론사 강제 통폐합이 이뤄졌으며, 신군부의 '언론학살'이 시작되었다.

차밭 가까이 오자, 차밭을 누비며 세작 찻잎을 따고 있던 아줌마들이 박 사장을 향해 손을 흔들었다. 그의 역시 손을 들어 보였다. 별채에 첫물차 덕음질에 동원되지 않았던 서른 살의 여자는 저쪽 밭 끄트머리에서 보였다.

첫물차는 곡우 전에 딴 찻잎이다. 우전 세작이라고 부르며, 지난번에 채엽하고 남겨놓은 것을 따고 있는 중이다.

차의 잎을 채다(採茶)시기에 따라 첫물차, 두물차, 세물차, 끝물차로 분류한다.

향미가 좋은 차를 얻어내려면 따기, 덖기, 비비기, 말리기 등이 중요하겠지만, 언제 딴 잎으로 만드냐에 따라 맛과 향의 차이를 두고 있다. 가지 끝에 갓움 돋은 여린 찻잎을 청명 전후에 따는 것일수록 진향(眞香)의 독특한 맛을 낸다.

 채다는 곡우 전 5일에 따는 것을 제일 작설, 곡우 후 5일에 따는 제이 작설, 그리고 그 뒤 다시 5일이 지나서 따는 것을 제삼 작설이라고 한다.

 첫물차(3-4 페스트 플러쉬)라고 하며, 그 후 1개월 후 처음 돋아난 여린 잎을 두 번째로 따는 것을 두물차(여름 5-6 세컨드 플러쉬)라 한다. 다시 2개월이 지나서 세 번째로 따는 세물차(가을:7-8오텀넘), 그리고 네 번째로 끝물차를 딴다. 차를 찻잎을 빨리 채엽한 차일수록 맛과 진향이 독특하다. 반대로 그 채엽 시기가 늦어질수록 찻잎이 커지며 쓰고 떫고 감칠맛이 달아난다.

 채다한 찻잎의 수분이 많을 때에는 완성된 찻잎의 색깔이 짙어지고, 향기와 맛이 엷으며 탄방(灘放)을 하지 않고, 수분이 많으며 살청을 할 때에 정신집중이 필요한 것은 생 찻잎 속에 들어있는 폴리페놀의 산화를 차 색깔을 유지하고 풋내를 없애줌에 있다.

## 3. 어머니의 영혼을 가꾸다

　박기종(朴基鍾)사장의 초당골 녹차밭은 마을과 외떨어진 산언덕을 높게 기어 올라와 있었다. 평범한 산이었다. 보성군의 북쪽에 자리 잡고 있는 천봉산 자락 아래 산이지만, 산행 서적이나 관광지도에서 찾기 힘든 무명이었다. 그러나 차밭 아래 주암호수가 생기고, 푸른 물감을 엎질러놓은 듯한 층층이 일구어놓은 차밭의 절경과 대원사를 병풍처럼 감싸고 있는 천봉(산), 말봉(산), 까치봉 세 개의 봉우리가 호수에 비쳐들면서 알려지기 시작해서, 관광객이 인산인해를 이루는 그의 초당골다원'은 명소가 되었다.
　초당골은 보성군 미력면에서도 가장 깊은 곳에 들어앉은 산이었다.
　그만큼 때 묻지 않는 살아있는 청청한 녹차 밭이었다.
　초당골의 차밭은 미력면의 자랑거리였다.
　차밭은 30년 넘게 이어왔다. 어머니의 품처럼 푸근한 차밭은 주암호의 물결과 언덕의 바람을 안으며 건강하게 지켜냈다. 어머니는 잠깐씩 집안일을 할 때를 제외하고는 날마다 차밭에서 몇 시간씩을 보냈다. 수년 동안 해마다 차밭에 거름을 주고 수확하는 일을 인부들과 함께했다.

추운 겨울에는 차밭 한 모퉁이에 불을 피워 놓고 잡초와 오래된 나무뿌리와 온갖 쓰레기를 태워 재로 만들었다. 그럴 때 기종은 어머니 곁에 있기를 좋아했다.

책가방을 마루에 던져놓고, 차밭으로 달려가서 주워 온 보릿대나 솔가지를 꺾어 불 속에 집어 던져놓고 그 불에다 감자나 고구마, 밤을 구워 먹는 그 재미란 말할 수 없다. 꿈속에서도 단맛을 삼키곤 했었다.

바람이 불면 더 아름답다. 흔들리는, 여린 찻잎이 바람에 쏠리는 날에는 봄 눈발 같다. 환상적이다. 봄 눈 같은 햇차를 따는 시기는 봄부터이다.

얼마 전까지도 5월의 돌풍이 지나간 차밭은 잔인한 흔적으로, 마치 5·18 광주민중항쟁 끝을 보는 듯 아팠었다. 분했었다.

뻘건 뻘로 덮여 있었고, 그런데 뜻밖에 굳센 생명력으로 모두가 되살아 난 것이다. 진초록의 찻잎은 새롭게 깨어나 소리 없이 활력을 되찾고 있었다.

"우리 광주와 전국의 모습이 보이는구만."

천주교 광주대교구 신부들이 4월 21일 단식 투쟁을 시작하면서 전국 교구로 확산, 4·13호헌 조치 반대운동이 6월 민주항쟁으로 치닫고 있지 않은가.

 전국 시민들은 박종철 고문치사 사건 4·13호헌 폭거에 저항하고 이한열 열사 죽음, 이 아름다운 바람이 전국에서 불어오고 있지 않는가.

 그날 오후 차밭 인부들의 작업이 끝나갈 무렵이었다. 박기종 사장이 차밭을 한 바퀴 둘러보고 있을 때였다. 그는 호수 건너 벌판에 눈이 멎었다. 그는 깜짝 놀랐다.
 하늘은 온통 먹구름을 뒤집어쓰고 있었다. 곧이어 장중한 으르렁거림이 뒤따르고 한 차례의 번개가 일면서 하늘이 찢어질 듯 번개와 우르릉 터지는 천둥소리가 요란했다.
 "큰비가 오려나 보다."
 인부 중 한 사람이 말했다.
 또 한 차례의 벼락이 우르릉 쾅 하고 터졌다. 쇳덩이 같은 구름이 갈라진다. 아마 이번 돌풍의 위세는 한꺼번에 광주를 쓸어버린 것처럼 포악한 전두환 신군부 계엄군이라고……. 
 휘돌고 있던 돌풍이 엄청난 기세로 이쪽을 향해 불어오고 있었다. 박 사장은 서둘러 인부들의 작업을 마치게 했다. 날던 새들도 무엇에 쫓긴 듯 쏜살같이 제집으로 쏠려들었다. 인부 아줌마들 역시 후다닥 부근 컨테이너박스 안으로 몸을 피했다.

5월의 돌풍은 엄청난 기세로 벌판과 호수 주변, 그리고 차밭을 휘돌고 있었다.

도로공사 하느라 벌겋게 흙을 뒤집어 놓은, 흙먼지와 갈기갈기 찢어놓은 비닐하우스의 비닐 조각들까지 휘말려 벌건 기둥으로 솟아오르고 있었다.

박 사장은 5·18 민주항쟁운동 때 불타오르던 MBC 문화방송의 불기둥을 다시 보는 것 같아 흠칫했다.

당시, MBC, KBS가 불탔다.

광주 상황에 보도되지 않고 계엄당국의 말만 되풀이하자 시위대가 불을 붙인 것이다.

밤 열시 반, 동명동 앞길에서 공수부대와 시위대가 충돌대가 충돌하면서, 붙잡혀 집단 폭행을 당한 작업복 입은, 삼심 대의 선량한 시민의 일꾼이 숨졌다.

이날 밤 광주시청이 시민들 품으로 돌아왔고, 광주경철서와 서부경찰서가 점검대상이었으며, 자정이 지나 광주세무소가 불길에 휩싸였다.

다음날 집단 발포를 예고하고, 지급해서는 안 되는 실탄을 지급, 장갑차를 앞세우고 휩쓸고 지나간 금남로 거리는 피바다로 물들였다. 교복을 입은 중고등 학생들 입에서 비명을, 애타게 엄마. 엄마를 찾던 아이도 곧 숨이 멈춘 지 육 년. 그날의 그 끔찍한 비명 소리조차 무감각해져 버린 지금, 저 미친 돌풍의 눈은 무엇이란 말인가?.

내년[1987년] 전두환 대통령의 임기를 앞두고, 지금[1986년] 대통령 직선제를 위한 개헌 운동이 곳곳에서 벌어지고 있지 않은가.

5·18, 광주민주항쟁은 끝난 것이 아니다. 5월 민주항쟁이 6월 민주항쟁으로 광주대교구 사제단 단식으로 이어지고 있지 않은가. 여기에 염평식 아우가 임규정이 이끌던 '외곽도로 경계' 칠 의형제와 송광민 등이 남동성당에서 신부님들과 함께하고 있으며, 5·18 광주민주항쟁 때, 염창호가 운영하던 '소쿠리 짜자루' 골방에서 투사호보를 제작해 배포했던 한군, 이군, 박군 등이 서울로 돌아가 명동성당에서 신부님들을 돕고 있다는 말을 염평식 아우한테 들었었다.

5·18 민주화운동이 비록 열흘만에 막을 내렸지만, 광주의 비극은 결코 패배만을 의미하지 않았다. 암매장된 지. 칠 년째, 그 유골조차 찾지 못한 임규정. 그는 5·18,민주항쟁 때 '외곽도로 경계조'의 칠 의형제 팀장으로 '시민군'활약을 한 사람으로 계엄군으

로부터 문덕을 지켜낸 사돈네 아우였다. 그가 떠난 후. 그의 '외곽도로 경계 조' 칠 의형제가 염평식 아우와 한팀이 되어 내년 임기를 앞두고 있는, 직선제 개헌 운동에 앞서고 있는 남동성당에서 살다시피 한다는 소식을 들었다.

1980년 5·18, 광주민주항쟁을 총칼로 짓밟고, 1981년 2월 12일 개정된 제5공화국 헌법에 따라 대통령에 당선되었지만, 5·18 민주화운동 등 비민주성으로 인해 국민들과 야당 그리고 재야세력으로 비판을 받아왔던 그였다.

컨테이너박스 맞은편 어디선가 돌풍을 맞고 부러지고 꺾인 나무들의 비명소리가 들려왔다. 우지직……, 그때마다 인부 아줌마들 입에서 어김없이 터져나오는 전두환 신군부에 대한 욕설이었다.

"저, 저것 좀 보시오. 날씨가 미쳤나 봐요. 이 봄에 웬 돌풍이냐구요. 지금 삼월달도 다 끝나가는데요."

불어오는 바람을 피해 컨테이너박스 안으로 쏠려 들어온, 인부 십여 명 가운데 율어에서 온 젊은 여자가 찻잔을 들고 창을 내다보며 소리를 질렀다.

둘러앉아 햇차를 나누어 마시던 득량댁과 예당댁을 포함한 몇 사람이 창가로 모여들었다.

"미친놈의 비바람, 계엄군 것들 짓거리하고 같구마······."

처음으로 일 나온 보성댁이 턱을 떨며 말했다. 그 바람에 찻잔이 흔들렸다.

아악. 으아악······, 당시 계엄군의 구둣발에 밟힌, 여러 명이 한꺼번에 내지르는 숨넘어가는 듯한 단말마의 비명, 지금 저 소리는 필시 육 년 전 거기 금남로에서 터져나오고 있을 것이다.

"그래요. 아무리 인간이 무섭다고 한들 계엄군 그놈들만큼 무섭겠어요."

"우리는 절대 잊어서는 안 됩니다."

득량댁 말끝에 예당댁이 말없이 한숨을 내쉬었다.

한참 돌아가던 돌풍이 이내 기가 꺾였다.


금빛 잎을 피워 올린 차나무는 죽음 직전에 되살아나 제법 여린 새잎이 피어나고 있었다. 은색의 부러진 나뭇가지에서도 마른 껍데기를 깨고 새움이 돋았다.

이제 그곳에도 영광처럼 밝은 햇살이 가득했다.

차밭에 햇살이 들고, 연한 찻잎 위로 붉은 햇살이 부챗살처럼, 또는 날카로운 유리가루처럼 퍼질 때면 그것들은 초록의 눈부신 색채를 맘껏 뽐냈다. 찻잎은 항상 윤기를 뽐내었고, 차나무들은 짙푸른 생기를 띤 채 활기차게 기지개를 펴며 힘차게 가지를 뻗어내고 있었다. 밭이랑은 푸르름을 잃지 않았다. 박사장은 차밭을 둘러볼 때면 항상 흐뭇하였다.

박 원장의 집은 주암호수 주변에 지어진 넓고 크다. 주변에서 참외만 한 차돌을 주워 시멘트 사이를 메워 촘촘히 쌓아 올린 돌집이다,

아침이면 호수에 비쳐든 까치봉의 까치들이 날아와 아침을 깨운다.

중학교 미술 선생으로 있는 아내는 자식들의 뒷바라지와 학교 일로 한 달에 두 번 온다. 가끔 박 사장이 광주에 있는 집에 아내와 자식들을 만나러 가곤 했다.

박 사장은 잠에서 깨어나자 곧바로 호숫가로 나와 맑은 물에 세수를 한다. 물을 들여다본다. 잠에서 깨어난 십여 마리의 까치봉의 까치들이 서로 몸을 비벼준다. 그리고 각시에게 잘 보이기 위해 몸단장을 시작한다.

하얀 침을 분비해서 그것을 주둥이에 바른다. 그리고 눈을 닦는다. 날개깃을 펄럭거려 먼지를 털어내고 다리를 깨끗하게 매만진다. 끝으로 붉은 갈색을 띤 아름다운 날개를 불똥처럼 반짝이도록

윤을 낸다. 과시하듯 날개를 펴 본다. 부신 햇살과 접촉한 날개의 빛깔은 붉다 못해 현란하다.

아름다운지교! 각시 생각을 하면서 노래를 시작한다. 각시 새 한 마리가 날개를 펼쳐 보이며 나뭇가지에 살짝 내려앉는다. 신랑 각시새가 그의 정수를 물고 입맞춤을 한다.

전화벨이 울렸다. 아내에게서 온 전화였다.

4부

하늘은 알 것이다

1. 햇차를 마시다

미력면 초당골 녹차밭에는 새벽부터 두물차 세작 찻잎을 따는 아줌마들의 손길이 바빠졌다.

지난번에 채엽한 첫물차 찻잎을 마무리하고, 이번에는 두 번째로 돋아난 찻잎을 수확하는 날이다.

열흘간 차밭을 점령했던 폭우가 그치고, 맑은 하늘에는 밝은 빛이 가득했다. 그날, 신군부 계엄군이 해일처럼 일어나 거센 파도처럼 출렁거리며 광주를 열흘간 휩쓸고 지나간 거대한 쓰나미를 보는 듯했었다. 5·18 광주민주항쟁 때 계엄군들이 하는, 행위는 끔찍해 할 정도였다. 칠 년이 지났고, 공수특전대원 아들을 둔 예당댁이지만, 저들을 생각하면 지금도 가슴이 두근거리다 못해 요동쳤다.

차밭에는 그사이 짙푸른 나무가 빽빽하게 들어서 있었다. 여름 정취가 물씬했고, 그 냄새가 이곳 차밭 이랑마다 퍼져나갔다, 그 결이 곱고 길게 늘어선 채 햇빛을 받아 빛나고 있었다. 부드러운 이랑을 따라 띠를 두르듯 한, 차밭에 서른한 살의 여자도 고개를 꺾어 찻잎을 딴다. 긴 머리카락이 얼굴을 가리긴 했지만 바탕이

훤칠한, 찻잎을 따는 여자의 모습은 차밭의 짙푸른 색깔만큼이나 청순하다.

아줌마들이 옆에서 흘깃 쳐다보고 웃음 지으려 해도 여자의 얼굴은 여전히 정색을 하고 있거나, 타는 듯 붉은빛으로 덮였다. 마치 무슨 짓을 하다가 들켜, 수치감으로 화끈해진 얼굴을 깊이 꺾고 모르는 척하기로 마음 정한 여자 같았다. 또 한 번 쳐다보면 이제는 눈 딱 감고 귀먹은 셈 치고, 이 고비를 넘기자는 그런 속셈으로 일만 했다. 아줌마들의 말에 무슨 말을 한 것 같은데, 그것은 아무도 못 알아들을 혀 꼬부라진 어눌한 소리에 불과했다.

예당댁은 여자의 처지가 자신과 별반 다르지 않다고 여겼다.

가슴이 아프다. 그것도 시리도록 아프다. 서른한 살의 처자와 경우는 다를지라도 그녀와 비슷한 처지를 느끼는 동병상련인지도 모른다고 여겼다.

예당댁은 세상이 아들 덕룡에게 벌을 줄 때면 하늘을 올려다보고, 하소연하고 위안을 받는다. 하늘이 무심하면 그것을 잃어버리고 나서 땅을 바라보며 차밭일을 하면서 위안을 받는다. 그러다 땅을 잃어버린 땐. 하늘을 올려다보고. 하늘을 잃어버릴 때는 땅을. 그래도 아직은 올려다 볼 하늘이 있고, 차밭일을 할 수 있는 땅이 있어 얼마나 다행인가 싶었다.

여자도 그런 셈일 것이다. 그러니 처자와 다를 바 없다고, 조금도 다를 바 없다고. 5·18 민주화운동 때 시위진압부대원 아들을 둔 부모로서 예당댁은 처자와 조금도 다를 바 없다고, 언젠가는 처자에게 분명하게 말해 주고 싶었다.

처자는 지금 예당댁의 감정이 어떠한지, 알아본 적이 없었을뿐더러, 그녀의 따뜻한 감정을 헤아려 볼 필요조차 느끼지 못할 것이 뻔했다.

여자의 그러한 행동을 처음 겪은 것이 아니다. 칠 년 전 그녀를 먼저 알고, 이 초당골 녹차밭으로 데려온 사람이 예당댁이고, 오갈 데 없는 여자를 데려와 이곳 컨테이너박스 안에서 먹고 자게 해준 것도 예당댁이었다.

여자는 몸 전체로 깨끗한 피부를 유지하고 있었다. 맑고 검은 머루알 눈동자는 여간 귀엽고 영특해 보이기까지 하였다. 그런걸로 보아 차밭 일을 해본 적이 없을 것 같은데도 그게 아니었다. 전혀 힘 드는 기색 없이 능숙한 솜씨로 일을 해나간다. 밭일하는 여자의 몸동작 하나하나가 신중하고 조심성이 있었다.

찻잎을 따는 여자의 손놀림은 칠 년 전, 스물다섯 때 나이에 어울리지 않은 만큼 재빨랐다. 그 손놀림 하나하나가 밭일하는 아줌마을로 하여금 놀라게 했다. 서툰 듯 차분차분하고, 느린 듯 세심해 보였다. 여자의 유년하고 우아스러운 것에 차밭 일을 하는 아줌마들의 부러움을 느끼게 했다.

차밭 일을 하는 아줌마들은, 나름대로 가정이 안정된, 소위 말하는 수다쟁이 아줌마들이 모여 세상 돌아가는 이야기나 각자 주변의 가십거리로 떠들어댔다. 그런데 이제는 셋만 모여도 말을 못하는 여자를 안쓰럽게 여기고 천인공노할 신군부 진압군의 악담을 칠 년째 쏟아 내고 있었다. 그런 말이 나올 때면 예당댁은 하늘을 올려다 보거나 자리를 떠서 여자와 같이 차밭 일을 한다.

5·18 광주민주항쟁 때 계엄군에 끌려가 몹쓸 짓을 당하고, 미친 사람이 되어 집이며 나이, 성씨도 모르고 예당역 주변을 떠돌고 있다는, 그 여자처럼, 지금 이 여자도 그때 어떻게 된 것이 아닐까. 그래서 기억을 잃은 것일까. 하는 아줌마들의 이야기였다

당시 5·18 민주화운동을 총검으로 무차별 진압했던 계엄군들은 십 대, 삼십 대 여학생과 주부, 생업 종사들 가리지 않고 성폭행을 저지른 충격적인 성범죄의 전모가 생생하게 드러나고 있다.
어쩌면 아줌마들의 말처럼 서른한 살의 여자도, 칠 년 전, 5·18

민주회운동 열흘간이 지나고, 후에 녹차밭에 왔으니까, 계엄군의 폭력으로 인해 여자의 스물네댓 살의 꽃다운 나이에 인생이 멈춰 버린 것이나 다름 없었다.

성폭행 피해자들은, 2명 이상 군인들이 총으로 생명을 위협해 왔고, 그 상황에서 피해를 입을 수밖에 없었으며, 그 트라우마(정신적 외상)가 삶을 짓밟고 있을뿐더러 이들은 치료마저 거부하며, 숨겨온 사실들이 드러나고 있다.

여자도 그들 속의 피해자가 아닐까.

예상 댁은 차밭 아줌마들의 말이 예사로 들리지 않았다. 설마하니 저렇듯 참하고 착한 저 여자를 그놈들이 왜 무엇 때문에 장애인으로 만들어 놓았단 말인가. 그녀의 입에서 거침없는 욕설이 터져 나왔다. 당시, 공수특전여단에 몸담고 있던 아들 권덕용 일병이 광주 5·18 민주화운동 시위 진압부대원으로 있던 중, 송암동 오인 교전에서 사고를 당해 칠 년째 병원 정신질환 치료를 받고 있지만, 욕이 절로 나왔다. 사고를 당한 아들은 수술도 했지만, 원점으로 돌아가는 듯 가끔 가슴앓이 통증이 재발하는 통에 가족들이 혼을 빼놓곤 한다. 그래도 다행히 박 사장 덕분으로 치료받고 있는 읍내 K 병원 '정신질환분석실' 치료를 받고 있는 후로는 안정이 된 것 같아 보였다.

5·18 민주화운동 당시 군인들의 폭력적 만행을 모르는 사람이 누가 있겠는가. 하지만 군인들이 무슨 죄가 있겠는가. 신군부 세력의 절대 권력자인, 전두환의 명령에 따라야 했었다.

군사정권이 지배하던 1960~70년대 대한민국은 대통령의 권한을 강조하는 '유신헌법'과 강력한 독재정치로 인한 사람들의 자유와 권리가 침해 되었다.

그러나 1979년 10월 26일 박정희 대통령의 암살사건 이후, 사람들은 비로소 우리나라에도 진정한 민주주의가 이루어진다는 희망을 품게 된다. 이 희망의 봄을, '서울의 봄'이라고 부른다.

'서울의 봄'으로 민주화의 실현을 기대했던 국민들의 바람과 달리 전두환 노태우의 하나회를 중심으로 12·12쿠데타를 일으키고 군사지휘권을 장악하자, 이에 맞서 서울지역 대학생들은 1980년 봄, 캠퍼스를 벗어나 대규모 시위를 벌이게 된다. 1980년 3월 서울대 총학생회를 시작으로 4월 전국의 주요 대학생들에 학생회가 구성되었고, 5월 본격적인 민주화 투쟁을(운동)위해 학생들이 거리로 쏟아져 나왔다.

5월 15일 서울역에서 10만 명의 대학생들이 결집하여 계엄령 해제와 민주 헌법 개정, 노동권 보장 등을 주장하며 민주주의의

회복을 요구했다.

신군부는 정권 확립을 위해 5월 17일을 기점으로 임시국회를 해산하고, 국가보위비상 대책위원회를 설치하여 내각을 장악한 후, 각종 언론이나 방송이 검열 대상으로 삼았으며, 대학생들은 휴계령이 내려졌으며, 집회, 시위 등 모든 정치 활동을 중단시키는 조치가 취해졌다.

이러한 조치가 내려지자, 5월 18일, 민주화를 요구하는 항쟁[민주화운동]을 시작했다. 이에 신군부는 군사를 투입해 시위를 무차별적으로 진압하였고, 이 과정에서 수많은 민간인 희생자들이 발생했다.

신군부 계엄군은 광주를 통제하고 언론을 탄압하여 외부 사람들은 광주 상황을 알 수 없었다. 5월 27일, 계엄군의 무력 진압으로 인해 5·18 민주화운동과 민주주의 향한 '서울의 봄'은 열흘 만에 막을 내리게 된다.

12·12군사반란은 박정희 대통령이 하나회를 비호한 것이 근본 원인이었다.

쿠데타로 집권한 박정희 대통령은 군을 완전 장악하고, 친위부대를 강화하고, 정보고 체제를 다원화하고, 사조직을 가동했다.
그 사조직은 내부 경쟁이 심한 수평적 사조직보다 영속성이 있는 수직적 사조직을 선호했다. 5·16쿠데타로 세력을 키운 8기생들을 견제하기 위해 전두환. 노태우 등 정규 육사 출신의 사조직을 후견한 것이다.

전두환 보안 사령과 (당시 육군 소장)은 하나회라는 군대 사조직을 동원하여 1공수특전여단, C공수특전여단, 4공수특전여단, 9사단(당시 노태우 사단장) 등 당시 계엄사령관이었던 정승화 육군참모총장과 3군 사령과, 수도경비 사령관, 특전 사령과 등을 제거하고 권력을 잡은 사람이 아닌가.
진압부대원 아들을 두었던 예당댁으로서는 살아도 죽은 사람이라 여기 수밖에 없다. 또 한 사람 아들 역시 권덕룡 역시 살아도 죽은 목숨으로 살아가고 있다.
그렇다고 먼저 죽을 수는 없다고 각오하며 살아갈 것이다. 앞으로 십 년 후의 그녀 자신이 지금보다 행복할 자신도 없다. 아들 덕룡이 건강이 회복된다면 살아있는 것 자체가 숭고한 것이란 말이 진실인지도 모르겠다.

예당댁은 너무 오래 살았다고 할 정도로 나이가 든 것은 아니다. 입원을 한 적이 있었으나 위염 증세였다. 일주일 정도 입원했다가 퇴원했다.

당뇨가 있거나 심장과 혈압에도 이상이 없다. 이대로라면 적어도 이삼십 년 나이, 삼십 년을……., 그러나 아들 덕룡을 생각하면 이미 그녀는 현실 세계와 유린 된 채 살아가는 몸이 될 것이 뻔했다.

하지만 무슨 말을 어떻게 하겠는가.

역사는 기록이고, 기억이며 평가이다.

80년대를 살았던 광주시민들, 그리고 많은 희생자들에 의하여 광주 민주화가 된 것 또한 역사의 기록이며 평가다.

예당댁은 5·18 광주에서 일어난 비극에 대해서 가슴 먹먹함을 느끼고, 살아도 죽은 목숨을 부지하고 아들을 생각하면 온몸이 아프고 괴롭다. 그 아들을 위해서 현재도 무엇을 어떻게 해야 하는가에 대해 생각한다.

팔십 년 오월, 광주를 짓밟고, 그 이듬해인 1981년 2월, 개정된 제5공화국 대통령에 오른 전두환은 정권 내내 광주학살에 분노한. 국민들과 재야세력의 비판을 안고 살아오지 않았던가.

내년인 1987년 대통령 임기를 앞두고 있는 4·13호헌 개헌 운동이 여기저기서 일어나고 있으니, 제2의 5·18 광주민주항쟁이 일어나지 않을까 우려도 되지만, 이제는 절대 그런 일이 없을 것이다. 이미 국민은 전두환 신군부 계엄군을 앞세워 희생양을 삼은 것을 모를 턱이 없을뿐더러 이미 청문회에서 밝혀진 일이기에 또다시 그런 일이 일어나면 전 국민이 나설 것이 뻔한 일이다. 이번에야말로 5·18,광주민항쟁이 제2전국민주항쟁이 될 것이라는 장담을 해본다.

광주 시위진압부대원 아들을 둔 예당댁은 죄인이다. 하나 어쩌겠는가. 살아야 한다고 여긴다. 아들 덕룡을 위해서라도.
분명 전두환 정권은 역사에 죄를 지었다.


다시는 이 땅에서 그와 같은 비극적인 일들이 반복되지 않도록 올바르게 기억하는 일들을 살아남은 사람들의 책무이자 의무라고 여긴다. 여기 산 증인, 아직도 목숨이 붙어 있는 아들 덕룡이가 깨어나면 증언할 것이다.

## 2. 하늘은 알 것이다

살아, 있구나/하늘에 가거들랑/살아있는 순교도/있어노라 자랑일랑 하자구나/흔들리는 마음에/ 빗장을 채우며/죄스러움을 씻었다.

예당댁은 허리를 굽혀 찻잎을 딴다.
서른한 살의 여자는 그새 저만큼 차밭이랑 끝에 있었다. 차밭이랑을 떠돌고 있는 여자 같았다.
그 사이 아줌마들은 밭 가로 나와 두어 번 몸을 쉬고, 어느새 눈앞에 있는가 하면 저만큼 차밭이랑 끝으로 멀어져 있었다.
예당댁은 차밭과는 무슨 필생의 업보처럼 찻잎 따기로 시간을 보냈다. 잠시도 쉬는 참이 없었다. 새참도 없었고, 점심때도 밥 한 술 뜨면 그만이다.
예당댁 역시 될 수 있으면 서른 살의 여자처럼, 아줌마들과 거리를 두고 일을 하고 있다.
아들 덕룡이가 5·18, 광주민주항쟁 때 특수여단 진압부대로 온 사실을 득량댁 동서밖에 모르는 터라, 행여 그 말이 인부 아줌마 민을 귀에 들어갈까 싶어 가슴 죄고 있지 않을 수가 없었다.

실제로 계엄군들이 저지른 이해할 수 없는 학살과 성폭력, 범죄 기록들이며, 송암동 군 오인 전투의 분풀이로 마을 주민들을 끌어내어 학살했다. 인근 저수지에서 물놀이를 하던 소년, 놀이터에서 놀던 어린아이들에게도 총을 쏘는 등 만행을 저질렀다.

여자는 찻잎을 따다 말고 차밭 아래로 시원하게 펼쳐진 주암호를 내려다보며 잠시 기억을 더듬어 보는 듯했다.
칠 년 전, 그날처럼...
예당댁은 칠 년 전, 여자가 열흘 가까이 물가 개천 다리 부근을 떠돌고 있는 그녀를 차밭으로 데려오지 않았던가.
아마 여자가 살았던 집이 보성군 미력면 초당골 물가 어디쯤인 것이 분명했다. 언제 적 기억을 떠올리는지는 몰라도 주암댐 수몰로 복내면은 시래, 동교리, 설치가 물에 잠겼으며, 문덕면은 반송, 오매, 문덕초등학교, 쇠골목, 문덕장터, 무탄, 강각골, 백사장, 수월리, 죽산리, 대내 옥채마을 등이 수몰되었다.
아마 주암호가 생기기 전 보성 강변 인근 마을에 살았던 것 같았다.
여자는 차밭 작업이 끝나면 물가로 가서 떠돌다가 몸이 젖어 돌아오곤 했다. 그런 여자를 딱하게 여긴 박 원장이 컨테이너박스에서 여자 인부 세 사람과 함께 살게 했고, 신축 중인 '초당골 다원' 별채가 지어진 후에, 그들을 별채로 옮겨와서 살게 해준 것이다.

"성님, 잠시 쉬었다가 일하시게요."

득량댁 동서가 굽혔던 허리를 펴며 말했다.

예당댁도 따라 허리를 펴면서 이랑을 나왔다. 그 말을 기다리기라도 하듯 아줌마들도 굽혔던 허리를 펴고 이랑을 나와 밭 가에 나앉았다.

득량댁이 예당댁 옆으로 왔다. 두 사람은 친척뻘 되는 사이이다.

"처음 해본 일이라 힘들거구만? 나야 늘 하는 차 밭일이라 몸에 뱄지만……."

예당댁이 득량댁 아우의 손을 끌어 잡으며 말했다. 그새 손이 거칠고 딱딱하게 굳어 있었다.

"재미있고 할만하네요. 돈도 벌구요. 맛있는 녹차도 마시고, 싱싱한 찻잎을 따면서 좋은 냄새도 맡고, 아줌마들하고 어울려 함께 일하니까 머리도 맑아져요. 집에 있으면 우리 삼대독자 남동생 규정이 생각에 병만 생겨요. 예당성님과 박사장이 고맙구만요. 그렇지 않으면 몸도 아프고 우울증밖에 더 걸리겠어요."

몇 년을 노동일 한 탓일까. 왼쪽 무르팍을 달래 놓으면 시샘하듯 오른편 다리가 쑤시는 관절통에,,, 그래도 녹차 밭에만 나오면 땅심 기력이 말라붙은 종아리 힘줄을 타고 올라오면서 힘이 솟곤 했다.

"……."

예당댁은 한숨만 토해낼 뿐이다.

그녀의 아들 덕룡이가 5·18 민주화운동때 A공수특전여단 시위진압부대원이었다는 것을 알고 있기 때문에 웬만해서는, 남동생 이야기를 꺼내지 않는 동서였다.

득량동서의 삼대독자인 남동생 임규정이 광주 궁동에서 '진산표구점'을 하던 사장님이었다. 당시 '외곽도로 경계' 조의 팀장으로서 일곱 명의 형제들을 이끌며 '시민군' 활동을 하다가 계엄군의 총탄에 맞아 죽임을 당해 암매장 된 지 7년. 아직 그 유골조차 찾지 못하고 있으니 통탄할 일이 아닌가.

"성님, 우리 내외가 권 교장 시숙님이랑 성님 모시고, 이번 득량오일장에 가서 건사하게 한턱 쏠거구만요."

"말이라도 고맙네. 한데 그날 나는 보성 성당 미사가 있네. 미사 마치고 나면 레지오 식구들과 광주 망월동에 가서, 기도를 올려야 하네."

"성님, 지금 몇 년째 기도 가십니까? 칠 년째이지요? 그런께 집 안에 좋은 일만 생기구만요."

득량동서 말처럼 예당댁은 벌써 7년이 넘게 보성 성당 교우들과 광주 망월동 묘역을 찾아 순례하며 미사를 봉헌해 왔다. 처음에는 그녀 혼자서 다녔었지만, 성당 식구들이 알고, 함께 미사 봉헌에 참여한 것이 고맙기만 했다. 아들 덕룡이도 일이지만, 자식을 가진 어미로서 공수부대원 어미로서 망월동 묘지에 잠들어 있는 영혼들을 위로하고 사죄하고 싶었다.

"고맙네. 동서 자네야말로 고향으로 귀향하고, 서울에 있는 자식들이 부모 속 안 썩이고, 큰일들을 해내고 있잖은가."

"그러긴 하지만, 셋째 놈이 어미 눈에 피눈물 나게 만들구만요."

"무슨 소리인가? 셋째도 인턴 시험에 함께 했으니, 효자중에, 효자구만."

"그러면 뭣 합니까? 하나뿐인 규정이, 지 외삼촌 죽어 몇 년째 뼈도 못 찾고 있는 줄 알면서도, 지 공부만 하느라 관심도 없는 놈이구만요. 아주 독한 놈이구만요."

득량동서가 남동생 규정이를 들먹이면서 눈시울이 빨갛게 젖었다.

"오일팔 때 자네 셋째 놈은 고등학생이었네. 뭘 알겠는가? 그래도 공부 열심히 해서 지방명문대 올장학생으로 합격한 것이 부모 돕는 일이구만."

예당댁은 득양 동서가 너무나도 부러웠다. 공부를 잘해서 일등을 놓친 적이 없던 아들 덕룡이었다. 지 아버지 재판 일만 아니었으도 공수부원으로 자원하지 않았을 아들이었다. 법관이 꿈이었던 아들이었다.

"맞아요. 저는 이제 차밭일 열심히 하고 건강도 지킬거구만요. 지가 건강해야만 우리 삼대독자 규정이 뼈를 찾을거니까요. 그렇지 않고 죽으면 친정 조상들 못만나요. 다 예당 형님 덕입니다."

득수 아내 득량댁은 가족이 고향 문덕으로 내려온 것이 기쁘기만 했다. 집에서 놀고 있는 그녀를 예당댁이 차밭 일을 같이하자고 불러낸 것이다.

"그렇게 말해 주니 정말 고맙네. 아무리 좋은 차 마시고, 공기 좋은 데서 일을 한다고 하지만, 일은 일이네. 더구나 자네는 도회지에서 몇 년을 편히 살다가 온 터이니 물어보는 얘기네."

"성님께서 우리 자식들 칭찬해주시니 참말로 고맙습니다. 그 자식새끼들 잘되게 하려고. 광주에서 더러운 허드렛일은 다 하고 살

앉구만요. 음식물 분리수거도 해봤구요, 아파트 계단 청소며 벽돌을 져 날라도 봤구만요. 고작 몇 년이지만 큰 경험 했습니다요."

그녀는 아파트 계단 청소 일을 하면서 잠시 관리 소장하고 카바레란 곳에 가서 춤을 추었던 것이 행복이었다면서 즐거웠다고 했다.

"성님이야 말로 손끝에 물 한 방울 안 묻히고 살았던 초등학교 선생님이었지요. 녹차 밭일도 노동 일이구만요. 이런 험한 일을 하는 성님이 더 고생이지요. 시숙님이 학교 사표 내는 바람에 쪼깐 고생하는 것밖에 뭣이 어렵소?"

득량댁은 누구보다도 예당성님의 집안 사정을 잘 알고 있었다. 남편인 권 교장의 학교 사표에 이어 공수특전여단 부대원이었던 아들 권덕룡이 5·18 민주화운동 진압과정에서 아군끼리 싸우다 다쳐 광주 국군통합병원에서 몇 년을 치료받고 이제 겨우 회복하면서 고향으로 내려왔지만, 하지만 가끔 정신질환 비슷한 발작 증세 때문에 걱정이 이만저만이 아니라는 것을 알고 있는 터라, 상처가 되는 어떤 말도 할 수가 없어 조심하고 있다.

예당댁 성님은 초등학교 도덕 선생이었다. 결혼해서 아이들이 태어나면서 직장을 그만두었다.

이제 덕룡이도 건강이 회복되어 가고, 남편 사건도 실마리를 찾아가고 있는 중이니 행복할 날만 있어 보였다.

득량댁은 예당성님 보다 더 고통스러워 하는, 대내 성님을 떠올리며 남의 일이 아니다 싶었다.

"성님, 아직 상죽대내에(웃대내) 성님 딸 효정이 얘기는 못 들었지요?"

득량댁은 암매장된 남동생 규정 일도, 일이지만 죽산리 대내에 살고 있는 형님 일이 더 안타까워서 조심스럽게 말을 꺼냈다.

"문덕장터 오일장에서 그 성님을 몇 번 만났는데, 아직 소식을 모르고 있능가 아무 말이 없더구만. 물어보기가 좀 뭐 하고 해서, 그래서 아무 말도 안 했네."

"하긴 좋은 일도 아니고, 자꾸 물어보는 것도 실례지요."

득량댁이 가만히 한숨을 내놓았다.

"효정이가 아마 오일팔 때 죽었는개비여."

"그란께요. 살아있으면 왜 진작 안 돌아왔겠어요? 지금 몇 년째인디요."

"죽은 사람이 맞구만. 고향 문턱을 몰라서 못 찾아왔겠는가? 대내 집을 모르겠는가.? 애들도 아니고, 대학 졸업한 지 한참 되었구만. 지금 서른 살이 넘었을 거구만. 하긴 이제 대내마을도 물에 잠기고 없제마는… 아무튼 이 세상에는 없는 사람이구만."

"만약 그렇게 허무하게 죽었다면 억울해서 어쩐다요?"

"오일 팔 때 억울하게 죽은 사람이 한두 사람인가? 짠하기로 말하자면, 자네 남동생 규정이 사돈은 어쩌구."

"우리 동생 규정이는 분명 화순너릿재 터널 부근 야산 어디에 암매장된 것을 덕룡이 조카가 알고 있응께 발굴만 되면 시신은 찾을 수 있지만, 상죽댁내성님 딸 효정은 행방불명된 사람이라 더 애타지요, 오일팔 때 죽은 것이 맞는 것인지 모르니까요. 더 답답하지요."

"그러긴 하네."

5·18 진상규명위는 과제 중에서 가장 희생자들의 가족을 고통스럽게 만든 과제가 바로 암매장이자 행방불명이라고 밝힌 바 있다.

"효정이가 직장에는 안 다녔나요? 저는 그 애가 어려서 백사장마을 외가에 왔을 때 한 번 보고, 그 뒤로 못 만나서 얼굴도 가물가물 하구만요."

"글쎄. 직장은 없는 줄 아네. 사범대 국문과를 나와서 임용고시 준비한다는 말은 들었네. 그 뒤로 문덕면이 수몰되기 전에 복내장에 삼베를 팔려고 나 온 대내 동서를 만났네, 효정이가 임용고시를 포기하고 작가 지망생으로 가톨릭센터 뒤 문예창작 교실에서 소설 수업을 받고 있다고 하더구만. 나도 어려서 본 터라, 지금 만나면 얼굴도 몰라 볼 거 구만."

"효정이가 초등학교 다닐 때 글짓기를 잘해서 보성군에서 뿐 아니라 전국에 문덕 초등학교 이름을 날렸구만요."

"효정이가 어려서부터 글에 소질이 있었구만. 그란께 그 어려운 작가가 되기 위해 사범대 국문과를 지원했구만. 교사 하면서, 작가 할 수 있으니까."

"잘은 모르지만, 효정이가 한 달에 두어 번은 평식이 삼촌 염창호네 가게 '소쿠리짜자루'에서 독서모임을 하면서, 문덕 고향 선후배들을 모아놓고 글쓰기를 가르친다는 소리를 들었는디, 염청호 사장이 구속되고 나서는 잘 모르구만요.. 송광민도 참석하고, 멀리 부산에 살고 있는 강민정이도 온다는 소리를 들었네요."

"참, 염창호 사장 곧 석방될 거란 소문 나돌더구만."

"저도 들었어요. 평식 씨하고 우리 득수 남편하고 통화를 자주 하는데요. 알았구만요."

"고생되더라도 살아만 있다면 만나에 되는구먼. 효정이 일이 남의 일 같지가 않구만."

"어디에서 무얼 하고 있을까요?"

"소식 끊긴 지 몇 년 됐네."

"벼, 벌써 그렇게 됐어요?"

득량댁은 가슴이 찡하고 아파왔다. 어느새 남동생 규정이를 떠나보낸 지 육 년이 되었다.

득량댁은 그동안 남동생 규정이 암매장되어 시신이 묻혀 있을 만한 너릿재 부근 뒷산에서 유골이 발견될 때마다 DNA가 일치한지 확인하곤 했었다.

5·18 희생자들의 묘역이 조성되고, 그녀는 마음이 심란하거나 남동생 규정이가 생각날 때면 국립 5·18 묘지를 찾아, 문안 인사를 하며 묘역 전체를 둘러본다. 그럴 때면 마음의 위로를 받는다. 광주에서 살 때만 해도 남편 승용차로 채 20분도 걸리지 않을 만큼 가까워 동내 마실 가듯 일이 끝나고 다녀오곤 했다.

주말과 휴일에는 여유가 있어, 누군가의 묘가 동생묘지인 듯 옆에 앉아 있다가 오곤했다. 그런 그녀의 본 사람들은, 묻힌 이의 유가족으로 본다. 언젠가는 남동생 유골이 발굴되면 이곳으로 온다고 생각하니, 다들 가족이란 생각이 들곤 했다.

이제 고향 문덕으로 내려온 뒤로는 광주까지는 천 리 길이다.

승용차로 쉬지 않고 내달려도 족히 두 시간은 걸리는 거리다 보니 한 번 가기가 힘들었다. 세월과 더불어 잊어가고 있었다. 세월이 약이기도 하지만 잔인하고 독약이기도 했다

요는 당시 현장에서 직접 암매장을 수행했던, 당시 투입된 병사들, 그리고 현장에서 직접 지휘했던 장교의 진술이나 기록, 제보를 기다릴 뿐이다.

"성님, 어서 일합시다. 일이 약이고 돈이고 건강이구만요."

예당댁은 득량 동서의 손에 끌려 차밭으로 향했다.

"성님, 우리 덕룡 조카 뇌는 안 다쳤는가 모르겠어요?"

"......"

예당댁은 깜짝 놀라며 득량동서를 돌아보았다. 뒤쳐져서 찻잎을 따고 있었는데 어느새 옆에까지 와 있었다. 바구니에 가득한, 살아서 파들거리는 찻잎이 햇빛을 받고 빛났다. 아들 덕룡에게도 언제 저런 빛나는 세상이 올 것인가. 아들 말을 할 때면 놀라고, 더구나 득량동서가 어디서 듣고 물어온 것인지, 아들의 다친 뇌를 들먹이자 간이 떨어질 뻔할 정도로 놀라지 않을 수 없었다.

아들 권덕룡 일병은 현 주둔지인 녹동마을 앞 22번 국도인 너릿재 터널 입구를 봉쇄하고 화순에서 광주로 오는 '시민군' 차량

을 차단하던 중, 송정리 비행장으로 이동하라는 전교사 지시를 받게 된다.

전교사 예비대로서 의명 기동타격대 임무를 수행하라는, 지시를 받고

B공수여단 지원 병력으로 길 안내를 맡았던 그의 병사들과 함께 육로로 이동하던 중, 전교사 예하 병력 간에 오인사격이 벌어졌다.

송암동 효천역 부근에 이르렀을 무렵 야산에 매복하고 있던 전투 교육사령부(보병학교 교도대) 병력이 그들 군인을 시민군으로 잘못 알고 사격을 한 것이다. 화기중대는 B공수여단의 선두 장갑차와 후속 트럭에 90미리 무반동총 등으로 집중적으로 사격해왔고, 교도대의 총알이 아들 권 일병의 오른쪽 철모에 날아들었으나 뚫지 못하고 돌을 튕기고 나와 아들의 왼쪽 대퇴부 뚫었고, 왼쪽 바지는 피로 얼룩져 있었으며, 그야말로 사망 직전에서 겨우 살아난 것이다.

공수여단부대원 아홉 명이 사망하고 사십여 명이 중상을 입었다.

오인 교전이었다. 그런데 공수여단은 그 피해를 마을 주민들에게 돌리고 보복을 하기 시작했다.

가택수사를 한다면서 마을을 돌면서 젊은 사람들을 끌어내어 사살하고 포승줄에 묶여서 끌고 가다가 넘어지면 등 위에 쭈그리고 앉아서 대금으로 쑤셔댔다.

"왼쪽 머리를 다쳤다고 했지요?"
"금매, 어느 쪽 뇌는 왜 안 다쳤겠는가마는, 가끔 머리가 아프다고 하대마는, 머리를 많이 다쳤으면 저러고 목숨이 붙어 있겠는가? 벌써 칠 년이네."

예당댁은 아들 덕룡이가 처자가 치료 받고 있는 읍내 K병원에서 정신질환 치료 받고 있는 중, 좋아지고 있다고 자랑할 수가 없었다. 신군부 시위진압부대원으로서 저지른 만행은 그 아들을 둔 예당댁 역시 기가막힐 지경이다.

"하긴 그래요. 우리 덕룡이 조카가 무슨 죄를 졌다고 고로코롬 무서운 병에 걸렸겠어요? 예당성님이나 우리 권 교장 선생의 덕목으로 봐서…좋은 일만 하고 살았는디요."

"고맙네. 말이라도 고맙네. 왜 죄가 없겠는가? 다 부모 죄일세. 아들 덕룡이를 공수특전사로 보낸 것부터 죄일세. 전생에 지은 죄가 많네."

예당댁은 눈시울을 적시고 말았다.

"성님은 무슨 그런 말씀을 하시오? 덕룡이 조카가 그 군대에 지원할 때 누가 5·18 민주화운동이 일어날 줄이나 알고 갔다요? 그러고 전두환이 시킨께 명령에 따르느라 어쩔 수 없이 했지요."
"그려, 꿈엔들 생각했겠는가."

득량댁은 5·18 광주민주항쟁 당시 광주에서 고등학교에 다니는 셋째 놈이 쌍촌동에서, 자취하고 있어서 주말이면 김치며 멸치볶음 등 밑반찬을 챙겨 들고, 시외버스를 타고 광주로 향했었다. 그날 주말, 광주 공용터미널에 도착해서 계엄군의 진압을 지켜본 득량댁으로 서는 덕룡이가 예당성님의 아들이지만, 곱게 볼 수는 없는 일이었다. 하지만 이제 어째겠는가. 그녀의 속마음은, 득량댁 자신밖에 모른다.

"팔은 안으로 굽는다고, 그날 덕룡이 조카가 녹동마을 앞 너릿재터널 입구에서 만난, 우리 규정이 시민군을 총으로 쏘지 않고 살려서 보냈는데, 두 번째로 오다가 그렇게 되지 않았는가요? 장흥에 나타난 계엄군이 마을 사람들을 쏘아 죽인다는 말을 듣고 고향에 오다가."
동생 규정이 말이 나오면서 득량 댁의 눈시울이 붉게 젖는다.

"아, 문덕 고향을 지키려고 다시 오다가 안 그랬는가. 우리 임규정 사돈은 보성군이며 문덕면의 영웅됐네."

"사람들은 그렇게 말하지만, 그러면 뭘 해요? 아직 뼈도 찾지 못하고 있는데요."

임규정 '시민군'은 당시, 1980년 5월 21일 계엄군의 도청 집단 발포 이후, 그의 '외곽도로 경계'조 칠 형제를 이끌고 시외지역으로 빠져나가, 예비군 무기고들을 점거, 입수해서, 장흥, 보성 읍내에 들러 무기를 모아 문덕으로 왔다. 고향 문덕을 지키기 위해서였다. 외곽을 봉쇄한 계엄군이 시외지역으로 나가 영암, 해남 목포에서는 시민군을 사살하고 막대한 피해를 주고 있다는 정보를 접한 터라, 임규정은 고향 문덕을 지켜야 한다는 마음에서 문덕으로 왔으나 거기에는 아직 계엄군이 들이닥치지 않았다는 말에 안심하고, 그곳 지소에 무기를 반납하고, 화순을 거쳐 광주로 돌아오는 길목인, 녹동마을 앞 너릿재 터널 22번 국도를 지키던 군인들의 총격을 받고, 차가, 냇가로 구르는 바람에, 물속으로 떨어졌다. 그 속에 숨이 있던 그를, 권덕룡 일병이 발견하고 돌려보냈으나, 임규정은 고향 문덕을 꼭 지켜야 한다고 다시 고향으로 오다가 이번에도 너릿재 터널 입구를 지키던 군인들의 총을 맞고 암매장된 것이다.

 집단 발포 이후, 계엄군의 과잉 진압으로 광주시민들의 시위가 거세지자, 계엄군은 화순, 나주, 담양, 장성 등 광주 외곽으로 나가는 길목을 봉쇄했을 뿐 아니라. 시외지역 영암, 목포 등에도 마을 주민을 대상으로 살상을 일삼았다.
 득량댁 동서가 저만큼 밭고랑을 나가자, 예당댁은 소쿠리를 놓고 잠시 고랑에 앉았다.
 득량동서가 한 말이 너무 고마웠다. 그들 부부는 아무리 생각해도, 전생에도 그렇고 이승에서도 아무 잘못을 하지 않았는데 어찌하여 아들 덕룡에게 이런 일이, 남편 또한 고등학교 교장 자리를 박차고 나와야만 했으며, 아들 덕룡은 왜 무엇 때문에 공수부대에 지원하여 개인은 물론이고, 광주시민들에게 씻을 수 없는 죄를 범하게 되었는지. 곰곰이 생각하면 기가 막힐 노릇이다.
 그래도 아직까지는 뇌에 큰 손상이 없는 듯하니 지금 초당골다원 박사장 소개로 여자가 치료 받고 있는, 읍내 K정신건강의학과 병원 내 '정신질환분석실'에서 치료를 받고 있다더니 의사의 말로는 광주 국군통합병원에서 치료할 때보다 훨씬 좋아진 것 같다면서, '뇌에 손상을 입었다면 저렇게 있을 수 없다. 수술을 했어도 몇 번이나 했을 것이다'. 라는 것이다.

사람의 생사를 판정하는 기준 중에 '뇌사'가 괜히 있는 것이 아니다. 뇌 하면 흔히 가지기 쉬운 생각, 감각, 기억 등 지적 영역은 물론 운동신경, 근육운동 호르몬 작용 등 생명 유지에 직결되는 일이다.

사람은 팔 하나, 다리 혹은 간 같은 것들을 잘라내도 휴유증과 정서와 사고 정체성에 좀 어려움이 있겠지만, 뇌를 다쳤거나 해서 잘라내면, 그 육체는 더이상 인간이 아니게 된다.

예당댁은 아들 덕룡이가 제발 이대로라도 오래만 살아있으면 하는 이 어미의 마음은, 살아있는 목숨이 아니라지만,

아들을 위해 살아야만 한다고 하늘을 올려다보고 약속하고 평생토록 5·18 희생자 와유족에게 봉사하고, 땅에게는 차밭 가꾸어서 성당의 어려운 분들을 돕겠다는 약속을 했다.

난주가 제주로 가는 도중, 아들을 추자도 예초리 갯바위 놓고 가는 어머니, 아들을 노비로 만들 수 없었기에 죽었다고 거짓말하고, 바닷가에 놓고 가는 어미. 그 어미의 마음은 어떠했을까

십자가에서 내려진 예수님을 끌어안고 있던 성모마리아의 심정도 그렇지 않았을까?

난주, 정난주는 황사영백서를 쓴, 황사영의 처 마리아이다.

황사영은 베론의 토굴에서 백서를 써서 북경으로 보내려다 적발되어 능지처사를 당하고 그의 부인 정난주는 제주도로, 2살 아들 황경헌은 추자도로, 어머니는 제주도로 관노가 되어 유배된다.

"성님, 언제 시간 내서 대내동서 그러니까 효정어머니 만납시다. 언제 소식이 있었는지도 궁금하고요."

"그려, 그 동서 심덕으로 봐서는 효정이가 살아있을 것 같네."

앞에 쉬러 나온 아줌마들이 자리에서 일어나 밭고랑으로 향하자, 예당댁이 득량동서 소를 잡아 일으키며 말했다.

"위에서는 하느님이 돌봐주시고, 땅에서는 우릴 먹여 살리니까 어서 가서 차밭 일하세."

"성님, 땅은 절대로 배반하지 않습니다요."

"그건 하늘도 마찬가지네."

두 사람은 모처럼 크게 웃었다.

5부

칠 년 전, 그날을 떠올리며

1. 칠 년 전, 그날을 떠올리며

이야기는 1980년 5·18 광주 민주항쟁이 시작된 칠 년 전에서, 1988년 5·18 청문회가 열리고, 6월 민주항쟁이 끝난, 그리고 2011년 5·18 민주화운동 기록물이 유네스코 세계기록유산으로 등재된 시점으로 작품이 마무리된다.

작가 지망생인 스물다섯 살의 윤효정은 5·18 민주화운동 때, 신군부 계엄군에게 끌려가 무자비한 폭행을 당해, 뇌 기능 상실로 기억을 잃어버리고, 일곱 살 때의 기억 밖에 못한다. 몸 안의 집이 있었는지, 모른 체 몸 밖의 집을 칠 년 넘게, 너무나 많이 떠돌았던 '일곱 살' 소녀의 기억으로부터 이야기가 시작된다.

어디선가 무슨 사고로 얼룩무늬 옷을 입은 두 남자들에게 끌려가 무자비한 폭행을 당한 윤효정은, 뇌 기능 상실로, 기억을 잃어버린다. 그녀는 몸 안의 집이 어디에 있었는지 모른 체, 몸 밖의 집을 칠 년을 떠돌며, 일곱 살의 기억으로 살아간다. 일곱 살 이전에는 어떤 곳에 있었으며, 또 지금은 어디에 있으며, 어떻게 하며 돌아갈 수 있는 것인지,

스물 다네 살의 나이에 5·18이란 거대한 쓰나미에 휘말려버린 윤효정은 겨우 일곱 살 때 엄마와 아버지가 '효정아' 하고 불러주었던 기억을 되돌려, 몸 안의 집을 나와, 몸 밖의 집을, 육 년을 무던히도 떠돌았던 그녀. 우여곡절 끝에 내 안의 고향 마을 집과 비슷한 미력면 초당골 녹차 밭 부근을 떠돌고 있던 그녀를, 녹차 밭에서 찻잎을 따던, 예당댁 아줌마를 만나게 되면서 육 년의 오랜 시간을 '초당골다원' 에서 보내게 되고, 효정은 몸 밖의 새로운 세계로 돌아가는 길을 찾아 나선다.

'초당골다원' 별채를 나오자, 득량댁 아줌마가 작은 개천 다리를 건너가고 있었다. 찻잎으로 응용한 맥주 석 잔을 마셨는데도 흔들림 없이 걸었다. 윤효정은 그녀의 뒤를 따라 다리를 건너기 시작했다.

한 모금을 권해 마신 술에 취하자, 효정은 며칠 전 보성 읍내 K병원 '기억분석실' 실험 중, 꿈에서 잠시, 엄마를 불러내어 만났던 감격으로 눈시울이 빨갛게 젖어왔다. 칠 년 만에 만났던 엄마의 그리움이 솟구쳐 오르면서, 그녀는 아줌마들 먼저 자리를 박차고 나온 것이 조금 미안쩍기도 했다.

차밭 일을 칠 년 넘게 함께 하면서 한결같이 효정을 보살펴 준 엄마나 다름없는 아줌마들이다.

앞장서서 솔밭 속으로 난 차밭 길을 따라 올라가던 득량댁 아줌마가 몸을 감추자, 효정은 뒤 쳐진 예당댁 아줌마를 기다리며 잠시 호수가 내려다보이는 작은 개천 다리 옆 물가에 앉아 쉬고 있었다.

효정은 별채에서 두 번째로 채엽한, 두물차를 시음하고 녹차밭으로 향하는 길이었다.

올해는 봄날이 따뜻해서 녹차 새싹이 많이 올라왔다. 밥알보다 조금 더 큰 새싹을 가마솥에 덖고(살청), 손으로 비비고, 말려 열처리 과정을 거치면 신선하고, 풍미가 향긋한 녹차가 탄생 된 것이다. 이 작업에 차밭 아줌마들이 한 주에 한 번씩 동원되었다.

햇차는 24절기 중 다섯 번째 절기인 청명(淸明; 하늘이 차츰 맑아진다는 뜻) 이후 맑은 날만 골라 새순 하나하나 따서 만든 것이 첫물차라면, 이번에는 두 번째로 수확한 차를 시음하는 날이다,

차밭에 남아 있는 일부 아줌마들은 곡우차 1창 2기 세작을 땄고, 지금은 1창 3기 중작을 채엽하는 중이다. 새순이 뽀족하다하여 '창'이라고 하고, 옆으로 퍼지기 시작한 잎을 '기'라 한다.

차 밭일은 손이 여러 번 가는 작업이다.

녹차는 3월부터 밑거름 작업을 하고, 4월부터 시작해 5-6월에 본격적으로 잎을 따서 생산한다.

곡우(4월 20일)를 전후해서 5월 중순까지의 차가 맛있는 이유는 1창 2기라 해서 2장의 어린잎이 붙은, 어린싹만을 따서 만들기 때문이다. 이때 찻잎은 신선하고 부드러워 최상급의 맛을 낸다.

보성군 미력면 초당골 남쪽의 양지바른 녹차밭에서 자란 차를 곡우 전에 따서, 찻잎을 수학해 2~3시간 이내에 이물질을 제거하고 크기별로 선별해 가마솥에 찻잎을 넣고 익혔다. 가마솥 온도가 약 300도일 때 찻잎을 넣고 신속하게 골고루 익힌 다음, 녹차의 선명한 색을 유지하기 위해 10~20 분을 냉각시켰다.

오늘 별채에서는 오전 작업을 마친 인부들이 찻잎을 응용한 반찬이 가득 차려진 점심을 먹고 나서, 아줌마들이 녹차 추출액과 차나무꽃 추출액을 발효한, 차꽃 와인을 한 잔씩 하면서 이야기를 나누었다.

득량댁 아줌마는 무엇 한 개를 입에 집어넣고 오도독 소리가 나게 씹은 뒤 녹차 맥주를 연거푸 두 잔을 마셨다. 맥주가 목을 넘어가며 꿀럭꿀럭 소리가 난다. 찻잎을 따면서 햇볕 노출을 막기 위해 목까지 야무지게 감았던 푸른색 바탕에 꽃무늬 목도리를 느슨

하게 풀면서 말했다.

"시원하구만요. 암매장된 우리 규정이 생각하면 술이 막 당겨요."

그러면서 한 잔을 더 따라 마신다.

윤효정은 득량댁 아줌마의 부드럽고 우아한 목도리를 보면서 뒷머리로 손이 갔다. 칠 년 전, 파란색 명주에 붉은실, 흰실을 뒤섞어서 인동꽃 수놓은 머리띠로 단정하게 뒷머리를 묶었던 부드러운 머리띠가 만져질 리가 없었다. 그 사이 머리숱이 많고 손질하기 힘든 모양으로 산발이었고, 자잘한 차 이파리에 부서진 조각들이 헝클러진 머리뭉치 군데군데 들러붙어 있었다. 차밭에 온 뒤, 몇 년 사이 효정의 머리카락은 어깨에 닿을 만큼 길게 자라 있었다. 뒤로 모아 몽둥이 모양으로 동여매거나 땋아 내리곤 했다.

"한 모금 하실래요? 술이 달고 순해서 마실만 하네요."

술 두 잔 마시고 취한 미륵면 초당 골에서 온 젊은, 오십 대의 아줌마가 효정에게 잔을 내밀며 권했었다.

"저, 어려서 아직은 술 못 마셔요."

효정은 눈 앞을 가리는 머리카락을 밀어내면서 속으로 말했다.

"입가심해요"

라고 하자, 효정은 못 이기는 척 술잔을 받아, 한 모금을 목에 부어 넘겼다. 달싹하니, 얼굴 두 뺨을 붉게 물들이고, 살랑살랑 이는, 봄바람에 마치 밭딸기꽃이 봉오리를 터트리는 듯한, 기분을 선사하는, 이 신비로운 액체의 차 술은 며칠 전, 그녀가 읍내 K 정신건강의학과 병원 내 '기억분석실' 실험에서 두 번째 치료를 받으면서, 간호사가 건네준 달콤한 약을 먹고 잠시 잠들었을 때, 꿈에 엄마가 삼베 밭에서 한 움큼 따온 밭딸기를 맛있게 먹었는데, 그 맛이, 바로 이 맛이었을까.

지금 효정이 마신 건, 딸기꽃 포도주였나? 봄날의 햇살이었나? 씹어 넘긴 건 열매이었나. 병원 치료 효과로, 효정 몸 안의 생동이었나?

무엇에 쫓겨 그늘을 밟고 떠돌며 초당 골에 숨어 산 지, 칠 년 넘어. 녹차 밭에 엎혀 숨은 자가 된 것일까.

초당골다원 박 사장님 덕분에 보성 읍내 K병원 '기억분석실'에서, 기억 일부를 불러내어. 말도 트여가는 중이니, 곧 가족을 만날 일이 멀지 않았다. 그러기 위해서는, '기억분석실' 센터장께서는, 당일 사고 난 기억을 먼저 알아내는 것이 우선이라고 했다.

도대체 그날 효정은 무슨 사고를 당했기에, 이리도 깜깜한 세상을 육 년이나 갇혀 사는 것일까.

 그래도 다행히 두 번째 기억실험 중, 일곱 살 때의 기억 속에 남아 있던 엄마를 불러내어 말도 하고, 맛있는 밭딸기를 나누어 먹었는데, 담당 의사는, 그 맛의 기억을 불러내는 것이 치료에 대단히 중요하다고 했다. 다른 기억을 불러내는 것도 멀지 않다고 했다.

 밭딸기를 기억하는 만큼 맛있었다. 지금 서른한 살의 나이만큼 맛이 있었다.

 입안을 행복하게 하는 기포가 어디서 왔는지, 어떤 시간을 더해 첨가했는지 그 같은 정보가 입력되었을 때 관성으로 일과하던 미각이 깨어나 그 맛을 인지한 것은, 대단하며 곧 당시 사고의 기억을 불러낼 거라고 의사는 말했었다.

 그녀가 잠시 생각을 떠올리고 있을 때였다.
 "어이 처자 뭘 해요. 빨리 따라오지 않구?"
 득량댁 아줌마가 솔밭 어귀에서 몸을 드러내며, 쉬고 있는 그녀에게 손짓하며 빨리 따라서 오라고 소리 질렀다.
 득량댁 아줌마에게도 보이지 않은 한이 있어 보였다. 술로 한을 달래는 듯, 점심참에 녹차 와인을 거푸 세 잔을 마시고도 거뜬히 빠른 걸음이었다.

 효정은 득량댁 아줌마의 그 손짓이 문득, 육 년 전 처음 예당댁 아줌마를 만나 녹차밭으로 오면서, 그녀에게서 흘러들었던 말을 다시 듣는 듯, 그날을 떠올리게 했다.


## 2. 기억을 더듬다

 보성강이 흐르는 고향마을 뒷산에는 엄마의 삼베 밭이 있었다.

 칠 년 전, 그해 5월, 얼룩무늬 옷을 입은 두세 명의 힘센 자의 손에 잡혀 어느 지하실로 끌려가 무자비한 폭행을 당한 뒤, 뇌 기억을 잃어버린 윤효정은, 삼베 밭을 매는 엄마를 찾아 열흘간을 헤매며 이곳에서 살다시피 했었다. 그렇게 헤매고, 헤매다 예당댁 아줌마를 만나 녹차밭으로 오게 된 것이다.

 그날은, 효정이 사고를 당하고 읍내 종합병원에 입원한 지 열흘이 되는 오후였다,

 효정은 육 년 전 그날, 지금처럼 이 자리인, 청수한 강물이 내려다보이는 작은 개천 다리 옆 물가에 주저앉아, 고향마을' 뒷산 삼베 밭을 더듬으며 속으로 넋두리를 풀어내고 있었던 것 같았다.

'엄마, 효정이 집이 어디에요? 엄마랑 언니가 너무 보고 싶은데요. 엄마도 지금 효정이를 찾고 있는 거예요? 세상에서 제일 예쁜 내 두 딸아, 하지 않았어요? 너들 없이는 못 살아. 사랑한다. 엄마는 남편 대신 두 딸을 택한 사람이라고, 그렇지만 참을성 있게 아버지를 기다렸잖아요. 엄마, 여긴 입원한 병원 응급실인데요. 지금 급히 아버지랑 병원에 오셔야 해요. 보호자가 없어도 당장 급하니까, 먼저 절개된 머리와 이마부터 꿰매 준 의사가 내일은 퇴원하래요. 내일이 열흘째 되는 날이에요. 저 내일이 병원에서 쫓겨나면 갈 데가 없어요. 고향 집도 모르는데 어디로 가요? 사고를 당하고, 고향에 오는 시외버스를 탔는데, 오다가 그만 버스 속에서 쓰러졌나 봐요, 운전기사가 읍내 종합병원에 데려다주었나 봐요. 깨어났을 때는 말도 못 하고, 일곱 살 때 엄마, 아버지가 불렀던 이름만 기억이 떠올랐어요. 큰 사고를 당해서 머리 쪽에 수술을 한 번 더 해야 하고, 장기간 입원을 해야 하는데요. 다행히 뇌출혈은 없고요. 피가 모두 밖으로 쏟아져 나와서 다행이라고 했어요. 눈알이 안 터져서 이곳 엄마 삼베 밭에 온 거예요. 엑스레이상 척추가 머리부터 허리까지 섰는데, 머리에서 뭐가 보이는데, 그게 뭔지, 이게 왜 이런지 모르겠다면서, 나중에 문제가 될 수 있으니까, 치료를 더 받으려면 보호자인 엄마나 아버지를 데려오라고 하는데요. 엄마, 저 내일부터는 갈 데가 없어요. 이제 여기 삼베 밭에도 못 와요. 병원에 입원해서는 가까우니까 매일 엄마를 만나러 왔지요. 그런데 엄마가 안 보여요……. 엄마, 여기가 고향마을 뒷산, 엄마 삼배 밭이 맞나요? 지금 밭딸기꽃 피었지요?. 아니면 집 나 간 아버지를 기다렸던 시외버스정거장 다리가 맞나요?'

 효정은 속으로 말하는 시간이 많아졌다.

 그때였다.

"여기는 미륵면 초당골 개천 다리예요. 어디를 찾는 거예요?"

 말을 못 하는 터라 속으로 중얼거리고 있을 때, 다리를 건너던 엄마 나이 또래의 아줌마가 그녀의 말을 알아듣기라도 한 듯 다가오며 물었다.

"미륵?... 개천 다리요? 처음 들어요."

"미력면이, 본래 미륵면이었지요. 조선시대에 미력재에 있던 미륵암에 연유하여 미력면을, 미륵면이라 부르기도 하죠."

"혹시, 이 다리가 상죽대내 버스정거장 다리가 아닐까요?"

"이곳은 수몰 지역이어서, 이미 예전에 있었던 구 다리와 마을은 모두 다 물속으로 들어갔어요. 이곳 지대가 높아서 개천 다리는 살아남았지요. 우리 초당골다원 박 사장이 부근에 새집을 지으면서 돌다리를 개천 다리 보수해서 새, 다리로 만들어 놓았지요. 그래도 사람들은 개천 다리라 부르지요. 저 아래 보이는 호수가 주암호입니다. 보성강을 막아, 주암호가 생겨났어요."

"주, 주암호라고요?"

"벌써 열흘째 가까이 이곳에 찾아오신 처자 같은데, 어디를 찾고 있는 거예요?"

"엄마요. 삼베 밭매는 엄마를 찾아왔어요."

"여기는 '초당골 다원' 녹차밭이 있는 곳입니다. 삼베 밭은 없어요. 미력면 '초당골 다원' 녹차를 몰라요? 전국적으로 유명하잖아요."

"노, 녹차밭요?"

아줌마가 설레설레 고개를 저으면서 다시 물어왔다.

"왜 대답을 안 하세요? 말을 해야 알려드리지요."

'저 말 못 해요. 목이 막혀 말이 안 나와요. 사고를 당해 뇌 기능을 잃어 기억도 못하고요. 지금 병원에서 머리와 이마를 꿰매고, 병원에서 응급치료받고 있는데요, 내일이 마지막 날이래요. 급하니까, 머리와 이마를 응급처치로 몇 방울 꿰매긴 했지만, 큰 사고를 당해서 대수술해야 하는데요, 장기간 입원 치료가 필요하다고 보호자를 데려오라고 해서 엄마를 찾아 여기 온 거예요.'

효정은 아줌마가 그녀의 상황을 몰라 답답해하자, 울컥 울음이 북받쳐 오르며 몸을 움츠렸다.

"지금 어디서 오신 거예요? 광주나 보성 쪽 말입니다."
'병원에서요.'
"처자, 사시는 곳이 어디시냐구요?"
"……."
윤효정은 지금 자신이 사는 곳이 어디인지 모른다. 일곱 살의 나이로 기억하는 장면은 삼베 밭을 매는, 미소 짓는 엄마였다.
목도리와 머리띠에 인동꽃 수를 놓아 주던 언니. 아버지는 여덟 살 이후로 얼굴 보기가 힘든 분이라 일곱 살 때까지만 기억이 남아 있었다. 함께 살지는 못했지만, 엄마, 언니처럼 그리운 아버지였다. 아침마다 네 식구가 밥상에 둘러앉아 함께 먹는, 밥에 섞인 완두콩과 수수 그리고 시래기 된장국 하나로 맛있게 먹었던 행복했던 기억만 떠오를 뿐이다.
효정이 대답을 못 하자 아줌마가 고개를 저었다.
"원래 말을 못 하세요?"
'입안 절개 부위도 꿰맸어요. 그러기 전에 말이 안 나왔어요, 종합병원이어서, 구강외과에서 입안 전면부를 긁어냈단 말은 들었

어요. 사고를 당해서 그런 것은 아니겠지요?'

"저는 잘 모르지만, 병원비가 꽤 많이 나왔겠어요?"

'치료비가 얼마인지는 잘 모르지만, 제가 긴 수술 끝에 깨어났을 땐 보성 성당에서 나오신 신부님과 수녀님, 그리고 신도분 두 분이 묵주기도를 올리고 있었어요.'

"아이고, 자매님. 어쩌다가 큰 사고를…. 그만하시길 다행입니다. 하느님께서 도와주신 겁니다. 우리도 자매님을 위해 깨어나실 때까지 묵주기도를 받쳤습니다." 기도가 끝나자, 신부님이 말씀하시면서, "이건 적은 돈이지만, 우리 성당 성모회에서 수술비를 마련해서, 병원비 전액을 지불 했습니다. 자매님께서는 퇴원하실 때까지 편안하게 쉬시면 됩니다. 하느님이 모두 도우실 겁니다. 우리 또한 자매님을 위해 기도하겠습니다. 감사합니다."

효정의 눈에서 눈물이 쏟아졌다. 그리고 하얀 로망 칼라를 하신 젊은 신부님의 그 말이 귓가에 계속 맴돌았다.

"어느 종교에서든 하는 사업입니다. 이름이 뭐예요?"

아줌마가 다시 물어왔다. 효정은 말이 힘든 그녀에게 다그쳐 묻는 아줌마가 짜증스럽기도 했지만, 그녀 역시 입속의 말을 멈추지 않았다.

'윤효정이에요. 아버지가 일곱 살 때까지는 "효정아"하고 불렀어요. 내 예쁜 딸 윤효정 하고 말입니다. 그래서 엄마, 아버지가 불러주시던 제 이름은 기억합니다.'
"아버지가 안 계시는 거예요? 일곱 살 때 돌아가신 거예요?"
"살아 계세요."
"……."
아줌마는 마치 효정의 말문이 터져 나오는 소리를 듣고, 물어오는 듯해서 놀라기도 할뿐더러, 실제로 말문이 터진 것인지 의아해했다
'돌아가신 게 아니고요. 제 나이 일곱 살 때, 아버지가 집 나가서 작은네 하고 살고 있다고 언니가 말했어요.'
"작은네라면…?"
'엄마가 아들을 못 낳아서, 새로 얻은 여자를 보고 마을 사람들이 "작은네"라고 불렀어요'
"저런, 쯔쯧. 그 참 안됐네요?"
"……."
효정은 아버지를 들먹이자 울음이 밀고 올라왔다.
"지금 처자 나이가 몇 살이에요? 나이는 알 것 아니에요? 스물네댓 살, 아니 우리딸 또래인 스물다섯 살 먹어 보이네요."

'지금 제 나이 일곱 살인데요. 그렇게 나이 많이 먹은 기억은 안 나요.'

효정은 아줌마의 말에 왈칵 눈물이 솟구쳤다. 스물네댓 살을 어디에 던져놓고 일곱 살로 살아가야 할까. 가늘게 어깨를 들썩이며 우는 그녀를 품어 안으며 아줌마가 말했다

"죄송해요. 전 처자한테 장애가 있는 줄도 모르고 말을 함부로 막 해서 상처를 주었네요. 정말 죄송합니다. 그리고 며칠을 아무 것도 먹지 못했던 것 같은데, 이 부근에 '초당골다원' 녹차밭에 오두막집만 한 컨테이너박스 하나가 있어요. 멀리서 회천이나 벌교에서 온 아줌마 세 사람이 자고 먹고 하면서 차밭 일을 하시거든요. 거기 가서 녹차라도 마시면서 이야기 하시게요. 저는 녹차밭에서 일하는 예당댁 아줌마입니다."

'예당댁? 아줌마 느낌이 좋아요. 아줌마. 저도 거기서 먹고 자고 일하게 해 주세요. 저 내일부터는 갈 곳이 없습니다. 병원에서 쫓겨나거든요.'

"그럼 다행이네요. 그렇지 않아도 차밭에 일손이 부족하던 참이어요."

'감사합니다. 예당댁 아줌마'

효정은 속으로 말하고, 고개를 커다랗게 끄덕이며 환하게 웃

었다.

"말은 못 해도 말귀를 알아들으니 다행이네요."

아줌마가 손을 내밀었다. 함께 잡은 아줌마의 손이 엄마 손처럼 따뜻했다.

그날 그렇게 윤효정은 아줌마를 따라나섰다.
그리고 7년 넘게 '초당골다원' 차밭 안집인 별장에서 사는 것이다.

## 3. 푸른 강 저쪽

칠 년 전 그날, 윤효정은 처음 만난 예당댁 아줌마를 따라 발걸음을 옮기기 시작했다.
그러나 효정은 서너 발짝도 못 가서 금세 다시 걸음을 멈춰 서고 말았다.
지금 효정은 낯선 아줌마를 따라서 어디로 가고 있는 것일까. 길은 갈수록 거칠고 낯설었다. 그렇지만 내일이면 병원 응급실 입원 치료가 끝나는 마지막 날이다. 더 갈 곳이 없는 그녀를 녹차밭으로 데려오니 얼마나 고마운가.

초당골 녹차밭은, 골 깊은 곳이지만, 그곳에는 오두막집인 컨테이너 박스도 있고, 세 사람의 인부 아줌마들이 살고 있다고 하니, 효정의 사고 기억이 돌아올 때까지, 차밭 일을 도우면서 먹고 자는 일이 해결되었으니 얼마나 다행인가.

그렇지만 이 길은 엄마와 언니, 그리고 '윤효정' 이름을 기억하게 해 준 아버지와 마지막 될지도 모른다고 생각하니 슬픔이 차올랐다.

아직 일곱 살의 기억이 한 뼘이라도 남아 있을 때, 더 망각이 덮치기 전에, 단 한순간이라도 좋으니 효정의 머리와 마음이 현실로 돌아온다면 더이상 바랄 것이 없을 것 같았다. 단 한순간이라도 좋으니 어머니에게 꾸중이라도 듣고 싶었다.

효정은 예당댁 아줌마를 뒤따라가면서 잠시 잠시 눈을 돌리고, 산천초목을 돌아본다. 이곳 산천초목이 분명 엄마의 삼베 밭골이 맞는 것 같았다. 그녀는 아직 일곱 살의 기억이 남아 있는, 눈꺼풀 안쪽에 고여 있는 그곳을 떠올려본다.

엄마는 온종일 삼베 밭에서, 밭을 매었다. 삼베는 어른 키의 두 배 됨직한 높이로 아주 키가 컸기 때문에 대마밭이라고 했다.

삼베 밭들과 그 알싹한 삼 향기 속에 엄마의 땀 냄새가 훅하고 밀려온다. 철거덕, 철거덕 소리와 함께 스삭거리던 바디 소리도 들려온다. 뒷산을 넘나들던 산울림 소리와 삼밭 터 부근 푸릇푸릇한 싹 난 청보리를 쪼아 먹던 새들의 지저귐 소리……. 엄마가 삼밭을 매는 동안, 동안 언니는 조밭도 매고, 소도 먹이고 땔감으로 나무를 해 지게로 날랐고 밤이면 하얀 명주에 베개, 목도리, 머리띠 등에 수를 놓았다.

  효정은 놀다 싫증 나면 밭 가에 엎드려 밭딸기를 입술이 검도록 따 먹고, 무우도 뽑아 먹었다.

  대마가 자란 늦은 여름이면 엄마는 강변에 큰 사각형의 솥을 걸어놓고 장작불을 지폈다.

  대마를 푹 삶아, 껍질이 물렁거릴 정도로 잘 삶긴 대마를, 얕은 은모래가 깔린 강물에 담가 두었다가, 얼마만큼 지나면 대마 줄기의 껍질을 벗겨낸다. 삼 껍질을 벗기고 남은 희고 가느다란 줄기를 단을 묶어 뒤란에 세워둔다. 바싹하게 마른 것은 부엌에서 불을 지폈고, 삼나무 껍질은 다시 물에 불려, 무딘 활꼴칼로 겉껍질을 한 번 더 벗겨내면 옅고 부드러운 솥껍질이 남게 된다. 솥껍질을 다시 손톱으로 갈라서 잘게 만든다. 그런 다음 그것을 허벅지에 올려놓고 한올 한올 침으로 비벼서, 길게 한 가닥으로 잇는다.

삼베 짜기를 위해 실을 만든 것이다.

엄마는, 낮에는 삼베 밭에서 일하시고, 저녁에는 길쌈을 하고, 새벽에 일어나 물길어다 밥하고, 겨울에는 온종일 베틀에 앉아 있던 모습이 눈에 선했다.

일곱 살 이후로 엄마는, 삼 실을 만들면서 늘 돌아오지 않은 아버지를 기다리며 나직한 한숨 소리가 올마다 스며 들어가곤 했다.

삼 실이 커다란 뭉치로 감겨 지면 베틀에 올려진다. 아버지가 집을 떠나기 전, 아버지는 언니와 마당 헛간에 넣어 둔 베틀을 꺼내 세우면 엄마가 베틀에 올라앉아, 길고 긴 올들을 일정한 길이로 풀어 허리춤에 묶고 팽팽하게 당겨 보기를 여러 번 한다. 준비가 끝나면 날렵한 유선형 '북'에 삼 실 꾸러미를 넣고 올 사이를 통과시킨다. '바디'를 몸쪽으로 당겨 툭 치면 한 줄의 삼베가 짜진다. 씨실과 날실 교차하고 반복되면서 한 필의 삼베를 만들어 낸다.

베를 짜기 위해, 베틀에 앉으면 엄마는 밤을 새우거나, 보통 몇 시간씩 자리를 뜨지 않는다. 북을 넣고 '바디'를 당기며 긴 긴 밤, 남편을 기다리며 밤을 새우시던 어머니. 그렇게 고생한 댓가는 작은네가 낳은 의붓아들 두 명의 학비에 보태졌다.

고향마을 뒷산 삼베 밭 풍광을 이곳으로 옮겨 놓은 듯, 녹차밭을 품고 있는 산은 온통 푸르렀다. 뒷산 봉우리의 구름 덩이도 여전하고, 눈 아래로 반짝이는 강물의 물비늘과 작은 통통배도 그 자리였다.

그런데 효정은 혼자 멀리 몸 밖의 아주 먼 곳을 떠돌고 있는가. 일곱 살의 기억에 갇혀 있는데, 예당댁 아줌마 말대로 일곱 살이 아닌 스물네댓 살이라면, 잃어버린 십 칠팔 년의 세월은 어디에 있는 것일까. 몸 안의 집은 어디에 두고 몸 밖의 껍데기로 떠돌고 있는 것일까

"어이 처자, 뭘 해요? 빨리 따라오지 않고서."

그사이, 저만치 앞서가던 예당댁 아줌마가 뒤를 돌아보고 손짓하며 소리 질렀다.

'저, 잘 가고 있네요.'

"초행길이라 걷기가 힘들지요?"

그녀가 가까이 다가가자 아줌마가 말했다

"……."

효정은 자꾸만 비틀려지는 입술에 힘을 주면서 아줌마 뒤를 따라 걸어간다.

눈물이 전혀 나오지 않았다. 슬픔이라든가 분노, 절망의 감정도 없었다. 이따금씩 머리가 아프고 숨이 끊어질 듯하던 고통이 되살아 오는 느낌이었다. 이럴 때 병실에 있었으면 간호사가 달려와서 통증 주사를 놓아주곤 했다.

초행길이지만 예당 아줌마와 앞서거니 뒤서거니 하면서 하얀 길을 따라 걷는다.

아줌마가 흰 치맛자락을 팔랑거리며 그녀를 앞서 걸었다.

한참을 예당댁 아줌마를 앞섰다가, 잠시 잠시 쉬면서 오던 길 뒤를 돌아본다.

가볍게 바람이 불어오는 곳으로 아줌마가 말한 주암호가 보였고, 그녀가 열흘간을 고향마을 뒷산이 엄마의 삼밭인 줄을 알고, 엄마를 찾아, 헤매다 힘들면 앉아 쉬었던 초당골 개천 다리도 보였다. 이곳은 효정의 몸 밖의 마을 초당골 깊은 산골이 분명한데, 무심히 흐르는 강물은 여전히 푸르기만 하다.

대도시 광주에 가거나 보성 읍내에 다녀오거나 하면서 마을 입구 버스 정거장에서 내려 다리를 건너 십 분을 걸어가면 효정의 고향마을이었다.

푸른 물이 고요히 흘러가는, 다리 위에서 보이는 마을과 계곡과

경계를 이루었던, 높은 산 맞은편에는 푸른 수풀로 덮인 산들이 서로 어깨를 걸고 마을 뒷산 삼베 밭을 둘러싸고 있는, 아주 파랗게 반짝이는 것이 보였다.

그런데 이곳 풍경은 아주 다르게 여러 겹으로 흐릿하게, 마치 현실로부터 떨어진 듯, 아무런 기억을 담지 않은 창백한 영혼의 세계처럼 느껴졌다.

"정들면 고향이여요."

솔바람을 타고 아줌마의 말소리가 날아왔다

'…….'

"저기까지 갈라만……."

"…….''

예당댁 아줌마가 야산 산꼭대기 녹차밭을 손가락질하면서 말했다.

"여기는 산골이라 해가 빨리 떨어져요."

"…….''

초당골 야산을 굽어 돌자 앞서가던 예당댁 아줌마가 빨리 따라오라고 재촉해 왔다.

효정은 예당댁 아줌마가 답답해하는 마음을 알면서도, 속으로는 엄마의 삼베 밭을 향해 온통 마음이 가 있었다

효정이 고개를 갸우뚱거리자, 예당 아줌마가 다시 손짓하며 말했다.

"저, 저기 보이지요? 저기 보성군 미력면 초당골다원 녹차밭이여요. 꼭대기이긴 해도 산막이 있어. 그 무엇인가. 커, 컨테이너박스라고 하는 거. 저기서 먹고 자고, 녹차도 따고, 돈도 벌고……, 지금 처자는 오갈 데 없는 몸이잖여요. 말도 못하고 알아듣기는 하지만……, 그동안 어디서 무슨 일을 하다가 이 지경이 되었는지는 모르겠지만, 설사 못된 곳에 끌려가서 빚을 지고 도망쳐 나온 몸이라면, 이제 차밭에서 부지런히 일하면 까짓거 빚 갚는 거요. 녹차밭 박사장에게는 내가 처자 보증을 서줄게요."

아무튼 효정의 귀에 환청인지 모를 예당댁 아줌마 말소리가, 그녀의 귀에 흘러들어 왔다.

'빚쟁이요? 도망을요? 저는 환자여요.'

"몸 아픈 사람은 우리 초당골 다원 녹차 보름간만 마셔도 병 줄이 떨어져요. 마셔본 고객 환자들 많이 찾아와요. 처자도 금방 몸이 좋아질거요."

효정은 아줌마의 말에 녹차의 효용성에 감탄하며 속으로 인사를 올렸다.

'감사합니다.'

효정은 아줌마가 진심으로 고마워서 허리를 푹 숙이며 꾸벅 인사를 했다.

아줌마를 따라나서지 않았으면 그녀는 내일 종합병원을 나와서 어디로 갈 것인가. 잠시라도 아니, 단 하루만이라도 먹고 재워 준다면 그 이상 고마운 일이 어디 있겠는가, 아줌마의 말처럼 먹고 자고 찻잎도 따고 돈도 벌고, 보호하러 차밭으로 데려온 것이 고맙기만 했다.

차밭 일하면서, 녹차를 마시고, 병원도 가고, 건강하고 기억을 빨리 되찾아만 엄마와 아버지 언니를 만날 것이다. 그리고 그날 지하로 끌려가 서너 명의 얼룩무늬 옷을 입은 남자들의 몽둥이질로 죽음의 직전까지 갔었던, 그녀를 구해 탈출시킨, 같은 얼룩무늬 옷을 입은, 군인 청년을 만나 고마움을 전해야 한다고 여겼다.

효정은 다시 한번 고개를 들어 녹차밭 오두막집을 바라보았다.

차밭의 푸르름으로 감싸고 있는 오두막이 석양의 빛을 받아 따뜻해 보였다, 대 수술을 하지 않아도 병이 금방 다 나아진 듯, 병줄을 다 떨쳐낸 듯 몸이 가벼워지면서 아줌마를 앞서거니 뒤서거니 했다.

"나한테도 처자만한 나이의 딸도 있고, 아들도 있는데, 아들은 군대 가서 부대끼리 오인 교전으로 사고를 당해 그만 몹쓸 병을 앓고 있다오."
'구, 군대?'
효정은 고개를 갸웃둥 했다. 순간 퍽퍽 하고 몽둥이질이 가해지면서 몸이 이상한 반응을 보였다
녹차를 마시고 치료를 꾸준히 받게 되면 그날 그녀가 왜 무엇 때문에 얼룩무늬 옷을 입은 사람들에게 지하로 끌려가, 그곳에서 몽둥이질에, 또 무슨 사고를 당해 기억을 잃게 되었는지 알 수 있을 것 같았다.

예당댁 아줌마가 그곳에서 효정의 일상이 대강 이렇게 계속될 것이라고 말했다. 차밭 컨테이너에는 멀리 조성과 회천, 승주에서 왔다는 아줌마 세 사람과 함께 생활한다. 아침 여섯 시에 차밭 일을 시작하여 찻잎을 딴다.
오후 3시면 일을 마치는데 차밭 주인인 '초당골다원' 박사장이 자신의 승합차로 득량댁 아줌마와 예당댁 아줌마, 그리고 복내, 겸백, 율어 등, 아줌마들을 출, 퇴근시킨다. 처자 병원도 데려다줄 것이고, 일하다 힘들면 밭 가로 나와서 녹차를 마시거나, 점심 먹고 나서도 한참을 쉰 뒤 별채로 와서 녹차 덖음질, 차 시음, 손질 등을 한다고 했다.

그러나 막상 차밭이 가까워지자, 효정은 낯선 곳에 대한 두려움 때문인지, 바삐 걷던 걸음도 예당댁 아줌마와 꽤 멀어지고 있었다.

예당댁 아줌마가 다시 한번 뒤를 돌아보며 손짓했다. 그러고는 바삐 걸어 올라간다.

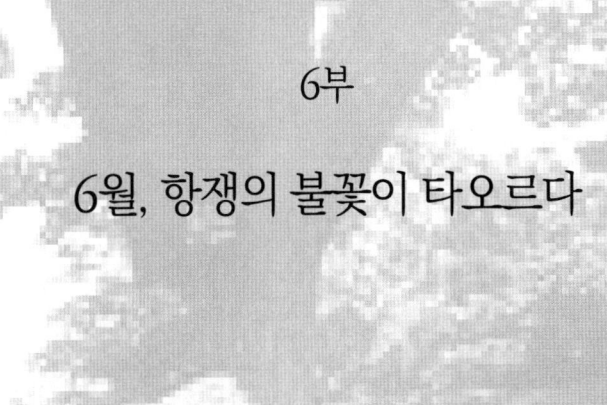

6부

6월, 항쟁의 불꽃이 타오르다

1. 생명의 저항

창문 너머 맞은편 하늘 끝에, 위용을 자랑하듯 높은, 건물 조명탑의 불빛이 불타오르듯 솟아올라 있고, 빨갛게 반짝이는 불꽃은 흡사 불난 것처럼 아름다워 보였다
피어올랐다.
이제, 오후 2시가 조금 넘은 이 시각인데 조명탑에 왠 불빛이라? 하늘가를 이이리저리 뛰어 다니지……?
인턴K사업에 몸담고 있던, 송광민이 회사에 출근해서, 여섯 시 퇴근 무렵이 되어서야 그 부근의 조명이 밝기 시작한다. 유치원, 미술학원. 피아노 교실, 원어민 학원 등 어둠이 내리 앉을 시간이면, 다채로운 색조를 띤 조명을 볼 수 있었다.
조명탑의 불꽃과는 아무런 관련도 없는 듯, 창 틈새로 조금씩 끼어들기 시작한 매캐한 최루탄 연기가 그의 사무실 천장을 타고 날아다니기 시작한다.
그는 창문을 열고 내다보았다. '독재 타도', '호헌철폐'를 외치며 민주주의를 지키기 위한 광주 곳곳을 항쟁의 함성과 구호로 물들이며 시위대가 한바탕 휩쓸고 간 땅에는, 불타고 있는 경찰 장비들과 날카로운 돌멩이들이 난무하고, 하늘에는, 최루탄이 날아

다니는 화염병들에서 시뻘건 불꽃을 내뿜었다.

5·18 광주민주항쟁에서, 시민들의 희생으로 피워 올린, 민주주의의 불씨가 6월항쟁의 횃불로, 활짝 타오르고 있는 불씨는 가로등이며, 상점이며, 전광판에, 옮겨붙어 맹렬한 불꽃으로 타올랐다.

천주교 광주대교구 사제들의 단식으로, 피워올린 민주주의를 향한 불꽃이 전국, 성당, 교회, 불교, 시민은 일상에서, 학생은 학교에서, 노동자는 일터에서······.

송광민이 오전에, 남동성당에서 미사에 참석한 염평식 팀장을 만나고 돌아올 무렵이었다. 남동성당에서는 신부님들이 '대통령 직선제 개헌 등 민주화를 요구' 시국미사를 올리고 있었다. 염평식 형은, 7년 전, 5·18 광주 민주항쟁 때 '외곽도로 경계'조 칠 의형제 팀장으로 '시민군'을 이끌다 죽어, 암매장된 체 유골조차 차지 못하고 있는, 임규정을 대신해서 그 의형제들을 이끄는 중이었다. 송광민도 틈틈이 그 형들을 돕고 있었다.

내년, 1987년 4월 13일, 전두환은 임기 내 개헌을 거부하고, 기존 제5공화국 헌법으로 차기 대통령을 치르겠다는 이른바 '호헌조치'를 발표한 것에 대한, 많은 시민들이 크게 분노하였고, 야당과 민주화운동 진영은 전두환 정부에 정면으로 맞서기 위한 투쟁이 광주 곳곳에서도 벌어지고 있었다.

광주 대학생들은, 국본에 참여하지 않았지만, 서울지역대 학생대표자협의회를 중심으로 시위를 벌였다.

오전에 그의 회사 앞인, 노동청 사거리에서 전남여고 앞, 청산학원과 예술의 거리에서 시위를 벌였지만, 경찰 병력으로는 여기저기서 터져 나오는 거센 시위의 물결을 막아 낼 수 없었다.

5·18, 광주민주항쟁 때와는 너무나도 달랐다.

그때는 군대를 동원하여 유혈진압과 대량학살을 하지 않았던가. 칠 년이 지난 지금 군대를 동원하였을 때. 과연 군대가 전두환의 뜻대로 움직여줄까?. 그러기에는 5·18 광주민주항쟁 때 많은 시민을 희생시킨 사실을 모르는 국민이 없다. 그 사실을 알고 있는 전국의 국민들이 들불처럼 번져 민주항쟁을 진압할 경찰력도, 군대 투입도 어렵다고 판단한 전두환 정권은, 대통령직선제 개헌 요구를 수용할 것이 뻔했다.

바깥의 시위가 잠잠해지고, 전광판의 불빛들이 하나 둘 씩 내려앉자, 송광민은 창문을 닫고 소파에 앉았다. 그리고 잠시, 송광민은 대학생 신분으로 5·18 광주민주항쟁 몸소 겪었던 당시를 떠올

렸다

'민주 신문 화보' 제10호

우리는 명분 없이 비상계엄의 해제와, 반민족적이요 역사를 역행하는 유신세력의 일소를 위해 끝까지 싸운다.

우리는 전두환 신군부 세력이 득세하는 현 정부 당국을 국민의 정부로써 인정할 수 없다.

온 국민의 평화와 안정을 수호하고 자립경제를 이룩하고 복된 사회를 건설코자 납입한 피와 땀(세금)으로 페퍼포그, 최루탄과 총기를 수입하여 국민의 배를 가르고 가슴에 총을 쏘아 죽일 수 있단 말인가. 우리 광주시민은 이들 유신 미치광이들을 위한 세금이요 방위성금이라면 단 한 푼이라도 납입하기를 거부한다.

5·18 민주화운동에 관한 계엄사의 발표 일체가 거짓임을 밝힌다. 또한 이를 신뢰한 사람은 한 명도 없다.(사상자 천 명 이상 수습대책위통계)

우리 80만 광주시민은 앞면의 '광주시민 장송곡'을 누구나 부를 수가 있어야 한다. 이를 위해 이 화보[회보]를 입수하신 분은 모든 수단과 방법을 이용하여 보급 및 전파에 최대의 힘을 역주하여야 할 것이다.

군인들이여! 그대들은 지금 누구를 위해서 일하고 있는가. 자신의 왼쪽 가슴 위에 손을 얹고 대답하라. 조국과 민족을 위해서인가. 아니면 온 국민의 희망을 저버리고 사리사욕에 광분하는 전두환 일당을 위해서인가? 우리가 지난날 국토방위 임무에 충실했던 국군이었듯, 그대들도 조국과 민족을 사랑하는 민간인이 아니었단 말인가? 당신 일개인의 반기가 조국과 민족을 구하는 길임을 명심하라!

1980년 5월 26일
광주시민학생구국위원회(구 수습대책위원회)

존 스튜어트 밀은 "자유야말로 인간이 인간일 수 있게 만드는 가장 근원적인 힘이라 했으며, 자유야말로 인류가 진보할 수 있는 유일한 힘이요. 자유가 없는 사회는 발전이 있을 수 없으며, 자유가 없는 사회는 쇠퇴와 패망만이 있을 뿐이다. 자유는 인류발전의 알파요 오메가이다." 라고 말했어요.

여기서 나오는 유명한 말이 있지요.

'배부른 돼지보다 배고픈 소크라테스가 낫다.'

만족스런 바보가 되기보다 불만족스런 소크라테스가 되는 것이

낫다.

인간은 비록 배고프고 비록 불만족스럽더라도 자기 스스로 사고하고 결정할 수 있는 자유를 가진 존재이기를 원한다는 것이지요…….

자정이 가까워지자 탱크/ 장갑차/ 트럭 등이 요란하게 밀려오는 소리가 들렸네/ 창문을 통해 보니 시커먼 물체들이 학교 안으로 이동하고 있었네/ 아침 비명소리에 잠을 깨었어/ 공수부대원들에게 구타를 당한 학생들의 소리였지/ 공수부대원이 문을 박차고 들어왔네/ 다짜고짜 우리를 일렬로 세우더니 기합을 주더군/

동작이 뜨다며 군홧발로 걷어찼고…….

이정훈 외 『저들에 푸르른 솔잎을 보라』(겨름 1985)

송광민은 새벽 다섯 시가 되자, 자명종 시계를 틀어 놓지도 않았지만, 정확하게 눈을 떴다. 그것은 독서실에서 오랫동안 자신의 육체에 길들여져 있는 습관이었다.

아직 창밖은 짙은 어둠에 덮여 있었고, 학생들이 기거하는 독서실은 대지를 감싼 정적 속에 빠져 있었다.

배는 아직 불렀지만 두 시간쯤 지나면 꺼질 것이다. 몸을 일으키자, 두 다리가 마구 떨렸다. 그리고 잔등에 식은땀이 주욱 흘러내렸다. 송광민은 마구 후들거리는 다리를 간신히 끌고 와 독서실의 불투명 유리를 끼운 창을 열어 바깥을 내다보았다.

새벽 동이 터 오기 전의 무등산은 짙은 회색의 바탕 색깔에 가느다란 붓으로 드문드문 붉은색을 발라놓은 그림 같았다.

오월이지만 새벽녘의 싸늘한 공기는 먹이를 찾아 바삐 움직이는 짐승들의 턱을 곤두세우게 하고 있었다.

바깥을 내다보고 있던 송광민의 눈에, 대학 정문 앞 어두운 곳에서 조심스럽게 움직이고 있는, 정체를 알 수 없는 검은 물체들의 모습이 보였다. 정문은 학교 입구에서 본관 건물 있는 곳까지 길게 뻗어 있었다.

어렴풋이 물체의 형태로만 그것이 무엇인지를 구별할 수 있는 시각, 방금 전에 본 것은 분명 사람들의 움직임 같다는 예감이 들었다. 날이 조금 밝아오자, 사람들의 형체가 언뜻언뜻 나타나고 있었다. 그들은 한둘이 아닌, 꽤 많은 숫자의 그림자인 것 같았다. 그 순간 광민의 머릿속에 '계엄군'이라는 단어가 선명하게 떠올랐다.

"저기 정문에 계엄군이…!"

광민은 무언가 그 정체를 정확하게 알 수는 없었지만, 온몸을 휘감아오는 공포감에 부르르 몸을 떨면서 지켜볼 수밖에 없었다.

휴교령이 내려진 대학 정문 앞에는 공수부대 계엄군 무리들이 바삐 움직였고, 학생들은 천천히 움직였다.
송광민은 어제 독서실의 학생으로부터 '서울지역 총학생회장단들이 모두 계엄 당국에 연행되어 갔다는' 소식을 들었고, 조금 있자. 17일 자정을 기해 비상계엄이 전국으로 확대되었다고 알려왔다.
갑자기 공포감에 떨고 있던 그의 뇌리에, 어젯밤 일이 문득 떠올랐다.

어제저녁 늦게까지 학교에 남아 있던 학생들은 시위 때 작성했던 선언문과 여기에 대비한 발표를 준비하고자 잠이든지 얼마 되지 않아, 수십 명의 공수부대 계엄군이 들이닥쳐 모든 학생들을 끌어내어 무자비하게 두들겨 팬 다음 군용트럭에 싣고는 사라졌다는 것이다.
그들은 사상도 강하고 공부도 잘해 대학교에서도 교수님들로부터 칭찬받는 전도(前途)있는 학생들이었다.

외무고시 준비로 독서실에서 공부하던 송광민은 열 시가 조금 넘어 책을 덮고 일어났다. 통행금지 안에 유인물 한 뭉치를 신안동 일대 굴다리와 신역 부근까지 뿌려야 했다. 그 일은 열한 시를 넘기고 시작하는 작업이었다.

배고픔을 잘 견디지 못한 송광민은 미리 간식을 먹어두자는 뜻에서 전대 정문 앞 사거리 뒷골목 '소쿠리짜자루'로 향했다.

거기에 가서 짜자루우동 한 그릇 먹고, 염창호 형에게서 밤에 돌릴 유인물을 받아 나오기 위해서였다. 광민은 소쿠리 짜자루 가락국수가 특식이었다. 촌놈들은 중국집 자장면이나 우동 정도만 하여도 매우 맛이 있다. 진짜 '소쿠리 짜자루'에 맛있는 음식은, '아므라 이스스나, 비프스테이크'인데, 그것은 보통 사람은 맛을 몰라 잘 먹을 수도 없고, 먹어 보려고 하지도 않는 고급음식이다.

염창호 형이 사장으로 있는, '소쿠리짜자루' 가게는 전대 정문 네거리 앞 뒷골목에 있었다.

가게는 독서실에서 얼마 멀지 않았기 때문에 걸었다.

용봉천 다리 아래로 흘러가는 맑은 물소리로, 밤은 사뭇 고요하게 흐르고 있었다. 계절 때문인지 낮에는 더웠지만 밤이 되니 바람이 불고 시원했다. 시민들의 표정은 경쾌했다. 이 시간에는 대학교 캠퍼스로 나와 산책을 즐기는 시민들이 많았다. 시민들의 기분도 좋아 보였다. 그러나 오월의 봄, 학교 주변에 늘어선 활엽수의 연두빛 고요가 은밀하게 부서지고 있음을 느꼈다. 인문대학 주위에 나무로 가득한 공원이 감싸고 있었다. 아닌 게 아니라 인문대 쪽으로 내려오던 송광민은 깜짝 놀랐다. 많은 군인들이 공원을 채우고 있었다.

송광민은 별 의심 없이 정문을 향해 걸어 나오고 있었다. 전남대 ROTC 학군단과 합동으로 훈련하는 작전이려니 짐작했다. 두 대의 군용트럭이 정문으로 들어와 종합운동장을 향해 오고 있었다. 거뭇한 군인들의 철모가 차의 헤드라이트 불빛에 번득거렸다.

그들을 지켜보는 시민들이 많아졌고, 광민은 그곳 숲을 빠져나왔다. 이곳을 찾는 시민들에게 가장 사랑받는 숲이었다.

닷새 전(5월 13일)부터 교내 시위가 잦았다. 개강과 초기에 구성된 '학원자율화추진위원회' 학도호국단 철폐, 학생들은 직접 투표하여 전남대 법대 3학년 박관현을 총학생회장으로 선출했다. 전남대는 1978년 '민주 교육지표' 사건으로 해직된 명노근, 송기숙 등 해직교수들을 복직한 터라 유신잔재 투쟁, 반면에 어용 교수 퇴진, 총장 사태, 병영 집체 훈련 거부 투쟁 과정에서 상황에 대한 인식이 더욱 깊어진 저학년 학생 대중들 등 주로 교내 문제로 철야농성이 점차 가열되어, 시위는 점점 사회문제로 돌아왔다. '계엄령을 철회하라', '유신정당 물러가라', '노동자 생존권 보장하라'라는 구호를 내걸고 교외로 진출해 경찰과 투석전을 벌였으며 일부 학생들은 단식 투쟁을 벌여왔다. 12·12사태 이후 전두환이 보안사령관 등 요직을 맡으면서 잠복해 있던 민주화에 대한 열망이 학생들의 구호도 바로 그것이었다. 조선대학교는 유신체제에 저항하다 투옥 제적, 복직생, 재학생이 중심이 되어 학생운동을 전개하였으며, 조선대 역시 '학원자율화추진위원회'와 '서클연합회' 중심이 되어 어용교수 박철웅 총장 사퇴 등 사학재단 비리 척결을 문제 삼았지만, 사학재단은 깡패 등 청부폭력배를 앞세워 학생조직 와해 뜻을 보였다.

우선 조선대 학생운동권은 시급히 민주화를 위해 '조선대 민주화 투쟁 위원회'를 결성하여 전남대 총학생회 등 지역 학생 운동권과 교육대, 성인 경상전문대, 동신전문대, 조선대 부설 공업전문대 등 광주 시내 다른 여러대학들, 민주화를 위한 총학생회를 구성하여 5월 초 도청 앞에서 민주화 성회 때 학교별로 깃발을 들고 행진하였다.

14일 민주성회는 전남대 단독으로 치러졌지만, 15일에는 광주의 모든 종합대와 전문대 학생들이 합세한 집회였다. 경찰이 시위 행렬을 보호해 주었다는 소문이 광주의 여러 대학으로 퍼지면서, 학생들이 대거 참여했다.

오늘(5월 17일) 새벽 0시에 계엄령이 선포되었다.


## 2. 유인물을 배포하다

어젯밤 유인물 배포하는 것은 무척 힘들었다.

계엄령 선포로 비상이 걸려 아파트에도 경비가 삼엄해져 있었다. 다른 때 같으면 한 시간 전에 한 뭉치(당시 시험종이 한 뭉치가 8절짜리 1천 장 정도)는 끝낼 수 있는 시간이었다.

송광민은 3분의 1 정도 남은 유인물을 돌리다 통행금지에 걸려 독서실로 돌아오지 못하고 중흥동 교육회관 부근 2층 계단에서 졸면서 밤을 새웠다. 새벽녘 통행금지가 해제되었지만 비상계엄이 선포되어 어수선한 터라 남은 유인물을 들고 와서 독서실 서랍 속에 넣어두고 있었다. 설마 무슨 일이 있으랴 싶었다.

17일자 유인물에는 광주 2개 신문사가 군 검열 당국의, 검열을 위해 많은 기사를 삭제하여 독자들에게 '사실 전달'을 막았을뿐더러 사회면의 3분의 2 이상 털어 보도했다. 삭제된 공간에 돌출 광고를 집어넣는 것에 대한 유인물이었다.

 서울에서 내려온 문덕 고향 친구 한 군과 오 군이 한 조가 된 세 명은, 페인트에 신나를 섞은, 페인트통과 붓을 들고 나와서 중흥동 일대 학교 담장과 건물 벽, 길바닥 등 학생들이 많이 다닐 만한 곳, 구호를 적을 만한 곳을 찾아, 페인트칠을 하는 임무를 맡아 나갔다가 새벽녘에 돌아와 가쁜 숨을 내쉬며 잠을 자고 있었다.

 "비상계엄 즉각 해제하라."
 "전두환은 물러가라."
 독서실 안에는 저녁에 밤을 새운 칠팔 명쯤 되는 학생들이 잠을 자거나 깨어 휴식을 취하고 있었다.
 그의 다리가 떨려 왔다. 광민은 몸의 중심을 왼발에서 오른발로 옮겼다.
 조금 편안한 느낌이다. 광민은 하품을 하면서 다리에 힘을 주고 머리는 창문 바닥까지 엉덩이를 쳐드는 자세로 기지개를 켰다. 이어 머리를 올리고 엉덩이를 내린 다음 척추와 다리를 쭉 뻗었다. 그리고 나서 의자에 앉은 자세로 잠시 눈을 붙였다. 단, 몇 분간이나마 운동으로 몸을 풀고 휴식을 취하고 싶었다. 딱딱한 나무 의

자지만, 의자는 폭신하고 부드럽게 그의 허벅지를 받쳐준다. 오랜 시간 앉아 있어도 불편하지 않았다.

독서실 안 칠팔 명의 학생들도 마찬가지일 것이다. 연구에 매달린 독서실 안의 그들도 벌써 며칠째 잠 한번 제대로 자보지 못했다. 누적된 피로와 수면 부족, 대다수 학생들은 거의 컵라면으로 떼우기 일쑤였다.

다른 학생들에 비해 송광민과 한 군과 박 군, 양 군, 오 군 등의 강학들은 '소쿠리 짜자루' 사장의 고향, 보성 문덕면의 선배이자 친척뻘이 되는 터라 배고프면 가게에 가서 먹어 치운다. 어젯밤에도 해물 볶음, 쟁반 짜장을 먹어치웠다.

거기다 파스퇴르 밀크바를 맛있게 먹었었다. 그래서인지 배는 아직 불러 있다. 그렇지만 식탐이 많은 그가 종일 강의 등 독서실에서 버티어 내려면 일찍 형의 가게에 가서 아침 겸 점심을 먹고 와야 한다고 여겼다.

창호형은 도청 입구 남동 거리 고령인쇄소에서, 필경사로 일하면서 밤이면 나와 '소쿠리 짜자루' 문을 열어 이튿날 아침까지 일하고, 문을 닫고 출근한다. 거기다 형은 고향 선. 후배를 위해 '호롱불야학'을 이끌어 가고 있는 숨은 천사이다. 어찌 보면 '소쿠리 짜자루'는 창호형이 일찍 고아가 된 친조카 염평식을 가르치기 위해서였지만, 어려운 처지에서 공부하는 고향 선. 후배들을 먹이고 장학금을 주기 위해서 시작한 일인지도 모른다.

창호형의 가게는 건물 1층 7평 남짓, 한 칸 열어놓고 고추짬뽕, 탕수육, 간짜장, 쟁반짜장, 해물볶음, , 짜장밥 그리고 술빵 …….
정문 앞 사거리 도로에서 뒷골목으로 꽤 걸어 들어가야 하는, 허름한 오두막 같은 음식점인데도 저녁에는 빈자리가 없었다. 주방은 평범한 시골 밥상 부엌이다.
방은 없고 홀만 있다. 리필용 반찬과 물은 셀프다. 배달은 안 하는 집이지만, 바쁠 때는 송광민이 배달을 하고, 돈을 받는다.
광민은 이곳에서 대학교 친구들의 소모임을 하거나, 고향 문덕 선. 후배를 한 달에 한 번쯤 꼭 만난다. 권덕룡 형을 제외한 문덕 면사무소에 근무하는 평식 형님과 그의 약혼녀, 얼굴 가득 꽃을 피운 듯 활짝 웃는 시인 지망생인 강민정 누나, 눈이 맑아 사슴 눈을 닮은 인동꽃이 수 놓은 머리띠로 뒷머리를 묶은 소설가 지망생인 윤효정 누나. 그녀들은 시인과 작가 지망생으로 가톨릭센터 뒤쪽 건물 '문예창작 교실'에 나오는 예비작가들이다. 그리고 궁동에서 표구점을 하는 득량댁 당숙모의 남동생 임규정 사장 부부, 그 당숙모의 막내아들과 그리고 그의 형수 양자 씨의 딸인 여조카

은미 씨까지 '소쿠리 짜자루'에서 한 달에 두 번씩 소모임을 갖는다.

산문과 운문을 아울러 두 누나가 이끌고 있는 '소쿠리 짜자루, 글쓰기 교실'에는, '호롱불 야학' 식구들과 고향 선. 후배들의 모임을 갖기 위해서 시작한 것이다. 작품 품평회를 하며, 광민이 문예 동아리를 꾸려, 독서 토론회와 시화전을 열기도 한다. 그러한 행사 가운데 '밤 10시' 젊음의 초대 시 낭송회를 개최하기도 한다. 각종 독서 그룹을 통하여 학생운동가들의, 서울 등 다른 지역 움직임에 대한 정보를 야학과 문화패 '광대' 등 그때마다 작은 오두막 '소쿠리 짜자루'에서 풍기는 분위기는 최고였다.

삼시 세끼는 반드시 챙겨 먹는 송광민이다. 독서실에서 공부하다가 배고프면 무조건 '소쿠리 짜자루'로 달려가서 배달통 두어 번 해주고 공짜로 배불리 먹고 온다.

그새 아침이 환하게 밝아왔다. 초여름의 공기는 투명하고, 빛이 쏟아지고 있는 무등산은 눈부셨다. 학생들의 표정 속에서도 오월의 아침 밝은 기운이 느껴졌다.

어젯밤 공수부대 계엄군들이 문학부 건물에도 나타났다는, 독서실 식구 중 한 명이 밖에 나갔다 오면서 이런 정보를 가져 왔다.

계엄군들은 건물 안과 밖을 몇 명씩 조를 짜서 수색을 했다는 것이다.

문학부 건물 3층에는 인문대 학생회 건물이 있었다. 사무실에 열 명 정도 학생들은 시위 때 작성했던 선언문과 서류 등을 챙겨, 문학부 건물을 빠져나간 뒤였다고 학생들로부터 들었다고 했다 또 속보로 5월 17일 24시부터 발효되는 포교령 제 10호를 알리고 있었는데, 정치 집회와 시위는 물론 전국의 모든 대학에 휴교령이 내렸다.

문학부 건물을 수색하던 공수부대원 20, 30명 쯤 되어 보였다고 했다. 실제 송광민은 어젯밤 유인물을 들고 나가다가 정문에서 부대 계엄군 병력이 탄 차량을 보았었다.

그때였다.

몇몇 학생이 쫓기듯 독서실 안으로 뛰어들어 왔다. 그 바람에 유인물 일을 마치고 피곤에 쌓여 늦잠을 자고 있던, 한 군, 오 군 등 몇 명이 화들짝 놀라 일어났다. 어젯밤 자정을 넘어서면서 공수부대 계엄군들이 문리대를 비롯하여, 학교를 수색하여 많은 학생들을 끌고 갔다 이야기를 나누며 송광민은 밖으로 나갈 엄두조차 내지 못한 채 그들을 지켜보는 중이었다.

정문에는 '정부 조치로 휴교령이 내려졌으니 가정학습을 하기 바란다'는 총장 명의의 공고문이 게시되어 있었고, 공수부대 계엄군 30여 명이 M16 소총을 들고 지키고 있었고, LMG (경기관총)과 진압봉도 보였다.

얼마 후에 바쁘게 움직이는 계엄군과 천천히 움직이는 학생들이 뒤섞여 있었다.

송광민은 다시 한번 창문으로 그들을 지켜보았다. 계엄군을 지켜보는 시민들이 점점 더 많아졌다.

그는 다시 눈을 독서실 창밖 멀리 밀어 올렸다. 그 순간 자신의 눈을 믿을 수 없을 만큼 놀랐다. 창호형의 '소쿠리 짜자루' 가게 앞 네거리 도로에는 증파된 공수부대 계엄군 수많은 병력이 나타났고, 정문 앞 도로 굴다리 밑에 있는 시민들과 대학생들이 눈에 들어왔다.

'전두환은 물러가라 물러가라' 계엄령을 해제하라는 함성과 홀라송이 무등골을 흔들었다.

그때 핸드마이크를 든 소령이 정문으로 나왔다. 그 소령은 '휴교령이 내려졌으니 학생들은 집으로 돌아가라'며 동시에 그는 돌격 명령을 내렸다.

군인들은 등 뒤로 M16을 맨 체 무자비하게 진압봉을 휘둘러댔다. 교문으로 들어가려던 교수에게까지 군홧발로 밟고 뺨을 때리는 등 교문 앞 상황을 방금 독서실 안으로 뛰어든 학생들이 알려왔다.

또 공수특전여단 2개 대대는 18일 새벽 전남대와 조선대에 각각 배치되었으며 신문사, 방송국 등 광주시내 주요기관에는 제31 향토 사단 병력이 투입되었다는 것도 알려졌다.

이내 굴다리에서 돌아온 학생들의 손에는 돌이 쥐어져 있었고, 학생들도 돌멩이를 던지기 시작했다.

광민은 창호형의 가게에 아침을 먹으러 가는 것을 포기했다. 문을 닫았을 거라고 여겼다. 그러나 그는 곧 머리를 흔들었다.

'아니야, 문을 닫지 않았을 거야. 형은 웬만해선 문을 닫는 사람이 아니다.'

염창호 형이 '소쿠리 짜자루'를 차린 것은 친조카 평식을 가르치기 위해서였다. 그래서 하나밖에 없는 조카 평식을 대학까지 가르쳤고, 공무원을 만들어 문덕면사무소에 취직시킨 것이다. 또한 형은 마음이 착해서 배고픈 학생들에겐 공짜로 라면도 끓여주고, 음식도 먹고 가게 하는 등 문덕 학생들에게 무한정 아낌없이 베풀었다. 가끔은 등록금도 마련해 주는 속 깊은 창호형이다.


## 3. 독서실에 계엄군이 들이닥치다

갑자기 주위가 소란스러워지기 시작했다.

그때 독서실 복도에 발소리가 들리더니, 문을 쾅쾅 치는 소리가 들렸다.

시위대의 학생일까. 두 학생에 의하면 사흘 전(5월 15일) 전남대에서 육천여 명, 조선대에서 일천여 명, 그리고 광주대에서 육백여 명, 조대 공대에서 일천여 명, 거의 만여 명이 가까운 구천육백여 명이 도청 앞 광장에서 모였었고, 17일은 사태의 심각성을 파악 야간에 계엄령을 선포하였다. 전남대 안에서는 특전사 G 특전여단 2개 대대가 들어와 대대장 권승만 중령의 지시로 학생들을 붙잡기 위해 수색작전을 벌이고 있었다고 했다. 학생들을 체포하기 위해 20, 30명씩의 공수부대 계엄군들이 각 단과대 건물과 도서관 안팎을 샅샅이 뒤졌다. 저들은 대항할 힘도 없고, 무장도 하지 않은 학생들을 적군 색출하듯 착검한 총을 들고 조를 짜서 빈틈없이 뒤졌다. 문과대학을 비롯하여 공부하고 있는 학생들을 끌고 나와 본부로 넘겼다는 말도 들었었다.

 뒤이어 칠팔 명의 대학생들이 쫓기듯 독서실 안으로 뛰어 들어왔다. 조금 후에 얼룩무늬의 군복에 머리에는 방석망이 달린 헬멧을 쓰고, 손에는 방패와 방망이를 든 십여 명 가량의 계엄군들이 들이닥쳤다. 그들은 방금 쫓겨 들어 온 대학생들과 송광민을 포함한 안에서 공부하던 학생들에게 군홧발로 차고 진압봉으로 내려쳤다. 모두 비명을 질렀다. 이마에서 피를 흘리며 신음을 낸 학생도 있었다.

 방금 들어온 학생들은, 전남대 정문 앞 굴다리에서 시위를 벌이던 백여 명 중의 대학생들이다.
 계엄군의 폭력진압에 돌을 던지다 발각되어 얻어맞다가 독서실 안으로 숨어들었던 것을 알고, 한 무리의 병력을 이곳으로 들여보내어 잠자고 있던 학생들에게도 군홧발로 짓이기고 몽둥이로 내려쳤다.
 "방금 들어온 새끼들 맞지?"
 "아, 아닙니다. 우린 독서실에서 밤을 새웠습니다."
 대기업 인턴 시험을 앞둔 머리가 긴 학생 둘을 불러 세워놓고 다그쳤다.

그러자 두 사람 중 다부진 체격의 학생이 누렇게 질린 얼굴로 사실을 말하자, 계엄군은 학생을 주먹으로 후려쳤다. 비명을 내지르며 주저앉자, 이번에는 군인들 여러 명이 군홧발로 걷어찼다. 학생들은 '계엄확대' 정치 상황 변화에 무관심한 채 취직시험이나 인턴 고시 공부에만 전념하던 학생들이었다.

"아니어요. 우린 진짜로 독서실에서 공부만 했어요."

"방금 밖에서 들어온 놈들 어딨어?"

"아무도 안 들어 왔는데요."

이번에는 독서실 서랍 등을 뒤지고 다니던 몸집 큰 군인이 송광민의 서랍을 열어 유인물을 꺼냈다. 그리고는 청자켓을 입은 학생에게 물었다.

"유인물이 누구 것이냐?"

"모릅니다."

"뭣? 모른다구? 이 새끼들 맛 좀 봐야 입을 열겠구만."

순간, 송광민을 포함한 여러 명이 쓰러진 몸뚱이 위로 연거푸 군홧발이 밀고 들어왔다. 군홧발과 소총의 개머리판, 계엄군들이 가세했다.

"아악. 으아악."

"아이구우!"

턱을 걷어차인 한 학생이 숨넘어가는 소리를 내지르며 나뒹굴어졌다. 그 순간 계엄군 누군가의 군홧발이 송광민의 배를 세차게 걷어찼다. 광민은 배를 움켜쥔 채 억, 억 비명을 내지르며 뒹굴었다. 그의 바지 허벅지에 뻘겋게 핏물로 젖어버렸다.

그때 또 한 사람의 계엄군이 독서실로 뛰어 들어왔다. 손에는 '소쿠리 짜자루' 식구 누군가가 독서실 벽에 붙여 놓은 투사회보를 뜯어 들고 왔다.

"짜식들이 하라는 공부는 안 하고 이거 누가 써 붙였냐?"

'민주 일정 앞당기자', '신현학 물러가라' 등등의 시위 구호가 적힌 벽보였다.

"……."

다들 말이 없자, 그중 한 학생이 군인의 군홧발에 채였다. 학생이 비명을 지르며 넘어졌다. 그러자 다른 군인들이 짓이기듯 질근질근 밟았다.

"이 유인물을 붙이는 것들이지?"

"아닙니다. 우리는 도서관에서 공부만 합니다."

그가 진압봉으로 학생의 머리를 세게 내리쳤다. 학생은 정신을 잃고 쓰러졌다.

"이 자식들, 공수들 손맛을 봐야 바른말을 할 거야? 일어나!"

다리를 들어 발차기하였다. 다리를 올렸다 내리는 속도가 빨라 송광민도 어리둥절할 정도였다.

옆에 있던 한 군은 명치께를 맞은 듯 가슴을 움켜잡고 앞으로 고꾸라졌다.

다른 한 학생이 맞아 바닥에 쓰러지기 전에 부대원이 그 어깨를 붙잡았다. 그러더니 질질 끌다시피 했다. 또 다른 계엄군은 질문에, 대답하기 전에 한 손으로 학생의 뺨을 잡아 강제로 입을 벌렸다. 그리고 거기에 총구를 밀어 넣었다. 옆에서 비명을 질렀다.

"지금 봤지? 다섯을 세겠다. 다 셀 때까지 서랍에 있는 유인물은 누가 가져다 놓았는지 말해?"

"정말 우리는 몰라요. 우리는 자고 있었어요. 누군가가 독서실 서랍에 숨겨 놓고 나간 것 같습니다."

"다섯."

누군가가 말했다.

"넷."

"시키는 대로 다 할게요. 살려 주세요."

"셋."

겁에 질린 듯 몇몇 학생이 울음을 터드렸다. 송광민은 더 이상 그 애를 희생시킬 수 없다고 여겼다. 일어서려고 하는데 한 군이 바지자락을 끌어당겨 그대로 주저앉고 말았다.

"둘."

모두들 숨을 조였다.

"죽으면 누가 눈 깜짝하나. 너들 부모들이 울겠지."

"하나."

"아아악! 안 돼요."

한 군이 비명을 질렀다. 그러고 나서 말했다.

"군인 형님들! 저도 봤습니다. 자고 있는데 누군가 쫓기듯 들어와서 서랍을 열고 유인물을 숨겨 놓고 나갔습니다. 그 학생을 기억합니다. 제가 데려올게요. 살려주세요. 허 형님!."

한 군은 그 표득한 계엄군에게 형님이라고 부르기까지 했다.

"향? 형님! 오랜만에 들어본다. 그래 형이다. 나, 강종언 상사에게도, 너들만한 대학생 남동생이 있지. 근데 아프단다."

"아, 아파요?!"

상사라는 군인이 한 군 입에 밀어 넣었던 총구를 뺐다.

"허, 형님? 형님!"

"죽이지 않겠다. 한 번 더 기회를 주겠다. 대신 내일 아침 9시에 이 번호로 전화를 걸어라. 기다리고 있겠다. 그 시간까지 연락이 없거나 그 학생에 대해 조금이라도 숨긴 사실이 들통나면 독서실로 다시 찾아오겠다. 그때는 이렇게 끝나지 않아. 너들을 산채로……, 알겠나?"

계엄군 상사는 수첩을 한 장 뜯어, ,그의 주둔지인 막사의 전화번호를 적어 한 군에게 건넸다. 군인은 한 군의 이름도 수첩에 적었다.

"아, 알았습니다. 형님."

한 군이 흐느끼며 말했다.

7부

아, 오월의 아침

1. 아, 오월의 아침

임규정은 아들에게 한글 자모를 가르쳤다.

딱 한 번 가르쳐 주자 아들은 바로 한글 자모 스물 넉자를 외우고 읽었다. 걸음마를 가르쳤다. 아들은 바로 아장아장 걷고 홀짝 뛰기도 하고 걸음마 기술이 늘었다.

말을 배우기 시작한 아들은 아빠라고 부르며 재롱을 부렸다.

온 가족이 오순도순 단란한/밥상이 그립다/하지만 마음 편한/'외곽도로경계' 조 칠 형제,

우리는 외롭지 않아/풍요로운 밥상은/득량댁 누님이 담아 준/보성 문덕 백암골/진토에서 캐어 담은/

백김치, 물김치/이 손이 찢어 가고/저 손이 퍼 가고/어느새 보리밥/한 그릇 뚝딱……!

5·18, 광주민주항쟁 2일째 되는 날이었다.

소란스러운 소리에 임규정은 눈을 떴다. 어렴풋이 물체의 형태로만 그것이 무엇인지를 구별할 수 있었다. 여기가 어디일까. 방 안이 낯설었다. 침대에서 천천히 몸을 일으켰다. 몸이 너무나도 아팠다. 폐에서 칼에 베인 듯한 고통이 느껴졌다.

임규정은 허리를 꺾으며 쓰러져 방바닥에 뒹굴었다. 갑자기 몽혼 현상이 그의 온몸을 덮쳐왔던 것이다. 그리고 마치 무슨 독약을 마신 것처럼 온몸이 경련을 일으키면서 엄청난 고통이 밀려왔다.

임규정은 다시 정신을 잃으면서 땅바닥에 쓰러지고 말았다.

잠시 후 다시 눈을 떴다.

임규정은 무엇을 하다가 잠이 든 것일까.

방안을 둘러보았다. 방안에는 학생 책상이 놓여 있고 책들이 수북이 쌓여 있었다. 혹시 잘못 본 것이나 아닐까. 꿈결인가 싶어 방을 휘둘러보았다. 분명 방안에는 책상 위에 놓인 컴퓨터와 옷장이 있었다.

문 박에서는 여전히 소란스럽다.

고기를 굽고 술판이 벌어진 것일까. 한참 웃고 떠들었다.

"왜 아직 안 일어나죠?"

"곧 잠 깰 거야. 조금만 더 기다려."

"좀 깨워봐요."

"그래요. 깨워요. 벌써 몇 시간째입니까?"

"조금만 참아요. 임규정 친구 어제 너무 많이 다쳤어요."

채학기의 목소리였다.

그때였다.

갑자기 하늘에서 우르릉거리는 소리가 나는가 싶더니, 어느 틈에 다가왔는지 요란스러운 프로펠러 소리를 내면서 시커먼 물체가 그들이 몸을 숨기고 있는 집 위를 덮어왔다.

"에이 씨팔, 무슨 헬기가 떠?"

투덜거리는 젊은이가 욕설을 뱉었다.

"총으로 죽이고, 헬기로 뭘 뿌리라는 거야."

"그러네요. 삐라를 뿌리는가 보죠?"

"그런가 보네. 뭐."

문밖의 사람들은 무언가 이상한 예감을 느꼈는지, 더 이상 말을 이어가지 않았다.

임규정은 무엇인가 일이 벌어지고 있음을 알았다.

그때 문을 두드리는 소리와 함께, 문이 열렸다. 채학기가 웃으며 들어왔다.

"어, 잠 깼어?"

"어떻게 된 일이여?"

임규정이 그에게 물었다.

"어제 병원에 갔던 일 기억 안 나?"

"벼, 병원.?" 그런데 여기가 어딘가?"

기억이 떠오르며 가슴이 죄어왔다.

"……."

"여기가 어딘가?"

"내 남동생 조카 자췻방이네?"

"학운동 배고픈 다리 건너 마을에서 자치하는 막네 남동생 조카 말인가?"

"맞네."


## 2. 어제 일을 알다

임규정은 민주화 운동 첫째 날 오후 2시 넘어, 돌이 갓 지난 아들의 재롱과 웃음, 스물여덟 살의 아름다운 아내가 차려준 점심 밥상을 받고 있었다. 보성 문덕의 멋쟁이 득양 누님이 보내준 향토 음식에 세 사람이 단란하게 아침 식사를 하는 중이었다.

낮잠에서 깨어나 칭얼대는, 일도 없이 밥을 떠먹는 아들의 뺨이 발그레하게 달아올랐고, 두 눈은 빛났다. 규정은 생선 가시를 발라내어 아들의 밥숟갈 위에 올려주자, 아들은 입안으로 밀어 넣었다. 일그러진 입도 예뻐 행복한 미소를 지었다.

그때였다. 누군가가 표구점 안으로 뛰어들었다. 보성 겸백에 살았던 채학기였다.
"채학기 아니여? 뭔 일이여. 연락도 없이.?"
규정을 밥을 먹다 말고 뛰어나와 그를 맞이했다.
"지나다가 들렸네."
"으응, 잘 왔어? 점심은?"
"먹었제. 그런데 점심이 늦었네."
"병풍 하나 작업하느라고."
"놀지 않고 일하는 모습이 보기 좋네 그려."
"앉소."
규정은 식사를 하는 둥 마는 둥 숟갈을 놓고 친구 표구점 안의 좌판에서 커피를 뽑아 그에게 권했다.
보성 겸백이 고향인 채학기는 그의 아버지가 초등학교 교사여서 문덕으로 발령 받고 오는 바람에, 문덕 초등학교 2학년까지 함께 다닌 깨복쟁이 친구였다. 그 뒤로 그의 아버지가 장흥 초등학교로 발령 간 뒤로는 장흥에서 살고 있지만 자주 만나는 편이었다. 채학기는 지금 장흥 '가톨릭 농민회'를 이끌고 있었다.
"그 일로 올라왔어?"
규정은 차를 마시고 커피잔을 내려놓으며 물었다.

가톨릭 농민회는 전국에 기독교 농민회(전남에만 있었다), 기술자 연합회, 농촌지도 연합회, 양곡협동 연합회 이전 단체모임에서 친구 채학기가 중요한 일을 하고 있다는 걸 잘 알고 있었다. 그가 소속되어 있는 전남 쪽에서는 관제농협타도 대회를 5월 19이날 열기로 되어 있다는 것을 규정은 신문에서 읽었다.

"그런데 요즘 여기 무슨 일이 없는가?"

"일은 무슨?"

규정은 다시 찻잔을 들어 올리며 싱긋 웃었다.

"광주 분위기가 영 요상하다마시."

"뭐, 요상하기까지? 대학생들이 군부독재 물러가라고 시위하는 거 보고 놀랐는가? 노상하는 평화시위여, 서울, 대구, 부산 다 하는 일인디 뭐시 겁나, 그래야만 민주화가 될 게 아닌가?"

"……."

그러나 채학기는 친구 규정이 말처럼 거리의 시위가 그렇게 평화로운 것만은 아니라고 여겼다.

장흥에서 가톨릭 농민운동, 민주화운동을 했던 채학기는, 1980년 5월 19일에 북동 성당에 참여 하기 위해 새벽에 광주에 오는 버스에 올라탔다.

북동 성당에서는 '함평 고구마 사건 2주년 기념미사'가 예정되어 가톨릭 농민회에서 대규모 집회를 준비 중이었다.

버스가 대인동 터미널에 도착했다. 터미널 옆에 북동 성당이 있었다.

군인들이 쏟아져 들어왔다. 앞차에 군인들이 버스에 올라와 사람들을 끌어내리고 막 두들겨 패고 5~6명이 때려눕히고 줄을 엮어 끌고 가고 있었다.

버스터미널 부근에서 벌어지고 있는 참혹한 상황을 목격하거나 무차별 폭력의 피해자가 된, 하루 전날 계엄령이 전국으로 확산되고 전날은 계엄군들이 전남대와 조선대 교대, 동신대 등의 학생 간부들을 연행해 갔다는 소리를 듣게 된다. 그렇다면 가톨릭 농민회의 집회도 어렵게 되었음을 알 수 있었다.

그때였다. 밖에서 와장창 건물 유리창이 박살 났다. 통유리가 깨진 것 같았다. 큰길 금남로 가톨릭센터 부근에서 최루탄 터지는 소리도 들려왔다.

임규정과 채학기는 시위를 지켜보기 위해 밖으로 나와서 가톨릭센타 뒷길로 걸어내려 왔다.

'비상계엄 해제하라', '김대중 석방하라', '휴교령 철회하라', '전두환은 물러가라', '계엄군은 물러가라' 등의 구호를 외치고 있었다.

전날, 비상계엄 확대 소식을 들은 대학생들이 일요일 아침 전남대 도서관에 공부하기 위해 교문 앞에 모여든 200여 명의 학생을 공수부대 계엄군들이 과잉진압을 하여 부상자가 많이 발생했다. 오전에 계엄군에 구타를 당한 대학생들이 구호를 외치며 광주의 중심대로인 금남로 가톨릭센터로 옮겨와 시위를 벌였다.

오후 2시를 넘어서자, 전남대 앞에서 시위 진압했던 A공수A공수 33대대와 31사 96연대가 유동삼거리를 거쳐 가톨릭센터와 금남로 이동, 이들이 진압 작전에 투입되면서 시위 진압은 더욱 가혹하였다.

공수부대의 야만적인 진압이 가해지면서 시민들은 그들을 피해 가면서 매우 공격적인 시위를 멈추지 않았다.

시위 진압은 학생만 대상이 아니었다. 주위에서 구경하던 시민들 남녀 가리지 않고 군홧발로 짓밟고 곤봉과 휴대하고 있던 M16 소총 개머리판으로 집단 구타했다.

군인들이 학생들 사이로 파고들어, 곤봉으로 후려치기 시작했다. 머리를 맞은 몇몇 학생들이 피를 쏟으며 순식간에 땅바닥에 나뒹굴었다. 학생들은 저들을 피해 잠시 골목으로 도망쳤다가 다시 모여들면서 돌멩이를 주워서 던지기 시작했다. 시위대의 손에는 돌이나 각목, 깨진 벽돌 등이 들려 있었다.

돌을 머리에 맞고 실신한 공수부대원이 보였지만, 그들은 날아오는 돌을 피하지 않고 달려들었다. 벽돌을 던진 한 사람을 쫓아가서 곤봉으로 머리를 후려갈겼다. 실신하자 질질 끌고 갔다. 한동안 밀고 밀리는 공방전은 계속되었다. 학생들과 계엄군이 밀고 밀리기를 반복하자 불리하게 여긴 학생들의 한 무리는 YWCA 쪽으로 다른 시위대는 우체국으로, 광주천 쪽으로, 또 다른 쪽은 한일은행 방향으로 향했다. 학생들은 시간이 흐를수록 상황이 불리해졌다. 이에 분노한 시민들이 목이 터져라 구호를 외쳐댔다.

시위대는 가톨릭센터 뒷골목까지 뒤따라오거나 건물을 뒤지며 진압봉을 휘두르고 다니는 공수부대원들에게 돌을 던지며 맞섰다. 가톨릭센터 앞에 불길이 솟아오르고, 포니 승용차 서너 대가 불타고 있었다. 시위 청년들 간에 쫓고 쫓기는 공방전이 반복되고 있었다. 학생들 몇몇이

두 사람이 서 있는 가톨릭센터 뒤쪽 건물 속으로 도망쳐 들어가자, 군인들은 건물 안에까지 쫓아 들어간, 얼마 후에 학생들이 온몸에 피가 낭자한 채 끌려 나왔다. 머리를 심하게 맞았는지 피가

얼굴을 타고 흘러내렸다.

 그 모습을 본 임규정과 채 학기는 점점 흥분하기 시작했다. 두 사람은 시위대에 가담하기로 했다. 학생들을 보호하기 위해서는 젊은 시민들이 도와줘야 한다는 생각이 들어서였다.
 이에 흥분한 두 사람은 시위대에 뛰어들었다.

 임규정과 채 학기는 3백여 명의 시위대에 섞여 불로동으로 밀렸다가 다시 시외버스 공용터미널 부근까지 밀렸다. 여기서 수많은 학생과 시민들이 끌려갔고 나머지 사람들은 거의 흩어졌다. 터미널 로터리를 거쳐서 광주역 쪽으로 쫓겨가는데, 계엄군들이 그들 시위대를 쫓기 시작했다.

 학생들과 시민군들이 돌을 던지기 시작했다. 그러자 군인들은 지프와 가스차를 버리고 달아나자, 시위대는 그들 공수부대 계엄군들이 남긴 차량과 남긴 차량과 장비들을 모두 부쉈다.
 임규정과 채 학기는 가스차와 의자 시트에 불을 붙이고 힘을 합쳐 차체를 옆으로 넘어뜨렸다. 불길과 연기가 치솟아 오르자 시위대는 박수를 보내고 환호성을 질러댔다.

두 사람이 섞인 시위대가 군인들이 탄 지프와 가스차를 급습해 차에 불을 지르고 공격이 성공해 크게 사기가 오른 시위대는, 흩어져있던 시위 군중들과 신속하게 대열에 합세해 오후 내내 거리 투쟁을 이어 나갔다.

광주우체국 앞에서 시민군들이 계엄군들에게 밀리고 있다는 정보를 입수해 그쪽으로 향하고 있었다.

우체국 앞을 500미터 남겨놓고 있을 때였다. 충파 쪽에서 달려온 군인들이 시위대를 향해 빠르게 달려들었다. 군인들은 주위에서 구경하던 시민들 남녀노소 가리지 않고 군홧발로 차고 진압봉으로 후려쳤다.

순식간에 벌어진 일이었다. 임규정은 어디를 맞았는지 정신이 멍한 상태에서 채학기를 찾아 뒤를 돌아보았다. 채학기를 둘러싼 네댓 명의 군인들이 군홧발로 차고 두들겨 패고 곤봉과 휴대하고 있던 M16 소총 개머리판으로 집단 구타하기 시작했다.

"이분은 일반인이요!"

"뭐이…?"

진압군이 그를 향해 소리를 질렀다. 그 순간 2명의 군인이 착금한 M16 소총이 규정의 앞으로 들어왔다. 구둣발이 그를 밟고 지나가는 소리, '사람을 살려요' 하는 소리가 들여왔을 뿐이다. 그러다 임규정은 정신을 잃어버렸던 것이다.

 채학기와 주위 시민들에 의해 시내 가까운 B병원으로 옮겨졌다. 병원에는 어제 계엄군들에게 집단으로 두들겨 맞아 두부 외상, 타박상 , 자상( 대검 사용에 의한 부상) 부상 입은 환자들이 발 디딜 틈도 없이 꽉 차 있었다. 계엄군의 시위 진압에 분노한 환자들 몇은 채학기를 알고 있는 사람들이었다. 환자 여섯 명이 치료를 받은 후 똘똘 뭉쳤고, 이들을 채학기가 학운동 남동생 조카 자취방으로 데리고 온 것이다.

 채학기는 고맙게도 궁동 표구점으로 찾아가서, 남편 임규정이 시위 도중 계엄군에게 맞아서 실려 갔으나 생명에는 지장이 없으니, 민주항쟁이 끝날 동안 아이를 데리고 벌교 친정에 가 있으라고 했다고 했다
 "학기 친구 고맙네. 그렇지 않아도 궁동 표구점은 이 시내 한복판이라, 언제 헬기사격을 할 줄 몰라 조마조마 했는데 이제 안심하고 군인놈들과 싸울 수 있을 것 같네."
 임규정은 친구의 고마움에 눈물을 글썽거렸다.
 "당분간 우리 조카 집에서 머물면서 공수놈들 몰아내는 방법을

찾아내자구."

 학기 친구 말에 임규정은 하염없이 흐르는 눈물을 훔치고, 훔치면서 얼굴에 웃음기를 담았다.

 아내는 가족을 위해 헌신하고 어려운 이웃에게 '표구점'안의 좌판 커피를 뽑아 아낌없이 내어주는 천사 같은 여자이다.
 표구 일이다 뭐다 해서 산더미 같은 집안일과 요리와 눈을 뗄 수 없는, 돌백이 아들아 돌봄까지 24시간 모자란 아내였다. 늘 햇빛이 부족해서인지 서른다섯 살의 얼굴을 창백했고, 표구에 풀칠하느라 손은 늘 갈라지고, 건조했고 마치 햇빛 많이 쐬거나 나이 드신 어르신들의 질긴 죽순처럼 변해 버린 얼굴은 피곤해 보였다. 하나 남편과 돌백이 아들을 바라보는 눈동자는 빛이 넘쳐났다.
 넉넉하지 않은 살림인 터라, 하지만 항상 가족에게 더 먹이려고 자기 몫을 남겨 남편과 아들에게 덜어주는 것이 아내였다. 아름답고 너무 사랑스러운 아내와 돌백이 아들, 그런 가족을 꺼내 볼 때마다 임규정의 입가엔 미소가 지어졌다.

## 3. 칠 의형제들, 책보를 둘러매다

"자네한테 소개할 사람들이 있네."
"사람들이라니?"
"우리 책가방 대신, 책보를 둘러맸던 친구들일세."
"뜬금없이 무슨 소린가?"
그렇지만 그 소리가 왠지 정겹게 들렸다.
그때 방금 전 옆방에서 술판을 벌였던 여섯 명의, 그의 또래 청년들이 방으로 들어왔다.
"놀라지 말고 들어보게. 다들 B 병원에서 만난 친구들일세. 우리처럼 느닷없이 공수부대 계엄군들한테 맞고 병원으로 실려 온 친구들일세. 우리도 이대로 당하고만 있지 말고 학생들 편에 서야 한다고 의논 끝에 여기 모인 걸세. 통증들이 심해서 쇠주 한잔 마시고, 몸 풀자구 말일세. 이 와중에 술 마신 걸 이해하소. 딱 한 잔씩만 마셨네."
"아 잘했네. 그리고 그렇게 고마울 수가 없네."
임규정은 그제서야 뭔가 알아차렸다. 또한, 임규정은 말로 표현을 안 할 뿐이지 가슴이 벅차오르고 있었다.
"모두 그 때문에 이 집에 모여들게 됐군요. 하하…, 이것도 인연

인데 다들 인사나 하지요."

일행 중 덩치가 커다란, 서른 칠팔 세로 보이는 구릿빛 피부의 한 남자가 쾌활하게 말했다.

"그만하길 다행입니다. 치의료기 회사에 다니던 정광수라 합니다. 채학기와는 보성에서 중학교를 같이 다녔습니다. 득량 섬동에서 태어났습니다.

몸집이 좀 클 뿐 선량한 얼굴이다.

"아, 네. 임규정이라고 합니다. 저 역시 보성 득량이 고향입니다. 섬동마을 잘 알지요. 마치 헤어져 있던 형을 만난 듯 합니다. 저는 서른 아홉입니다. 형이 맞는지요?"

"예. 서른여덟입니다."

"득량이 고향이긴 하지만, 누님이 문덕으로 시집오는 바람에, 저 역시 누님 곁에서 살고 싶어, 잠시 문덕진 산에서 살다가 지금은 광주로 올라와서 궁동에서 작은 '진산 표구점'을 운영하고 있습니다."

"화랑을 하신다면 병풍도 하시겠네요?"

옆에서 정광수가 눈을 반짝이며 물었다.

"그럼요. 가족사진이나 가훈, 그림을 오래 간직하려면 액자로 보관해야 합니다."

"네. 그러지요."

궁동 표구 화랑 업체인 '진산 표구점'에서는 액자, 병풍, 족자를 제작 판매해왔다. 헌액자, 헌 병풍, 사양화 그림도 수리 제작한다.

서양화는 달리 종이 재료를 사용하는 동양화는 시간이 지나면 변색되거나 곰팡이가 생기기 때문에 표구하여 보관해야만 손상이 되지 않으며, 손상되었다면 복구하여 재표구를 해 두어야 한다. 글씨나 그림도 오래 보관하기 위해서는 액자를 해두어야 한다.

"병풍, 글씨, 그림, 족자, 사진 등 집안 대대로 보관하고 싶은 작품이나 예술품이 있으면 '진산 표구점'에 믿고 맡겨 주십시오."

임규정은 병풍 말이 나오자 기쁘다 못해 짜릿한 흥분마저 느끼며 말했다.

모두 고개를 끄덕끄덕했다.

임규정과 정광수를 시작해서 한 사람씩 자기소개했다.

치과 재료상에 다니는 정광수는 북구 오치동에 살고 있다. 18일 아침에 출근하기 위해 시내버스를 탔다. 전남대 후문 정류장에서 버스가 잠시 정차했다.

그때 차 문이 열리면서 얼룩무늬 군인들이 올라오더니 갑자기 그의 나이 또래의 젊은 승객들을 진압봉으로 두들겨 팼다.

그를 포함한 함께 탄 승객 20여 명은 아무 영문도 모른 채 전남대로 끌려갔다. 그들 중에는 다리를 다쳐 제대로 걷지 못하는 여학생도 끌고 가서 다짜고짜 군홧발로 차고 몸뚱이로 때렸다. 이틀째 B 병원에서 치료를 받던 중 채학기를 만난 것이다.

"맞습니더. 지는 어려서부터 부산 외할머니 집에 얹혀살기는 했습니더마는, 이 나이까지 구린 짓이라고 해본 적이 없는데 이런 봉변을 다 당했습니더. 하만기 입니더. 율어가 고향입니더."

우렁찬 목소리에 몸피가 운동선수처럼 우람했다. 그 체구에도 누가 덮치기라도 할 것 같은 표정으로 방안을 살폈다.

예식장에 다녀오다가 봉변이라도 당한 걸까. 넥타이 차림에 말끔하게 정장을 했으나 와이셔츠에 피가 묻어 있고, 바지 아랫단이 찢어져 있었다.

"임영술이라 합니다. 이게 무슨 날벼락입니까? 멀건 백두 대낮에 날벼락을 맞았습니다."

아침에 임영술은 이야기를 시작했다.

버스를 타고 대인시장 앞에서 내렸는데 공수부대원이 느닷없이 쇠파이프로 뒷머리를 때렸다고 했다.

몇 사람이 얻어맞으면서 항의할 때 그는 도망쳐 나와서 B 병원에서 치료를 받다가 고등학교 동기생인 채학기를 만나 중흥동 이 집에 오게 되었다.

유덕삼이라고 소개한 청년은 작은 몸집에 검은 뿔테 안경을 쓴 무척 흰 피부에 운동하고는 아주 거리가 멀어 보이는 전형적인 회사원이었다.

눈동자가 유난히 까매서 영리한 인상이다. 총을 쥐어볼까 싶었다.

어쨌든 유덕삼은 방안 청년들의 말에 귀를 기울이고 있었다.

"이게 다 꿈은 아닐까요? 우리가 총을 만져볼 수 있다는 게… 당장 한방으로…, 네. 싸우겠습니다. 계엄군 놈들과 맞서겠습니다. 저는 팔 힘도, 세고 어깨도 튼튼하니까 연습하면 총을 잘 쏘지 않을까요?"

"우리가 무단 폭도 계엄군놈들을 몰아내는데 성공하고, 고향에 돌아가면 영웅 칭호를 받게 될 것입니다."

모두 영웅 칭호라는 단어에 기분이 좋은지 입가에 웃음을 흘리고 있었지만, 눈에서는 시퍼런 불꽃이 일고 있었다.

유덕삼은 광주교대 백림약국 부근에서 살고 있고, 오후 교대 근무여서 2층에 한가하게 밖을 내다보고 있었다.

군인들이 두 명씩 도로에 짝을 지어 다니며 젊은이들을 붙잡아 트럭에 실었다. 유덕삼은 무슨 일인가 하고 내려갔다. 그러자 그를 집 앞 공터로 끌고 와서 군홧발로 차고 머리를 곤봉으로 후려쳤다. 그는 피를 흘리며 그 자리에 쓰러졌다. 그때 함께 쓰러진 몇 사람이 겁에 질려 골목으로 몸을 숨겨 도망쳤다. 계엄군들은 달아나는 그들을 따라와 몽둥이질 다음에, 무릎을 꿇은 채 대검, 곤봉, 총개머리판, 군홧발 등으로 구타당했고. 시민들의 도움으로 A병원으로 실려 갔다. 그날 그는 채학기 형의 도움을 받아 같이 온 것이다.

아시아 자동차 회사에 다닌다고 소개한 장종만은 강한 인상을 주었다. 다만 짙은 눈썹과 긴 턱, 힘주어 다문 입 때문에 고지식하고 고집이 강한 느낌을 받았는데 실제로도 무슨 일을 해낼 것 같았다.

"아시아 자동차 회사에 다니신다니 말씀인데예. 이번 무기는 장 형에게 맡기겠습니더."

하만기 말에 모두 박수를 보냈다.

"무기는 이 장종만이가 책임지겠습니다."

그들은 기쁨에 비명을 질렀다.

방안은 후끈했다.

"그냥 방아쇠를 당기기만 하면 계엄군 놈들 가슴이든 배든 몸통 어딘가를 맞게 하는 총 말입니더."

"예!"

장종만이 힘을 주어 말했고, 그의 말에 모두 들 신들이 났다. 키가 180에, 몸도 매우 건장한 편이고, 고등학교 때는 유도를, 군대에서는 태권도를, 어릴 적부터 사람도 귀신도 무서워하지 않는 겁대가리가 없는 놈이었다고 했다.

드디어 '외곽도로경계' 조 칠 형제가 탄생되었다.

8부

밤의 등불이 되다

1. 밤의 등불이 되다

어두컴컴한 새벽 3시, 염창호는 작은 등잔불 불빛에 의지하여, 등사기에서 한 장, 한 장 유인물을 뽑아내고 있었다.

호롱 불빛에 드러난 그의 각진 턱선에서 맑은 웃음이 드러났다. 그것은 무척이나 위험천만한 일이지만, 진득한 청색 잉크 냄새가 물씬, 그의 정신을 일깨워 준다. 무엇이 그리 즐거운 것인지 염창호의 입가에 맑은 미소가 그치지 않았다.

"아아…, 이제 드디어…….."

염창호는 5월 둘째 주부터 18일 지금까지 가게 뒷방에서 유인물을 찍어 배포하고 있었다.

뒷방이라고 하나 화장실 한 칸 정도의 좁은 창고이다. '소쿠리 짜짜루의' 주방을, 한 평 정도를 가리개로 막아 등사실로 사용하고 있는 것이다. 그러다 보니 주방 그릇들은 전부 밀려나 선반 위에 올려놓고 있다.

대학 네거리 뒷골목이다 보니 술꾼들이 밤이면 밤마다 모여 권커니 잣거니 술잔과 술잔이 부딪치는 소리, 노래소리, 토론하고, 때로는 손님끼리 험악한 분위기의 싸움, 이런 것들과 그는 매일 전쟁을 치러야 하지만, 좁디좁은 뒷골목 소박한 안주를 벗삼아 한 잔, 두 잔 모두 정이 그리워, 고향이 그리워 모여드는 사람들이다.

한 칸 셋방에서 전대 사거리 뒷골목 오두막 '소쿠리 짜자루'로 옮겨올 때 대궐 같은 집이라고 했던 창호였다.

세상을 다 얻은 듯 기뻤다.

살집이 넓어지면서 한결 넉넉해져 B야학 학강, 강학 식구들을 다 데려왔다.

땅거미 어스름 내려 뒷골목 밥집, 술집, 순대, 닭발집 그리고 소쿠리 짜자루에 등불이 켜지면 어린애 같은 어른들이 하나둘 모여들었다.

'호롱불 야학' 식구들이 손님을 끌어오기 위해 한밤중에 나와 '길거리 퍼포먼스'를 벌였다.

시인, 소설가, 화가, 교수, 언론인, 노동자 등 하루 저녁에도 많은 인파가 들끓었다. 뒷골목은 시장바닥처럼 북적거렸다.

자리가 없을 때는 서로 모르는 사이라도 자연스럽게 합석하였다. 어느 순간 386 운동권들이 드나들었다. 그룹이 올 때도 있었다.

한 식구가 돼버린다. 그러다가 때론 다투기도 하다가 같은 고향 선후배인 걸 알고 나서 금세 형이요 아우며 어깨동무하고 노래도 부르며 울먹였다.

시 낭송회와 출판기념회도 곧잘 열렸다. '독서낭독회'와 '작은 음악회' 그리고 '애들 돌 기념' 등 각종 명목의 기념회 같은 것도 심심찮게 펼쳐졌다.

문덕을 비롯하여 보성군 단위의 행사 모임도 곧잘 갖는다. 그럴 때면 문덕면 산골 출신 염창호의 어깨가 으슥해졌다. 작은 '소쿠리 짜자루' 일망정 운영하지 않았다면, 감히 시골 촌놈이 식당에서 국회의원님과 구청장님, 소설가님과 시인 그리고 중소기업 사장님, 의사, 교수, 인권변호사, 야학의 학강과 강학들을 만날 수 있으랴.

'소쿠리 짜자루' 사장이 아니었더라면, 고령인쇄소 필경사가 아니었더라면 감히 문예숙 같은 미인 애인을 만날 수 있었을까. 지금 5월의 보성 문덕 들판에는 모내기 일로 한창 바쁠 때이다. 이 집 저 집, 이 마을, 저 마을, 모를 심으러 다녔을 것이다. 염창호 촌놈에게 딱 맞는 일이다. 그가 도회지로 나오지 않았다면 평식 조카가 대학을 어떻게 졸업할 수 있었으며, 졸업 후 5급 공무원 시험에 합격해 고향 문덕면사무소에서 펜대를 잡고 지역민을 돕는 일을 할 수 있었을까.

또 평식 조카의 약혼녀 시인 지망생인 강민정이 얼마나 예쁘고 착한가.

이제 창호의 할 일은 약혼한 두 사람의 결혼식을 올려주고, 임대아파트 한 채 마련해주면, 그의 일은 끝난다. 그다음에는 문예숙과 결혼해서 알뜰살뜰 잘 사는 것이다. 돌아보면 언제 이런 일들을 하였는가. 꿈만 같을 때가 있었다. 언제 이 큰돈을 모았던가. 모두가 소중한 분들 때문이다. 염창호 한 사람 힘으로는 어림도 없는 일이었다.

각 언론사 노조 팀 몇은 단골 멤버였다. 삼양타이어, 기아자동차, 체육회 직원, 노총 연맹 등등, 그들 중 몇몇은 밤이 익숙해지면 몰려와 목을 축였다. 술꾼도 있었다. 한 번 마시기 시작하면 무등산에 아침이 부옇게 밝아올 때까지 마신다.

후배들의 횡설수설에 버릇없는 말 함부로 지껄여도 전혀 미동도 없이 묵묵히 들어준다. 가게에서 서로 어느 쪽을 더 사랑하는지 다투다가, 끝내는 서로 부여잡고 울음을 터트린 그들이었다.

하루 저녁도 빠지지 않았던 얼굴들이다. 마치 하루 '소쿠리 짜자루'에 안 오면 큰일 낼 사람들처럼 이틀째 얼굴을 볼 수 없다. 가게 문을 닫는 것도 아닌데….

광주에 이 난리가 났는데 그들도 어디서 울고 있는 것일까.

창호는 한 번도 장사해본다고 생각한 적이 없다. 그들과 밥도 같이 먹고, 떡라면도 끓여주고 술빵도 나누어 먹으면서 식구처럼 그렇게 부대끼며 살았다.

그들은 지금 어디서 마음껏 울음을 터트릴까.

5·18 아침 전남대 정문 앞에서, 금남로 거리에서, 유동삼거리 d 진압군 군들과 맞서 대응하는 것을 보았었다. 살아있을까. 살아있다면 그 자랑스러운 그들과 만나 울음을 터트리고 싶다.

5월 17일 자 유인물에는, 지방 2개 신문사가 군 검열 당국의 보도 검열에 의해 많은 기사를 삭제하거나 하여, 독자들에게 '사실 전달'을 막았고. 사회면은 3분의 2 이상 털어 보도했다. 삭제된 공간에 돌출광고를 집어넣는 것에 대한 유인물이었다.

5월 18일 오전에는 전남대학교 정문에서, 오후에는 시내 중심지에서 공수부대 계엄군과 충돌, 과격진압을 보도하지 않고, 사실을 단 한 줄도 보도하지 않았다. 18일 일요일은 휴간이었으나, 5월 17일 자정을 기해 비상계엄을 확대 발표한 일 때문에 이날 새벽 호외를 발행했다. 호외에는 비상 국무회의 계엄령 학대 의결내용과 모든 유언비어를 단속한다는 계엄사령관의 포고문 10호가 주요 내용으로 실렸다.

검열로 광주의 상황이 전혀 보도되지 못하자 호롱불야학에서는 유인물 및 성명서 활동 등, 유인물이 뿌려지기 시작하였고, 유인물에는 공수부대 계엄군의 과격한 진압을 비난하고, 시민들의 동참을 호소하는 내용이 담겨 있었다.


## 2. 꿈을 꾸고 나서

염창호는 새벽 다섯 시가 되어서야 겨우 뒷방 등사실에서 쪼그리고 앉아 잠이 들었다. 뒷방이라고 하나 화장실 한 칸 정도의 좁은 골방이다. '소쿠리 짜자루' 주방 한 평 정도를 가리개 막아, 호롱불 야학' 홍보용 유인물을 제작 배포되어 궐기대회 때 시민들에게 나누어주기도 하고 중흥동 일대와 광주역 부근이었다. 주로 그의 '소쿠리 짜자루'에서는 송광민을 비롯하여 한 군, 양 군, 박 군, 이외도 장학금을 받는 학강과 강독 그리고 고향 보성, 문덕, 선·후배들이 주축이 되어 이루어지고 있었다. 유인물은 2인 1조 팀으로 나누어 뿌리고 다닌다. 유인물은 염창호가 직접 초안을 작성하기도 하며, 각자들은 이야기를 정리해서 염창호에게 넘기면 초안을 작성한다.

잠시 잠이 들었다고 생각했는데, 다시 눈을 감았다.

잠 한숨 자고 일어나면 그때 모두 돌아온 학강, 강학들의 맛있는 아침을 해먹이고, 그는 사랑하는 문예숙이 기다리고 있는 남동 고려인쇄소로 출근한다.

밤새 지친 몸을 약혼녀 문예숙을 만나면 피로가 싹 가시곤 했다.

잠시 눈 감았던 것이 꿈이었을까. 아마 꿈이여서일거야.

그는 다시 한번 눈을 질끈 감았다 뜨자, 조금 전보다 내부의 모습이 흐릿하게 보이기 시작했다. 선반 위와 바닥에는 돌돌 말아 놓은 유인물이 싸여 있었고 상당히 많은 것이었다. 정신을 차렸을 때 주방 벽 쪽으로 등사기가 놓여 있는 것을 보면서 홍보용 작업을 하다가 잠시 잠들었다는 것을 알아챘다. 그 잠시, 정말 아주 짧은 꿈이었다,

그는 남동 인쇄소를 향해 달려간 것인지, 날아간 것인지, 분명 인쇄소 앞에서 예숙 씨를 만났다. 그녀는 평소 볼우물을 보이며 환하게 웃는 모습만 보이고 그의 곁을 스쳐 멀리 남광주 시장역 쪽으로 달아나고 있었다.

"예숙 씨, 어디 가요?"

"……."

그녀는 뒤도 한 번 돌아보지 않고 하얀 블라우스 입은 흰 손을

흔들며 멀리멀리 달아나고 있었다.

왜 그런 꿈을 꾸었지?

보성 회천의 어느 바닷가 마을에서 자란 그녀는, 푸른 물결만큼이나 마음이 착하고 아름다운 여자였다.

염창호는 애인 문예숙을 직장인 고령인쇄소에서 만났다.

인기 직종인 염창호는 필경사이고 문예숙은 타자수였다.

필경사는 네모난 오톨오톨한 철판에 초를 얇게 입힌 용지를 대고 철필로 글씨를 써서 주제 프린트 판에 잉크를 붓고 로라로 밀면 서류가 완성되는 간이식 인쇄이다.

염창호 필경사가 하는 일, 이외에도 사장을 도와 서류작성과 챠트 작성을 하고 가격표 작성은 회사 업무를 혼자 책임지듯 늘 바쁜 일과였지만, 오후 다섯 시가 되면 어김없이 '짜자루 가게' 문을 열고 밤 영업을 시작한다.

타자수 그녀가 하는 일은, 말 그대로 타자를 쳐서 서류를 작성한다. 1분에 몇 타자를 치느냐가 그 사람의 실력이다. 그녀가 타자를 잘 치는 것은 물론이고, 예숙이 타자를 치면 마치 소나기가 퍼붓듯 그 음률이 환상적이다. 그녀는 고령인쇄소에서는 물론이고 남동 인쇄촌 거리의 타자수 중에 손꼽을 정도로 인기가 대단했다.

잠시 꿈을 꾸었다. 예숙 씨에 대한 꿈이었다.

보성 회천이 고향이 그녀가, 바닷가 보이는 벤치에 앉아서 어둠 속의 흐르는 물결을 물끄러미 보고 있었다.

"예숙 씨"

기쁨이 섞인 어조로 불렀다.

"……."

"예숙 씨? 문예숙."

마지못해 돌아보는 그녀의 무표정한 얼굴은 어두워 보였다. 평소 담백하고 기교도 없는, 소박한 그녀였다.

"무슨 일이 있었던 거야? 내가 모르는 비밀 말야?"

창호는 예숙의 어깨 위에 손을 올려놓으며 말했다. 그러자 그녀에게서만 풍겨오는 은은한 여인의 내음이 그의 코끝에 닿았을 뿐, 그녀의 표정은 더 깊은 어둠을 향하고 있었다.

"창호 오빠, 왜 이러세요?"

그러면서 어깨 위에 얹혀 있는 그의 손을 마치 벌레 보듯 징그러워하면서 잡아떼려 했다.

"예숙씨, 나 창호야. 염창호라구."

"……."

대답이 떨어지기도 전에 창호는 그녀의 얼굴에 바짝 들이대며 입맞춤을 했다. 그녀의 입술에 묻어 있던 진한 향기는, 그가 처음 그녀의 입술을 훔쳤을 때처럼 몸이 허공에 붕 뜬 것 같은 온몸을 사로잡고 있었다. 그날 그의 첫 키스는, 그가 태어나서 처음 가지는 문예숙과의 입맞춤이었다.
　그 생각을 하자, 그럴수록 그의 가슴은 터질 것 같이 쿵쾅거리면서 얼굴이 화끈 달아오르고 있었다.
　"예숙씨, 사랑해요."
　"창호 오빠, 전, 전."
　예숙은 여전히 그를 밀어내고 있었다.
　평소에는 사무실에 누가 없을 때 먼저 애정 표현을 하면서 그의 입술에, 자신의 입술을 덮쳤던 그녀였다.
　"예숙씨, 우리 약혼했잖아요. 곧 결혼하잖아요. 갑자기 무슨 일이 있는 거예요?"
　그럼에도 불구하고 그녀는 눈길 한번 주지 않지만, 창호는 입맞춤하다 와락 예숙을 껴안았다. 그녀의 풍만한 가슴이 뭉클거리면서 몸이 빙빙 돌면서 어지러움까지 느끼고 있었다. 가슴에 맞닿아 있는 곳을 통해 들려오는 그녀의 심장의 고동 소리...
　창호는 질끈 눈을 감았다. 감아버린 눈 속에 수백, 수천의 별이 반짝이고 있었다. 꿈인지 생시인지 구분이 안 되었다. 몽환 약을 먹은 환자처럼….

"음……."

그의 입에서 신음이 흘러나왔다. 그녀의 입에서도 격한 신음이 터져 나왔다. 그녀와 처음 경험했던 황홀한 느낌으로….

짜릿짜릿한 감촉이 그녀의 몸 구석구석 전달되면서 그의 욕정적 쾌감이 뚫었을 때였다.

"저 이제 고향 산천으로 돌아왔어요. 인제 그만 만나요."

"그, 그게 무슨 말이에요? 우리 결혼할 사이인데요?"

"그, 그러긴 하지만."

"예숙 씨, 뭐 제가 잘 못 했습니까?"

"그건 아니지만."

"그렇다면……?"

그러자 문예숙은 성난 사람처럼 벌떡 일어나더니 저만치 바닷가 오솔길을 따라 성큼성큼 발걸음을 떼고 있었다.

"예숙 씨, 예숙 씨?"

창호는 그녀의 뒤를 황급히 쫓아가며 화난 소리를 질러댔다.

"염 사장님."

누군가가 창호의 잠을 깨웠다.

## 3. 눈을 떴다

눈을 떴다. 등사한 잉크 냄새가 상큼했다. 한 군이었다.
"왔어."
"주무시는 걸 깨웠네요."
"잠시 눈 좀 붙인 거야."
"피곤해 보여요."
"한 군이 더 고생이지."
"저야 뭘…."
오월이라 하지만 새벽 바람끝은 차가웠는지 한 군의 뺨이 빨갛게 부풀어 있었다.
"시간이 빠른데 벌써 유인물 다 붙이고 온 거여?"
그의 손은 빈손이었다.
오 군과 한 팀이 되어 유인물 3백 장씩 가방에 넣고 나갔었다. 그들은 중흥동 일대와 광주역 부근이었다.
"우리 팀은 금방 끝났어요."
"아니, 어떻게?"
"먼저 붙인 야학팀에서 도와주었어요. 날이 새면 공수부대원들이 돌아 다닐 거라고요."

공수부대가 시내를 장악했던 18~21일까지의 투쟁이기에는, 약 10여 종의 유인물이 제작 배포되었다.

18일은 백제 야학 (현재 남동성당 건너편) 그러니까 고려인쇄소 부근이었다.

그 야학 건물 지하실에서 작성하여 등사기로 밀어서 배포하는데, 그들은 그것을 그룹이나 개인별로 들고 나가서 궐기대회나 시위 차량에 던져주고, 학동 일대의 시위대에 나누어 주는 것으로 알고 있었다.

백제 야학의 지하실에서 만든 유인물은 염창호가 기억하는 '광주시민 학생혁명위원회'였다. 그 내용은 광주 시내에서 일어나고 있는 모든 상황을 홍보로 담아내고 있었다.

'백제 야학'에서는 대학생 그룹과 전남대 유인물 제작팀이 '대학 소리'팀과 '탈출반'에서의 2개 대학생 그룹이 제작을 돕고 있었다. 그들은 이번 지방 언론이 사태에 대해 사실 보도를 제한한 데 대해 이 같은 사실을 알리고, 학생들의 자생적인 활동 참여에 기대했다.

'들불야학'에서는 주로 공수부대의 과격진압을 알렸다. '호소문'과 '민주시민아 일어서라', '결전의 순간이 다가왔다.' 역시 시민들의 참여와 행동수칙을 담아 내보냈다.

공수부대의 발표가 시작된 21일 오후, 광천동에서 야학 활동을 해 온 전남대 주축의 '들불야학'이 본격적인 소식지를 만들어, 이 날 오후부터 작업에 들어갔다는 소리를 들었다.

9부

# 금남로는 시민들의 사랑이었다

1. 기억과 애도

천주교 광주교구는 5·18 직후부터 '기억과 애도'를 위한 미사를 진행해 오고 있었다.

5·18 민주화운동 당시 구속된, 구속자 구명과 석방을 위해 남동성당에서 월요 미사와 기도회를 개최한 이후 지금까지 미사를 개최해왔다.

염평식(빅토리노) 은 남동성당 추모 미사에 참석하여, 미사를 마치고 나오는 길이었다. 폭도로 몰린 부상자와 구속수감의 명예회복을 정부에 탄원했다. 칠 년 반을 끌어오던 '소쿠리 짜자루' 사장인 염창호 삼촌의 사면복권을 앞두고, 작년에 재심 청구한 결과를 알기 위해서였다. 이번 4·13 '호언 조치' 이전에 창호 삼촌의 석방이 더 빠를 수 있겠다는 기대감이 부풀어 있었다.

4·13호선은 개헌을 저지하고 정권을 유지하기 위한 전두환 정권의 최후발악이자 자충수였다.

1980년, 5·18 민주화운동 그 열흘간의, 전두환 신군부 공수부대 계엄군의 만행을 국민들이 모를 턱이 없었다. 광주 민주항쟁

나흘째 되는 날은 계엄군의 '집단 발포', 조준사격으로 도청 앞 금남로에 모인, 10만 시민이 쓰러져 그곳을 피바다로 이루지 않았던가.

이를 알고 있던, 민주화를 열망하던 국민들에겐 4·13 호헌조치는 엄청난 충격이었고, 그동안 억눌려져 왔던, 민주화에 대한 뜨거운 갈망이 활화산처럼 용트림 치고 있었다.

그런 상황에서 박종철 사망이 고문치사에 의한 것으로 발포되자, 그 용트림이 터져 나오게 된 것이다

이로 인해 민주 헌법쟁취 운동본부가 결성되고, 야당과 재야민주화 세력과 5·18 광주민주화의 드높은 목소리, 국민들은 그 분노가 두려움을 뛰어넘게 된 것이다.

5·18 민주화운동은 5월 27일 새벽 계엄군이 충정 작전을 개시하여 전남도청을 다시 점령함으로써 시민군들을 모두 사살하거나 끌고 가서 구속했다. 그렇게 약 10일간의 민주화운동은 끝이 났다.

군사정권이 선거를 통해 연장되면서, 천주교 내의 보수층은 이에 힘을 받으면서 정의구현사제단과 함세웅에 대한 박해하는 심각한 일이 벌어졌다.

함세웅 1985년 1월부터 천주교 정의 평화위원회(정평위)의 중앙위원을 맡고 있었다. 정평위는 정의구현사제단과 함께 전두환 폭정을 날카롭게 비판해 왔다.

그는 얼마 뒤 정평위를 물러났다

독재를 연장했고, 부족한 정통성을 공안 통치와 3당 야합을 벗어나고자 했던 독재자, 전두환을 중심으로 한 신군부의 무장폭력은 세계 역사에 없는 국가폭력이었다.

1980년 5월 고요한 아침, 신군부 세력인 공수부대 계엄군이 광주에 총알을 쏟아부었다. 바닥을 훑고 튀어 오른 총알은 지붕을 뚫었다. 이에 성공했던 전두환은 1981년 8월 8일 대통령이 된다. 그는 박정희가 만들었던 간선제를 그대로 이어받은, 전두환은 자국민을 학살한 철권통치 독재자, 12·12군사반란 이어 5·18 민주화운동을 잔악한 학살을 저질렀다. 임기 중에는 삼척 교육대를 만들어, 치안 보호라는 명분으로 범죄자를 가둬 구타와 가혹한 훈련, 고문을 자행하는 수용소를 마련해서, 전두환을 반대하는 일반인, 정치인들까지 몰아넣어, 반신불수가 되어서야 나올 수 있었다. 라이벌이었던 김대중을 간첩으로 몰아 사형을 선고했으며, 근로기준법을 지키라는 노동자들, 그를 반대했던 대학생들, 여성 인권을 주장했던 여성 등 수많은 사람이 끌려가 행방불명 되거나 의문사를 당했다.

7년 임기의 마지막 해인 1987년 초 전두환을 반대했던 서울대생 박종철 군을 경찰이 남영동 치안본부 대공분실로 끌고 가 물고문, 전기고문, 구타로 사망케 하였으며, '간선제'를 할 것이라는 호헌조치를 반대 시위하던 연세대 학생 이한철이 경찰이 수직으로 쏘지 않고, 수평으로 쏜 최루탄에 숨을 거두었다.

꽃다운 젊은이들의 죽음에 시민들은 분노하게 했고, 이 분노가 철옹성 같은 군부독재를 무너뜨렸다.

이는 6월 민주항쟁을 촉발했다. 6월 10일부터, 6월 29일까지 군부독재를 반대하고, 민주주의를 쟁취하기 위해 전국적으로 전개된, 5·18 민주화운동 뒤를 이은, 민주화운동이다. 6월 민주항쟁, 6·10민주항쟁이라고도 한다.

1987년은 정치적 사회적으로 이슈가 많았던 해이다. 대학생뿐만 아니라 직장인, 넥타이 부대까지 합류, 숨어든 학생들을 보호해 주었던 천주교 신부님, 수녀님들도 가세하였고, 스님, 목사, 등 종교계의 거목들을 포함한 국민이 함께 대응하면서, 전두환이 항복을 선언하며, 6·29 선언을 발표하는데, 내용은 5년 단임제로 확장이었다.

1월에 전남대학교 학생들이 박종철 추모제, 애국 민주세력탄압 폭로대회 개최, 이어 시민단체인 전남 사회운동협의회가 광주 YMCA 에서 박종철 추모제를 추진, 그러나 미리 정보를 입수한 경철이 홍남순 변호사 등 주요 인사를 가택 연금시키자, 시내 2만 여 시민은 곳곳에서 시위를 벌였고, 이 과정에서 800여 명의 시민이 연행되면서 박종철 추모는 실패로 끝났지만, 광주교구 사제들의 4·13 '호헌조치' 반대를 위한 단식 투쟁을 시작했다.

### 2. 금남로는 시민들의 사랑이었다

남동성당에서 미사를 마치고 나온 염평식(빅토리노)은 노동청 네거리를 지나 금남로를 향해 걸었다.

5·18 민주화운동으로 대한민국의 첫 번째로 '민주주의'를 일구어낸, 금남로 거리, 두 번째로 13분의 사제들이 6월 민주항쟁의, 민주주의를 이끌어내고자 하는, 금남로의 가톨릭 센터 성당 쪽으로 천천히 걸음을 옮기고 있었다.

도청을 지나서, 금남로 동구청 앞 시내버스 정류장에 이르자, 가톨릭센터 성당 6층 건물이 보였다.

그는 눈앞에 우뚝 서 있는 가톨릭센터 성당 건물을 바라보는 것만으로도 가슴이 벅차고 감개무량했다

전두환이 7년 단위 간선제를 유지하겠다고 하자, 이에 맞서서 6월 26일에는 전국의 도시에서 국민평화 대행진 시위를 벌였다.

광주대교구 남재희 신부 등 13명이 '직선제 개헌'을 위한 '단식 기도'에 돌입했다. 신부님들은 성명을 발포하고 금남로 가톨릭센터 6층 성당에서 무기한 단식농성에 들어갔다. 신부님들의 단식은 그야말로 민주화를 위한, 목숨을 건 장엄한 단식이었다.

가톨릭 신자인 염평식(빅토리)은 그날 광주뿐만 아니라 시외 곳곳에서 모여든 성당 신자들, 시민들이 신부님들을 지지하면서 개헌을 촉구하는 타종에 동참하면서, 가톨릭센터 6층 건물을 에워싸고, 단식 기간 중 무슨 일이 생기지나 않을까. 9일 단식 기간 내내 신부들을 지켜내고 있었다.

광주가톨릭 성당 신부님들에 의해, 시작된 단식농성에 전국 시민이 동참하게 되면서, 광주 5·18 민주화운동 7년 만에 제2민주화를 끌어낸 민주 성지, 6월 민주항쟁, 민주주의가 되었다.

광주가톨릭 사제들에 의해 시작된 단식농성에 전국 시민들이 직선제 개헌에 동참하였다.

대통령 직선제와 평화적 정권 교체, 국민의 기본적 강화, 시국 관련 사범의 대폭적 석방, 및 사면 등을 8가지의 수습책이었다.

염평식은, 삼촌 염창호가 5·18 민주화운동 열흘째 되던 날 새벽, 도청을 지키다 계엄군에 의해 끌려가 구속된 지 몇 년 만에, 풀려난다고는 했지만, 전두환의 4·13 호헌조치는 철폐되어야 한다고 여기고 온 몸을던져함께 투쟁해오고 있다.

5·18 민주화운동을, 폭동 진압한 것에 국민들이 '군'을 바라보는 이미지가 급격하게 나빠졌는데, 당시 진 군인들이 '폭도' 진압으로 광주의 민간인들을 70 센티미터 길이의 쇠심이 박힌 장봉으로 무자비하게 폭행하고 M16을 난사해 쏴 죽였으며, 여성들까지 성폭력 했다고 했다. 심지어 버스 정류장에 서 있던 임신부까지 사격해서, 임신부와 어린아이까지 쏴죽이고, 여성들을 집단 강간까지 하는 행위를 해놓고, 위의'빨갱이나 불순세력으로 나라를 지키는 것'이라는, 자체가 얼마나 우스운 일인가. 당시 계엄군들이 얼마나 교육을 철저히 받고 왔으면 저렇게, 저런 답이 없는 족속들인가, 텔레비전으로 청문회를 지켜보는 국민들이 개탄하지 않을 수 없을 것이다

당시, 보안사나 중정(전두환은 중앙정보부장 서리도 겸직하고 있었다.)

의 정보력이 바보가 아닌 이상, 따라서 이런 북한 관련 이야기는 자신에게 민간인들을 학살자는 입장을 회피하기 위한 일종의 최면에 가까운 말이다

이번 국회 청문회를 통해 당시 그날, 1980년 5·18 민주화운동의 실상을 알게 된 국민들은, 전두환 신군부의 유혈진압 진실이 드러났기 때문이다.

6월 민주항쟁(1987)으로 신군부독재 정권이 물러났지만, 시민사회는 5·18 민주화운동의 학살자 처벌, '광주청문회' 광장에 세우는, 국민 서명과 집회로 국회를 압박했고 이에 국회는 이 요구를 받아들여 통과시켰다. ,

이렇게 많은 주목을 받으며 시작한 '광주청문회'지만 발표명령자가 누구이며, 누구에게 책임이 있는지, 시원하게 밝혀내지 못했고, 핵심인물인 전두환을 청문회장에 세우지 못했다.

그렇지만 염평식(빅토리노)은 광주학살은 절대 용서받을 수 없는, 신군부 세력의 원죄 작동하였고, '광주청문회'를 통해 다양한 시민 사회 부분들을 포괄하는, 광주민주화운동의 대중화와 조직화를 촉구하는 추동력으로 가능했다고 본다.

그는 또한 5·18 민주화운동에 이어 6월 민주항쟁은, 전두환 신군부 세력의 공수부대 계엄군 동원을 좌절시킨, 그리고 항복한데는 광주 천주교 사제들과 전국 신부, 신자들의 숨은 힘을 발휘했다고 본다. 즉 그는 당시, 보안사령관 전두환을 비롯한 장성들은 광주를 피 학살, 그 같은 진압방식은 결코 회복될 수 없는 '군' 명예의 추락이며, 정치적 재앙을 초래할 수밖에 없다.

여러 해 동안 군사정부는 1980년 5월의 그 충격적인 사건에 관하여 공개적으로 논의하는 것을 엄격히 금지해왔다. 그러나 가족들 잃은 사람들의 분노의 외침으로 촉발된 대규모 민주화 투쟁에 의해 1987년 민주적인 대통령 선거가 이루어졌다.

13대 총선에서 야당이 압승하면서, 그들이 자행된 고문, 탄압, 비리 등 특히 5·18 민주화운동의 진상규명에 대한 국민들의 여론이 높아지면서 '광주청문회'의 관심도가 높아질 수밖에 없었다.

1989년 '광주사태'라는 명칭이 대통령에 의해 '5·18 민주화운동'으로 공식 개칭되었다.

95년에는 가해자 처벌에 관한 특별법(5029)이 국회에서 제정되었다. 같은 시기에 폭압한 진압에 책임이 있던 두 전직 대통령과 고위 관리들에 대한 사법적 조치가 시작되었다. (1997년 4월에 대법원 선고가 있었다) 이어 폭동혐의로 중형선고를 받았던 항쟁 참가자들이 무죄 판결을 받았다. 1990년에는 5월 18일 민주화운동의 희생자에 대한 보상이 시작됐고(법4266호) 1997년에는 5월 18일이 '5월 18일 민주화운동 기념일'로 지정되었다. 2002년에는, 5월 18일 민주화운동 때 사용된 묘지가 국립묘지로 되었으며, 피해자들은 국가유공자로서 수혜 자격을 얻었다.

5월 18일 민주화운동 기록물은 광주민주화운동의 발발과 진압, 그리고 이후의 진상규명과 보상 등의 과정과 관련해 정부, 국회, 시민, 단체 그리고 미국 정부에서 생산한 방대한 자료를 포함하고 있는 기록물이다.

5월 18일 민주화운동은 우리나라의 민주화는 물론 필리핀, 태국, 베트남 등 아시아 여러 나라의 민주화운동에 커다란 영향을 주었으며, 민주화 과정에서 실시한 진상규명 및 피해자 대상 보상 사례도 여러 나라에 좋은 선례가 되었다는 점이 높이 평가받아 2011년 유네스코 세계기록 유산으로 등재되었다.

우리가 지금 이 땅에서 국민의 권리를 누리고, 다니고 있는 것은 5월 18일 민주화운동 당시 부당한 권력에 저항하며 민주화를 꿈꿨던 희생자들의 피와 눈물이 있었기에 가능했다.

태국의 시민운동가이자 인권운동가인 앙카나 닐라파이지트는 "힘없는 학생들과 시민들의 민주화운동이 주는 감동은 믿기지 않을 만큼이었다."라며 5·18과 이후 광주의 인천 운동은 세계적으로 본받을 만한 사례"라고 밝혔다.

와르다 하피즈 인도네시아 도시 변협의회 사무총장은 "5·18 이후 대한민국의 인권발전은 아시아 인권활동가의 표본이자 목표"라고 높이 평가했다.


## 3. 민주화의 거리 금남로

금남로 거리에는 생명의 힘이 넘쳐흐른다. 시민들의 어깨가 한없이 넓고 푸르게 부풀어 있다.

1980년 5월의 거리 풍경으로만 치자면, 끔찍한 그 자체였다. 너무 마음이 아프고 슬펐다. 신군부 세력의 무자비한 학살과 만행이 얼마나 끔찍했는지는 금남로는 알고 있다. 그러나 지금 금남로 거리, 이 땅에서는 권력에 의한 고문, 테러, 불법 연행, 불법 연금, 고통과 폭력이 사라진, 환희와 감격의 거리, 윤대교주님을 비롯하여 사제단 신부님들이 광주가톨릭센터 건물 6층에서 내려다보며,

5·18 민주화운동 진상규명과 6·10, 대통령 직선제를 요구하며 단식 투쟁을 전개하시고 6월 민주항쟁을 위해 전면에 나서고 있지 않은가. 평식은 5·18 당시 신군부 세력들에 끌려가 지금까지 감옥에서 풀려나오지 못한 염창호 삼촌을 위해서라도 싸워야 할 분명한 '적'이 있는 6월의 금남로 거리이다.

천주교 광주교구는 5·18 직후부터 "기억과 애도"를 위한 미사를 진행해 오고 있었다. 5·18 당시 구속된 시민들의 구명과 석방을 위해 남동성당에서 월요 미사와 기도회를 개최한 이후, 지금까지 5·18 민주화운동 추모 미사를 올리고 있다.

제5대 천주교 광주대교구장 하롤드 헨리(Henry, W. Harord) 대주교는 금남로 3가에 있던 광주지방법원을 매입하여 광주가톨릭센터를 개관했다.

5·18당시, 계엄군의 총탄이 6층 사제관 식당 옆 휴게실까지 날아들고, 7층에 있던 기독교방송에 주둔하고 있던 계엄군들이 시민들에게 총을 겨누는 등 참혹한 만행을 직접 목격하면서, 5·18 민주화운동의 진상을 규명하기 위한 시국미사를 개최 등 많은 지원도 아끼지 않았다.

암매장된 지 7년이지만, 고향 득량댁 당숙모의 남동생 임규정 형의 시신 조치 찾지 못하고 있으니 통탄할 일이 아닌가. 그가 몸담고 있는 5·18 위원회에서 진상규명이 이뤄지길 바라고 있다.

그러니 아직도 최초 발포와 집단 발포 명령자가 누군지, 행방불명자 규모와 암매장 진실 또한 뭔지 밝혀내지 못하고 있는 게 슬프고 통탄할 현실이 아닌가.

창호 삼촌 일은 마무리되어 가지만, 칠 년째 몸을 감춘, 약혼녀였던 강민정에 대한 그리움은 어찌 해볼 도리가 없었다. 그녀도 5·18 때 죽은 것일까. 그렇지 않고서야 그의 곁을 떠나 그 햇수로 연락이 없을 수가 없었다. 만약 그랬다면 그 착하고 성모마리아밖에 모르던 강민정이 왜? 무엇 때문에. 벌레 한 마리 잡지 못해, 파리가 집 안에 들어오면 살생하지 않고 창문을 열어서 내보내는 착한 여자였다. 시인 지망생인 강민정이 5·18 민주화운동 첫째 날, 가톨릭센터 뒤 '문예창작과'에서 수업을 받기 위해 오전 7시경, 예당역에서 광주행 학생통학 열차를 타고 간 후로 소식이 끊겼다. 그가 모르는, 좋은 남자를 만나 결혼해서 행복하게 잘살고 있는 것일까. 그렇지 않고서 칠 년 넘게 연락이 없을 수 없다. 죽었다는 소리는 말도 안 된다. 그런 그에겐 문득 김득수 형님의 말씀이 위안이 되곤 했다.

평식은 화정동 집으로 가기 위해 동구청 앞 시내버스 정류장에서, 버스를 기다리던 중, 잠시 공중전화부스 안으로 들어가 김득수 형님과 전화 통화를 하고 싶어 전화를 걸었다. 김득수 형님이 보성 문덕 고향으로 내려간 뒤 처음이었다.

전화를 받는 득수형님에게 평식은 자신도 모르게 튀어나온 말은,
"형님, 주암호 밀어꾼 단속 나가, 불법 어획한 물고기 잘 챙기고 있지요? 저 고향에 가면 형님이랑 비단잉어 매운탕 끓여 먹었으면 해서요."
"뭐, 뭐 비단잉어 매운탕을? 하, 하. 하 이 사람아, 지금이 어느 때라고…. 우리 보성 주암호는 청정지역이라서 비단잉어 어획은 법으로 금지되어 있을뿐더러, 피라미 한 마리도 잡을 수 없네. 어서 짐 싸서 고향으로 내려오기나 하소. 그땐, 득량 오일장에 가서 용봉탕 몇 그릇 사 줄 것인께."
"용봉탕 좋지요."
득수형님의 웃음소리가 그의 뒤통수에 퍼부어지는 소리를 들으

면서, 평식은 정신없이 공중박스를 뛰어나왔다.

고향 냄새를 물씬 안겨 준 득수 형님. 매화꽃이 흐드러지게 피어있던 보성강 변을 함께 거닐었던 약혼녀 강민정은 지금 어디에 있는 것일까. 5·18 민주화운동 때 소식이 끊어졌다. 벌써 칠 년째이다. 전남대 네거리 앞 뒷골목에서 '소쿠리 짜자루'의 염창호 삼촌, 궁동 표구점의 임규정 형, 강민정과 같이 문학 수업을 받았던 윤효정 누이... 그들은 모두 어디에 있는가? 전두환 신군부 세력인 공수부대 계엄군이 광주를 붉은 쓰나미처럼 휩쓸고 지나간 열흘간 이후, 칠 년. 그는 모두를 잃었다.

평식은 눈물 한 방울을 흘렸다. 이 한 방울의 눈물이 그들에게 무슨 도움이 될까마는, 그는 두 번째의 눈물이 뚝 떨어졌다. 세 번째 눈물을 손등으로 훔치는 순간 그가 타고 갈 시내버스가 도착했다.

평식 역시 한시바삐 고향 문덕으로 내려가고 싶은 생각이 꿀떡같았다.

얼마 만인가. 평식은 다시 가슴이 설레임을 느꼈다. 고향에 대한 꿈이 되살아나기 때문이다. 그는 언젠가 다시 고향 보성 땅을 찾아갈 것이란 생각을 염두에 두고 있었다. 칠 년이란 적지 않은 시간이 흐른 지금에도 첫발을 내디딘 것처럼 설레기 시작한 것이다.

보성강을 막아 호수가 된 주암호. 문덕면사무소에 근무할 적에는 군청 수산계 직원들과 합동단속을 나갔다가 불법 어획을 하는 자들을 덮쳤었다. 그 바람에 평식이뿐만 아니라 직원들 모두가, 밀어꾼이 버리고 달아난 고기를 나누어 가져가 끓인 매운탕을 먹었던 맛, 의외로 맛이 좋았었다.

주암호수는 맑고 아늑했다. 고요하게 잔물결이 출렁이고 있는 선착장의 풍경은 지금 이곳 금남로 거리의 풍경과 흡사하며 건강한 어떤 생명력을 지니고 있다는 것을 암시해 주고 있는 것 같았다.

천연기념물 이십몇 호의 팻말이 붙은 주암호 생태습지에 금붕어, 메기, 미꾸라지, 비단잉어 등을 방생, 연못 21개소(저류지, 지하흐름습지, 지표흐름습지), 정화식물 재배지 3개소 (연구련 창포)등 습지 관찰대, 관찰데크, 야생화체험단 등은 그가 근무 중에 한 큰 사업이었다.

화정동 가는 버스가 도착했다. 그는 버스에 올라탔다.


문덕 '귀산리 마을' 고향 집은 언제나 그리운 곳이다.

귀산리 마을은 초가집들이지만, 그의 집은 기와집으로 남이 있다. 그러나 행랑채는 초가지붕이고, 잿간이며, 툇마루 밑에는 여름에 밭에서 캔 하지 감자와 가을에 캔 고구마를 푸대에 담아 저

장해 놓았었다. 이러한 것들이 고향 집의 멋이 아닐까 싶었다. 넓지 않은 잿간 옆에는 화장실이 있었고, 마당 가운데는 이엄더미, 수정 뒤란에는 감나무 다섯 그루. 감이 익을 때는 마을 사람 너도 나도 모여들어 광주리 가득 감을 따가곤 했다. 그게 시골 고향 사람들의 인심이 아닐까 싶었다. 울타리 주변에는 어머니가 가꾸어 놓으신 자그마한 텃밭이 있었다. 아버지와 어머니는 삽과 괭이로 밭이랑을 만들어 고추도 심고 콩이나 팥, 마늘을 심었다. 돼지도 기르고, 닭도 기르고, 개도 길렀었다.

## 10부

# 여자를 살려야 한다

1. 여자를 돕다

"변 이병, 빨리, 빨리 그 여자를 부탁하네."
권덕룡이 말했다.
"무슨 말씀인지 알아 들었습니다."
권덕룡 일병과 변일규 이병이 선임하사의 배려로, 인동꽃 수를 놓은 머리띠로 뒷머리를 묶은, 여자를 지하 주차장 보일러실 샛문을 통해, 밖으로 구출해 주는 과정에서, 권 일병은 시민들이 던진 돌을 맞았고, 쓰러졌던 그가 겨우 몸을 일으켜 세우고 변일규 이병에게 "빨리, 빨리 그 여자를 부탁해" 한 것은, 분홍색 원피스를 입은 여자도, 그 여자처럼 빨리 밖으로 탈출시키라는 말이었다.
"권 일병님, 무슨 말인지 알아 들었습니다. 내 지금 안으로 들어가 보겠습니다, 그 사이 강종언 상사가 안 죽였는지 모르겠습니다. 그렇지 않고서 와 다른 방으로 끌고 들어 가겠습니꺼? 내 지금 당장 안 가면 그 여자 강 상사 손에 맞아 죽습니다."
"어서 가라고."
권 일병은 돌에 맞아 머리에서 피가 흐르는데도, 지하에 감금된, 두 여자 중, 남아 있는 또 한 여자도 살려내야 한다고, 재촉을 받은 변일규 이병은 급히 지하 주차장 보일러실 샛문을 박차고 들어왔다. 어두컴컴한 지하실에는 방으로 사용하는 창고가 몇 개 있는 걸고 알고 있었다. 지하실 구석구석을 뒤져도 강종언 상사와 분홍색 원피스를 입은 여자가 나오지 않자, 변 이병은 강종언 상사가 데리고 나갔을 거로 생각되는 뒷문을 옆방으로 왔다.

"강종언 상사님, 어디 있습니꺼? 변일규 이등병 입니더."

변 이병은 큰 소리로 그를 불렀다. 한발 늦었다는 생각을 했다. 여자를 총으로 쏘아 죽이지 않았을까. 왜 그런 생각을 하지? 강 상사는 인성이 그런 사람이 아니다. 소속을 알 수 없는 부대 간의 얽힌 상황에서, 분홍색 원피스를 입은 여자를 보호하기 위해 잠시 어디론가 피신시키는 중일 거야. 우리 국민을 군인이 왜? 아무 잘못도 없는 민간인을 무엇 때문에.

그때였다. 컴컴한 지하실 어디선가 여자의 신음소리가 흘러나왔다.

"어딥니꺼? 살아 있습니꺼?"

변 이등병은 더 큰 소리로 외쳤다.

"……."

뒷문 옆 방이 아닌 창고였다. 옳다구나 여기다 처박았구나.

"살아 있어야 합니다. 내 말 들립니꺼?"

"살려 주세요. 살려 주세요."

울음소리와 뒤섞인 여자의 외침은 절규에 가까웠다.

변일규는 구둣발로 문을 걷어찼다.
"누굽니꺼?!"
강 상사였다. 다른 소속의 병사가 아닌 강 상상의 목소리가 흘러나오면서 긴장이 풀린 그는 큰 소리로 말했다.
"접니다. 변 이등병입니다."
"변 이등병이 여기 왜 무슨 일로?"
"문 열어 주이소."
"가라구. 가. 지금 업무 중이지 않나?"
"사, 살려 주세요."
여자의 울음 섞인 절규가 그의 가슴을 후려쳤다.
그러자, 변 병사는 문짝을 발로 차 던졌다. 그러고는 마치 방을 차고 들어갈 듯, 자세로 버티고 서 있을 수밖에 없었다. 방문이 그의 발에 의해 열린 상태였다.
놀라서 기절이라도 할 듯, 몸을 가누지 못한 사람은 강종언 상사가 아니라 변 이등병이었다. 강 상사는 바지를 반쯤 내리고 여자의 풍만한 가슴을 들여다보며 키득키득 웃고 있었다. 여자가 입었던 분홍색 원피스로 몸을 가리고 있었지만, 걸레처럼 찢어진 옷

사이로 살이 드러나서 몸은 발가벗긴 상태나 다름없었다. 얼굴은 맞아서 마치 피로 화장을 한 듯 하였다.

"여기 계셨네예."

"변 이병이 여긴 왜?!"

지퍼를 내리던 그는, 다시 바지를 올리며, 그가 무슨 짓을 하려다 들킨 듯 얼굴이 붉었다.

"여기서 무슨 짓들을 하고 있습니꺼?"

"무슨 짓이라니?"

강 상사의 얼굴이 붉으락푸르락 했다.

"전시 중에 여자를 이래도 되는 겁니까?

"무엇이 어쨌다는 거야?!"

성폭행이라도 하려다가 들킨 듯, 강 상사는 열을 받고 있었고, 여자는 울면서 수치심에 너덜거리는 옷으로 몸을 감싸곤 했지만, 맨살일 뿐이다

"마, 이런 짓은, 짐승들이 하는 짓입니더."

'뭐, 뭐, 짐승?"

"우리 공수는예, 대학생들 시위 진압하러 온 부대원이지, 이렇게 막 시민까지 패라고 온 부대 아닙니다. 오전에 B 공수가 막 저지른 만행 때문에, 공수들 전부 광주 시민들의 원성을 사고 있는

데, 강 상사님까지 와 이러는 겁니까? 앞전에 이 여자 팼으면 됐지, 동생들 같은 애들이 무슨 잘못이 있다고 팹니까"
 순간 강 상사의 한 손이 변일규 얼굴을 철썩 갈겼다. 충격이라도 받은 듯 변일규가 넘어졌다. 그는 변 일병을 다시 일으켜 세운 다음 뺨을 갈겼고, 구둣발로 무자비하게 짓밟았다.
 "이 자식?! 감히 여기가 어디라고…, 뛰어들어? 일병 주제에."
 "…….'"
 다시 짓밟기 시작했다. 여자가 악을 쓰고 있었다.
 그때 여자의 비명을 듣고 달려온 최 소대장, 윤래경 선임하사, 정병채 중사의 얼굴이 흙빛으로 변했다.
 "무슨 일이야?!"
 최 소대장이 물었다.
 "……."
 "변 일병이 왜? 무슨 잘못을 했지?"
 그가 다시 물었을 때 여자가 다시 울기 시작했다.
 정 병장은 약간 충격을 받았을 뿐 입을 열지 않았다.
 강종언 상사가 여성을 성폭행하려고 하였다는 것을 모를 턱이 없었다.
 군에서는 그를 무시할 수 없는 존재임은 틀림없었다. 민범식 중사와 정병일 병사가 강 상사를 데리고 나갔다.

언제나 변일규 병사의 반쪽인 윤래경 선임하사가 그를 일으켜 세우고 터진 입술 부분에 흐르는 피를 닦아주자,

"많이 다쳤네. 병원 치료받아야 안 하겠나?"

"괘, 괜찮습니다."

"전시 중에는 매사에 조심해야 한다."

"예. 알겠습니다."

큰 소리로 말했지만, 턱이 빠져나갈 듯 아팠다. 못해도 강 상사의 구둣발이 열 번 넘게 차고 들어온 것 같았다.

"이빨은 안 부러졌나?"

"……."

변일규는 대답 대신 아픈 턱을 내리며 씩 웃었다.

특전사에 몸담고 있긴 하지만, 마음이 곱고 착한 최 소대장이다. 계급을 떠나서 똑같은 동료로 형이요, 아우요, 친구처럼 대한다. 의대 수의학과를 나온 아내가 동물병원을 하고 있어서인지, 누구에게나 사랑을 주는, 그의 몸매 또한 마음처럼 예쁘다.

최 소대장은 적당한 키에 몸매는 대리석을 깎아지른 듯 하얗고, 선량한 얼굴에 드물게 세련돼 보이는 젊은 장교였다.

그때였다.

계단 쪽에서 발소리가 들리면서 요란하더니 잠시 뚝 끊겼다.

최 소장의 얼굴이 잠시 창백했다. 이 상황에서 빨리 여자를 수습해야 했다. 금남로 이쪽에는 그의 소속 특전부대만 시위 진압을 하고 있는 것이 아니다. 설사 그의 특전부대라 할지라도 발가벗겨진 여자를 본다면 이건 완전히 엄벌에 처해지거나 구속감이다. 그들 공수여단은 나라의 부름을 받고 대학생들의 시위를 진압하는 동시에 민간인을 보호하는 책임을 지고 진압부대원이 아닌가.


## 2. 여자를 살려야 한다

구둣발 소리가 다시 들렸다.

.다른 부대 소속 진압군들이 건물을 수색하고 있는 모양이다.

잠시 밖으로 나가 6층 건물 계단을 살피고 온 윤래경 선임하사가 최 소대장에게 사인을 보내자, 최 소대장이 알았다는 듯이 고개를 끄덕였다.

윤래경 선임하사는, 발가벗긴 채 울고 있는 여자를 밖으로 내보내야 한다는 눈 사인을 최소대장에게 보냈고, 눈치를 알아차린 그는 돌려보내도 좋다고 한 것 같았다. 조금 전, 권덕룡 일병을 시켜, 인동꽃 수를 놓은 머리띠로 뒷머리를 묶은 여자를 지하 주차장 보일러실 옆 샛문을 통해 내보내게 한 사람도 윤래경 선임하사였다.

변 이등병 역시 강종언 상사한테 구둣발로 짓밟혀 움직일 수 없는 몸이지만, 여자를 살려야 한다는 생각에 변함이 없었다. 더구나 시위 진압 이틀째가 되면서 다른 특수여단 소속 군인들이 속속들이 판국에 언제 들이닥쳐 무슨 변을 당할지도 모를 여자를 내보내는 게 그들의 책임이라고 여긴 것이다.

그러나 여자가 밖으로 내보내는 것도 싶지 않았다. 여자는 옷하나 걸쳐 있지 않았다. 옷은 갈기갈기 찢어져 걸레나 다름없었다. 그렇다고 뾰족한 수가 없었다.

"변 일병, 어디서 여자 옷 한 벌 구할 수 있을까?"

"옷이요?"

"저대로 내보낼 수는 없지, 시민들이 본다면, 더 큰 분노가 폭발할 텐데."

"우리는 학생들 시위 진압하러 왔습니다. 여자들의 옷을 와 벗깁니꺼?"

변일규는 강 상사의 행위를 용서할 수 없을 만큼 분노가 치밀어

올랐다.
 그렇다. 지금 밖에는 시민들의 분노가 하늘을 치를 듯하고 있다. 얼마 전에는 권덕룡 일병이 지하에 감금되었던, 인동꽃 수의 머리띠를 한 여자를 내보내던 중 가톨릭 센터 뒤쪽 골목으로 몰려든, 시민들이 던진 돌을 맞고 쓰러지는 것을 보았었다. 그럴 것이, 그의 부대가 처음 광주에 도착해, 18일 오전, C 대학교 도서관에 공부하려고 들어가려는 학생들을 저지하며, 정문을 막아서면서 실랑이가 벌어졌고, 진압군인 그의 부대원들이 구타하는 과정에서, 학생들이 돌을 던지며, 백여 명쯤 모여 구호를 외치다 군인들이 쫓아가면 도망갈 뿐 그렇게 격렬하지는 않았다
 그러나 이날 오후부터는 사정은 달라졌다.
 새벽에 도착한 다른 특전여단 소속의 부대원들이 시장이나 거리, 골목에서 투석하거나 하면, 어디서고 젊은이들을 무조건 잡아서 두들겨 패고, 옷을 벗기고 진압봉과 총검으로 때리는 일이 벌어지기 시작하였다. 시위하던 학생들이 건물이나 주택으로 도망을 가면 무조건 쫓아 들어가, 거기 있는 젊은 사람들을 시위대로 간주하고 무자비하게 곤봉으로 머리를 때리, 발로 밟고 가슴과 배를 내질렀다. 그런 후에 손목을 뒤로하여 포승으로 묶어 차에 던져 올렸다. 무전병은 올라온 즉시 발가벗기고 굴비 엮듯 엎드리게

하고 때리고 위에서 밟았다. 거리에는 살기가 맴돌았고 골목마다 비명과 울음소리였다

 이런 사정은 남자뿐 아니라 여자들에게도 마찬가지였다. 군인들에게 잡혀 온 여자들은 무릎을 꿇으며 살려달라고 연신 빌었다. 하지만 그녀들 역시 옷을 벗기고, 군화에 차이며 머리를 내리치고는, 땅에 머리를 박고 앉아 있다가 군용차량에 실려 가는 것을 보았었다.

 그러니 시민들의 따가운 눈총을 피할 수 없었다.

 지금 얼굴에 피를 뒤집어쓰고 있는, 분홍색 원피스의 발가벗은 여자를 밖으로 데리고 나갈 수가 없으니 윤래경 선임하사가 변 일병에게 옷을 부탁한 것이다

 오전에 권덕룡 일병을 비롯하여 강종언 상사와 정병일 병장, 민범식 그리고 변일규 병사들이, 이 건물 꼭대기 7층에서 층층마다 수색하고 내려오며 수색하던 중, 5층 문 입구에 '문예 창작 교실'이라고 간판이 붙어 있는, 교실 안에 있던 두 여자를, 지하로 끌고 내려와 감금시킨 것이다


 그 순간이었다.

 변일규 이등병은 생각나는 게 있었다. 그는 여자의 옷을 구할

수 있겠다는 생각이 들었다. 지인 중에는 광주에 사는 친구 어머니가 체육관 부근에서, 남성 기성복가게를 하고 있다는 소리를 들은 적이 있었다. 변일규 일병은 우선 그 친구를 통해 옷을 구해 입혀서 여자를 밖으로 내보내야만 했다.

"소대장님. 옷은 제가 어떻게 할 수 있을 것 같습니다."

"오, 그럼 부탁하네."

"진압 중에 이런 사고가 알려지면, 낭패를 떠나서, 저 여자도 시민의 한 사람이고, 시위한 것도 아닌데……. 멀쩡한 여자 둘이나 끌고 내려와서 저 지경으로 만들어놓았으니, 우리가 책임을 지는 것은 당연합니다."

윤래경 선임하사의 말에 변일규는 눈물이 핑 돌았다. 그에게도 저 여자 또래의 여동생이 있다. 시민이건 시위 희생이건 도움을 줄 수 있다는 것은…….

그의 혼자 힘으로는 아무것도 할 수 없었다. 친구 도움을 받을 수밖에 없었다. 발가벗고 있는 여자에게 옷 하나 걸쳐줄 수도 없었다. 밖으로 나와 예술의 거리 앞 공중전화 부스로 가서 전화를 걸었다.

"김창민 집이죠? 대구에서 변일규인데요. 친구 좀 바꾸어 주십시오."

"아, 변일규, 반갑네. 나 창민이 어머니야."

"네. 안녕하세요?"

"그런데 우리 창민이 외국에 나갔는데 어떻허지?"

"그럼 급해서 그러는데요. 뭐 하나 부탁할게요."

"그래 뭐든지 부탁하게."

"제가 아는 여자분인데, 많이 다쳤어요. 좀 돌봐주시면 해서요."

"저런 안 됐네. 오늘 오봉산 절에 가려고, 했는데. 그 일을 먼저 봐 줘야겠네."

"옷이 필요합니다. 여자 옷 한 벌 만요."

"알았네. 쯧쯧 많이 다치다니… 거기가 어딘가?"

"금남로 가톨릭 센터 부근입니다."

"내 승용차로 가니까 금방 가겠네. 여긴 체육관 앞이니까 몇 분 걸리지 않아요."

친구 어머니는 아직 금남로 일대 농성을 모르고 있는 듯했다. 그는 차마 광주 대학생들 시위 진압부대원으로 왔다고 말을 할 수가 없었다.

계엄군의 위협과 폭력이 점점 선을 넘자, 분노한 시민들이 적극적으로 대응하면서 시내 곳곳에서는 군과 시민 사이에 격렬한 충돌이 일어나고 있다는 정보를 입수했다. 장갑차와 헬기까지 동원한, 광주역에 주둔한 공수특전 부대는 시민을 향해 발포하기에 이르렀다고 하니…….

## 3. 두 사람이 어딘가 닮았다

이십 분이 채 되기 전에 김창민 어머니인 김 보살이 도착했다. 차는 비교적 안전한 곳에 세웠다.

그녀는 회색 바지 차림이었고, 여벌을 가져와 여자에게 입혔다. 그 순간 변 일구는 깜짝 놀랐다. 대강 여자의 얼굴에 묻은 핏기를 닦은 터라 윤곽을 알 수 있었는데, 여자와 남성 기성복 여사장님과 너무 닮아 있었다. 또한, 친구 김창민도 남매라고 할 만큼 닮아 있었다. 김창민은 외아들이란 소릴 들었었다.

여사장은 찢겨 나간 분홍색 원피스 위에 가지고 온 외투를 입혀 여미어주며 말했다.

"아니? 대한민국 군인이 시민에게 이렇게 잔혹한 폭력을……?"

진압군의 잔인한 폭력에 분노한 기성복 여사장은 여자를 끌어안고 마치 자신의 딸자식이 사고를 당한 듯 울부짖었다.

"……."

여자의 몸에서 찢겨 나간 것은 원피스뿐만 아니었다. 뜯겨 나온 살점이 피와 섞어 옷자락으로 흘러내렸다. 폭행을 당한 얼굴은 퍼런 멍이 들어 있었다.

"텔레비전 뉴스에도 안 나오고, 신문에 기사 한 줄도 읽어 본 적이 없는데, 광주 사람들이 이렇게 죽어가고 있었구먼요"

변 일병은 자신의 이름과 대구집 전화번호를 적어서 김 보살의 손에 놓아주면서, 여자에게 무슨 일이 있으면, 그에게 전화하라고, 하면서 여사장에게 적어서 주고 부대원에게로 복귀했다.

광주민주화운동 3일째, 변일규 일병 소속 시위진압부대는 금남로에서 퇴각하면서, 계엄군에 의해 광주 시민으로서 학살을 당한 두 여자들 일이며, 국민을 보호하러 온 군인들의 문제점 등등 혼란스러웠던 일을 말끔하게 지웠다.

계엄군은 광주와 외부를 연결하는 전화를 차단하고. 광주로 들어오는 진입로를 막았다. 광주역 앞에서 주둔하던 공수부대 계엄군 소속 부대에서 마침내 발포했다는, 정보를 입수한 변일규 소속 부대는 이동을 준비하고 있었다.

# 11부

# 출구는 어디에 있는가

## 1. 출구는 어디 있는가

지하실 어디에선가 여자의 비명소리가 들려왔다. 그 소리는 아무래도 이곳 어딘가에서 나오는 것 같았다.

퍽. 퍽.퍼버퍽. 둔탁한 몽둥이질 다음에는 어김없이 터져 나오는 비명소리다. 조금 전 그들 두 사람을 지하실로 끌고 내려와서, 효정언니를 지하실 안쪽 어디로 데려가는 것 같았다. 구타를 견디지 못하고 의식을 잃었거나 하면 옆의 창고로 끌려나갔다가, 의식이 돌아오면 다시 끌려들어 오곤 했다. 지금 저 소리는 필시 거기에서 터져 나오는 효정언니의 목소리였다

가물가물한 의식 속에서 강민정은 윤효정 언니의 목소리를 듣고 있었다. 지하실로 끌려온 두 사람은 세 명의 경비병 병사에게 죽을 만큼 맞았다, 호흡이 가쁘도록 숨통을 죄었고, 둔기로 머리를 맞았다.

"두 여자가 거기서 무엇을 했지?"

두 사람은 작가지망생으로 '문예창작 교실' 에 수업받으러 왔을 뿐이다. 라고. 같은 질문과 같은 대답에도, 바른대로 실토하면 밖으로 나가게 해주겠다면서 폭행을 일삼았다,

너무 많이 맞아서일까. 몸에 열이 오르면서 이제는 효정언니의

그 끔찍한 비명 소리조차 무감각해졌다, 흐릿한 꿈속에서처럼 전혀 현실감이 없었다.

눈이 감겨졌다

강민정은 생시인지 꿈인지 모를 흐릿한 의식 속에 갇혀 있었다. 안팎이 겹겹으로 둘러싸인 어둠의 철벽 속에 갇힌, 불어오는 바람에 유리창이 떨기 시작할 무렵, 그녀는 출구를 찾아서 사력을 다해 달리고 있었다. 온몸이 비로 적셔질 때까지 그녀는 달리고 또 달렸다. 내딛는 발자국마다 경계병의 흔적이 남는다. 점점 무거워지는 경계병의 흔적은 불어날 때쯤, 열에 들뜬 그녀의 온몸이 비에 흠뻑 젖었다. 바람에서 비 냄새가 나고, 온몸이 흠뻑 젖은 거로 보아 비가 내렸다는 걸 알 수 있었다.

또 열이 날 것 같았다. 체념하듯 그 예감을 받아들이자, 오한이 들고 온몸이 떨리기 시작한다. 살갗은 얼음처럼 차가운데 머릿속은 뜨겁고 얼굴에는 땀이 맺히기 시작한다.

땅이 크게 흔들리고 있었다. 폭풍에 비, 바람까지 몰고 올 조짐이다.

달리기를 멈춘 그녀는 철벽 창살에 매달려 철문을 열어 달라고 울부짖었다. 살려주세요. 하느님. 살려주오.

빨리 이곳을 빠져나가 엄마와 평식 오빠를 만나야 한다고. 빨리 집으로 돌아 가야 하는데, 민정에게 위험이 닥쳤다고 말해줘야 하는데…,..평식오빠가 약혼선물로 사 준 연분홍 원피스를 병사가 강철 칼로 찢었다고 말해야 하는데… 이 철벽을 뛰어넘어서라도, 온몸으로 창틀을 작살내서라도 이곳을 빠져나가 엄마와 평식 오빠를 만나야 하는데. 여기에 갇혀 있었다고 말해줘야 하는데. 세상 사람들에게 알려야 하는데. 전두환 신군부 계엄군 경비병들이 광주시민들을 잡아다 지하실에 가두고 무지막지하게 폭행을 한다고 세상에 알려야 하는데 몸에 불을 사르면 영혼이 연기가 되어 나갈 수 있을까. 잠시 생각 끝에 출구를 찾아 다시 달리기 시작한다.

 이따금 흐물거리는 물체를 밟는다. 강민정은 무엇을 밟았는지 내려다볼 시간이 없다.

 길고양이였을 거야. 무장한 경비병들이 거리를 돌아다니며 뾰족한 강철 칼로 사람들을 다치게 하고, 옷을 찢고 고양이나 개를 발로 차고 짓밟고 죽이는 일까지… 그 경비병들은 괴물 중의 괴물이었다.


 "민정이를 죽게 놔둘 수는 없어."

지하 어둠 속 어딘가에서 효정 언니의 날카로운 목소리가 들렸다.
"효정 언니 나 구해 줘!"
충격에 빠져 우는 민정은, 작은 목소리로 말했다.
"달려라. 그래야만 살 수 있다구."
여전히 꿈인지, 생시인지 모를, 가물가물한 의식 속에서 효정언니의 그 소리를 듣고 있었다

그러나 출구를 빠져나갈 수 없다. 아무리 달리고 달려도 다람쥐 쳇바퀴일 뿐, 그 자리였다. 이미 몸은 차갑고 뜨겁다. 나른하고 뿌옇다.

그러나 이곳을 벗어나야 한다는 강박관념에 사로잡혔다. 절박해진 위기감 속의 나락에 갇힌 그녀는, 출구를 찾아 달렸지만 끝내는 멈춰서고 말았다. 간신히 정신 차려 몸을 일으켰지만, 1미터에 한 번씩 중심을 잃고 비틀거리거나, 앞으로 무릎을 꿇고 고꾸라지거나 아니면 뒤로 넘어지면서 엉덩방아를 찧었다.

치솟아 오르는 현기증은 심한 구역질까지 일으킨다. 그만 달려야지.

사방은 어느 곳에도 출구는 없었다. 효정언니나 누군가에 도움을 청하고 싶었다. 손을 흔들어 보았다. 그러나 팔은 허공에서 맥

없이 흐느적거렸다. 혹시 평식 오빠가 민정의 이런 모습을 발견하였다면 즉시 달려왔을 테지만, 이 험한 모습을 그에게 보여 주고 싶지 않았다. 여기 온들 그의 역시 무지막지한 병사들 손에서 꼼짝없이 당할 수밖에 없을거다. 그러니 평식 오빠 눈에 띄기 전에 빨리 출구를 찾아야 한다. 어둠 속에서 죽음을 맞이할 준비가 전혀 되어 있지 않다. 지금은 안된다. 지금 죽는 것은 허망할 노릇이다. 정신을 차려야 한다. 조금이라도 빨리 이 어둠 속에서 벗어날 수 있도록 무슨 일이든지 벌어져야 한다고 생각했다. 다시 팔을 허공으로 들어 올려 휘둘러 대며 어둠을 걷어내기 시작한다. 한참 후에 숨겨진 문이 열렸다.

그때 무채색 빛 속으로 누군가가 걸어 나왔다.

"엄마? 엄마야?"

"……."

"평식 오빠구나."

"……."

여전히 대답이 없다.

"이제 알았네. 효정 언니구나. 언니 빨리 나와."

기쁨도 잠시 그녀 앞에 몸을 드러낸 사람은 다름 아닌 민정이를 이 어둠의 절벽 속으로 밀어 넣은 강철 칼로 분홍색을 찢었던 괴물 경비병이었다. 생김새부터 무서웠다. 몸집이 크다 보니 주먹도 크다. 얼굴도 컸다.

어깨가 쫙 벌어진 경비병은 도둑같이 생겼다. 순간 민정은 부들부들 떨었다. 괴물 병사가 그녀 앞을 가로 막고 섰다.

무고한 시민들을 다치게 하고 길고양이나 개를 발견하고 연장을 던져 살해한 괴물 중의 한 사람이었다.

"여기가 끝이야. 더 못가"

"비켜요?"

"어쭈."

민정은 온몸으로 사내를 밀어냈지만, 바윗덩어리 마냥 버티고 서서 꿈쩍도 하지 않았다. 그때였다.

"그러지 마."

이번에도 효정 언니의 날카로운 목소리가 철벽 어둠 속을 찢었다.

"이것들이 놀고 있네."

강철 칼을 든 사내는 민정이의 목덜미를 잡고 땅바닥에 처박았다.

'이제, 민정이 죽는다구?'

죽음이 코앞에 다가왔다고 생각했다.

"안돼. 안돼. 민정이를 죽게 해서는 안된다구?"

"살려 달라구? 살고 싶어?"

민정은 고개를 끄덕이며 눈물을 보였다.

"자, 그럼 먹이를 줄게. 이걸 먹으면 죽지 않을 거야."

그는 자기 바지 지퍼를 내리더니 거기에서 묵직한 것을 꺼내 밀었다.

"먹지 않을 거야. 이건 독약이야. 길고양이가 먹고 죽었잖아."

그녀는 악을 쓰며 말했다.

"독약이든 뭐든 먹어야 살 거 아냐."

"안 먹을 거야."

"먹어. 먹으라구."

머리를 누르는 힘이 점점 더해지고, 눈앞에는 우윳빛으로 흐르는 남자의 그것이 민정의 혀를 찌르며 입속에서 놀아났다. 그녀는 차갑고 하얀 남자의 그것을 혓바닥으로 밀어냈다. 그녀는 길고양이가 그 악랄한 인간이 내민 독약을 먹고 죽은 모습을 본 적 있었다. 자신이 고양이 같다. 고양이 자세로 바닥에 앉아 죽을 수 없다.

"어서 먹으라고. 먹어야 죽지 않는다구."

강압에 찬 남자의 목소리에서 민정 커다란 뱀을 떠올렸다. 그렇다. 뱀이다. 그러니까 길고양이도 잡아먹고, 강아지도 먹었지. 큰 몸집과 드센 주먹은 한치의 온기도 느껴지지 않은 차가운 바늘을 닮아 있었고, 입속을 후벼 파는 그것은 날카로운 이빨을 닮아 있었다. 그 경비병은 뱀이 분명하다. 차가운 피를 가진 파충류임이 틀림없다. 민정의 몸 위에 다리를 틀어 잔뜩 숨통을 조이니 이내 '꿀꺽' 목구멍 너머로 삼켜 버릴 것이다. 경비병을 흉악한 포식자로 규정짓자, 민정은 죽을힘을 다해 그것을 혓바닥으로 밀어냈다.

"안돼, 안돼, 그러지 말라니까! 내가 너 죽일 거야."
효정 언니 목소리였다. 경비병 병사가 갑자기 옆으로 쓰러졌다. 언니가 경비병 병사의 어디를 찔렀는지, 사내는 움직이지 못했다. 순식간에 일어난 일이었다.
"민정아, 죽으면 안 돼, 눈 떠!"
민정은 눈을 떴다. 꿈을 꿨다. 민정은 또 눈이 감겨졌다.


## 2. 민정이를 죽게 할 순 없어

"민정아, 눈떠!"
"……."
"강민정, 세실리아 (세례명), 눈뜨라니까."

그녀는 번쩍 눈을 떴다.

헉, 헉 한참을 달린 사람처럼 그녀는 숨을 몰아쉬며 눈을 떴다.

누군가가 민정의 손을 쥐었다. 눈을 깜박였다.

흐릿한 시야, 번지듯 희미했던 효정 언니의 모습이 조금씩 익숙한, 검은 머리칼을,.. 걱정스런 애처로운 눈빛….

"……민정아."

떨고 있는 민정의 손을 부드럽게 감싸 쥐고 사뭇 애처로운 목소리로 이름을 부른 사람은 윤효정 언니였다.

지그시 민정을 바라보는 시선을 마주한 채 몇 번 눈을 깜짝이던, 민정은 이에 조금 잠긴 목소리로 말했다.

"효정 언니구나. 언제 왔어? 의식이 돌아온 거야?."

"꿈꿨니?"

"……."

민정은 고개를 끄덕였다. 눈 뜨기 전의 일이 꿈이었던가. 민정은 멍하니 눈을 깜박였다. 효정 언니의 얼굴을 익히기 위해서, 그녀의 얼굴을 훑어본다.

인동꽃 수의 머리띠로 뒷머리를 묶은, 수련한 검은 머리칼의 모습이 눈에 담긴, 애처로운 눈동자를 마주하고서야, 민정은 악몽과 기억 사이 어딘가를 헤매고 있던 정신이 돌아왔다.

"무슨 꿈이야?"

"그냥 꿈."

효정은 작게 한숨을 내쉬며 민정을 품에 끌어안고 느릿하게 등을 토닥거렸다.

민정은 악몽을 말해야 할지, 어쩔지 사내의 이야기는 꿈일망정 부끄러웠다. 이번 꿈 말고는, 꿈에라도 평식 오빠 아닌 남자를 결단코 꾸어본 적이 없는 민정은 불미스럽고 찜찜했다. 꿈일망정 평식오빠가 알았다면, 눈치 빠른 효정 언니에게 들키진 않았을까.

민정은 그녀의 어깨에 얼굴을 묻으며 작은 소리로 물었다.

"혹시 나 잠꼬대 크게 했어요?"

"으응."

"얼 만큼?"

"평식 오빠가 아닌, 다른 남자 이름을 부르는 만큼."

"꿈에 다른 남자 이름을? 남자 이름이 뭐였을까? 경비병 병사 계엄군?!"

"우릴 무지막지하게 두들겨 팬 사람들이 계엄군이었어?"

"맞네. 무지무지 크고 무서웠던 남자들…."

"난, 너무 많이 맞아서 기억 못 해."

윤효정은 여기 지하에 끌려온 뒤 며칠, 몇 시간이 흘렀는지 알 수 없었다. 그리고 지금이 밤인지, 낮인지, 오전인지, 오후인지……. 밤낮없이 지금까지 잠시도 그치지 않고 끔찍한 매질과 어김없이 터져 나오는 욕설…….

계엄군들에게 무지막지하게 맞은 효정 언니는, 이미 언니가 아니었다. 시퍼런 멍 자국과 앙상한 얼굴은 죽음을 앞둔 사람의 모습이었다
 민정은 미친 듯이 울었다. 그러나 효정 언니는 눈물 한 방울 흘리지 않았다. 이 지하실에 거울이 있어 언니 자신의 얼굴을 보았다면 아마 기절했을지도 모른다.


## 3. 내가 누구인가

민정이는 곧 죽는다. 그녀의 몸이 서서히 식어가고 있었다. 끌어안고 등을 토닥거리는 그녀의 몸이 무척 차가웠다. 민정이 곁에 있으면 추웠던 효정의 영혼마저 따뜻해지곤 했다. 그랬기에 민정을 놓아주지 않으려고 몸을 꽉 끌어안고 놓지 않았다.
 이미 활기를 잃은 얼굴, 빛을 잃은 눈동자, 그늘로 뒤덮인 차가

운 몸과 마음, 효정은 민정을 그대로 죽게 내버려 뒀다는, 오명을 벗기 위해서라도 살려야 한다고 여겼다.

"민정아, 잠들면 안 돼."

고개를 떨어뜨리고 잠에 취한 것인지, 악령에 붙들려 잠이 덜 깬 것인지, 그놈들의 매에 취한 것인지, 민정은 잠꼬대 같은 말을 내뱉으며 푸푸한다.

이마가 찢어졌으며, 목 어디에 난도질 된 것인지 거무스름하게 피가 흘러내리다가 응고되어 있는 것이 눈에 들어왔다,

"……."

윤효정 역시 진압봉으로 맞아 엄청난 피가 흘러내렸던 뒷머리에선, 핏물로 젖은 인동꽃 수의 머리띠에서 여전히 피가 만져지면서, 엄청난 통증이 이따금씩 되살아나곤 했다. 그때마다 눈앞이 핑그르르 돌며 머리가 통째로 부서질 듯 욱신거렸다. 그나마도 다행인 것은 인동꽃 수의 머리띠가 뒷머리를 받쳐 주었기에, 뇌진탕을 피할 수 있었던 아닐까 싶었다.

"야, 야, 눈 떠! 민정아."

"왜 효정 언니?"

눈을 감고, 고개를 끄덕이고 나서 물었다.

"우리 엄마가 삼베 밭매면서 하신 얘기였어. 아무리 추운 엄동

설한에도 밖에서 잠들면 죽고, 깨어 있으면 살아난다고 했어. 그리고 몸이 많이 아픈 사람을 저승사자가 데려가려고 왔다가, 눈을 부릅뜨고 있으면, 저승사자가 무서워서 달아나버린다는 거야."

"푸우."

민정이가 눈을 떴다. 그러나 초점을 어디에 맞추고 있는지 모를 두께 없는 눈빛으로 그녀를 응시했다.

"…… 어찌 됐든, 우린 살아 있는 거야. 살아남은 자가 이긴 거야."

"……."

"무슨 말인지 알겠지?"

"알아, 너무 잘 안다구. 근데 자주 잠이 오네. 난 이제 목숨이 얼마 안 남았나 봐."

민정은 눈을 들어 효정을 본다. 빛을 잃은 눈동자가 다시 살아난 것일까. 잘못 보았나 할 정도로 눈이 아름다웠다. 죽어가는 사람의 눈은, 눈도 아름다운 것일까.

"……."

사람이 잠들면, 혼백이 밖으로 나도는데 귀신에게 악귀로 가위눌리게 되면 정신이 약한 사람은 오랫동안 깨어나지 못하여 숨이 끊기게 되는데, 곁에 있는 사람이 불러주고, 아울러 방술(方術)로 치료를 해야 한다는 것이야. 『천금』에서.

"가위에 눌려서 갑자기 죽을 것 같을 때는 등불을 비추어도 안 되고, 앞에 다가가 급하게 불러도 안 된다. 그러면 많이 죽는데. 다만 발꿈치나 엄지발가락 발톱 주변을 아프게 깨물고, 얼굴에 침을 많이 뱉으면 살아난 데. 그래도 깨지 않으면 조금 움직이면서 천천히 부른데. 등불이 있으면 놓아두어야지, 불어서 끄면 안 되고, 등이 없었으면 절대로 불을 켜지 않는데. 양쪽 귀에 숨을 불어 주거나, 양 콧구멍으로 불어넣어" 주는데 『득효』에서.

효정은 고 할머니로부터 동의보감 제 243편 「잡병편권 9」에 나오는 이야기를 기억나는 부분이 있어 말했다.

화타가, "사람에게 급한 병이 있으면 비바람처럼 병세가 빠르다. 의사를 불러오지 않으면 바로 치료할 수 없게 되어 일찍 죽는 것을 보고, 정말 슬픈 일로 알고, 그가 10가지 위급한 병을 뽑아 30가지 묘방으로 구하고자"하였다. 중악(中惡)에서

중앙이나 객오는 귀신의 기운으로 인한 증상이다.

저녁이나 밤에 뒷간에 가거나, 교외로 나가거나, 아무도 없는 찬 방에 있거나, 사람들이 알지 못하는 곳에 갔을 때 갑자기 눈에 귀신 같은 것을 보고, 코, 입에 나쁜 귀기(鬼氣)가 붙어 갑자기 땅에 넘어지고 사지가 싸늘해지며, 양손을 쥐고 코와 입으로 맑은 피가

나온다. 생명이 경각에 달려있어 살릴 수 없게 된다. 이것은 시궐(尸厥)과 같으나, 다만 배에서 소리가 나지 않고 명치와 배가 모두 따뜻하다. 이때 절대로 옮기면 안 된다. 빨리 친척이나 여러 사람들이 둘러싸서 북을 두드리고 불을 지르거나 사향이나 안식향을 태워 환자가 깨어나 사람들을 알아본 후에 집으로 옮겨야 한다. 『환타』 맥후(脈候) 중악에 맥이 긴세(緊細)하면 치료하기 쉽고, 부대(浮大)하면 낫기 어렵다.『득효』

맥이 헐떡이며 뛰는 것을 폭궐(暴厥)이라고 한다. 폭궐이 되면 다른 사람과 말하지 못한다.『내경』

촌구맥이 침대(沈大)하면서 활(活)할 때, 침은 혈이 실(實)한 것이고 활은 기가 실(實)한 것이다. 혈기가 맞부딪쳐 혈기가 오장으로 들어가면 죽고, 육부로 들어가면 낫는다. 갑자기 쓰러져 사람을 알아보지 못할 때, '입술이 퍼렇게 몸이 차면 오장에 들어간 것이니 죽고, 몸이 따뜻하고 땀이 저절로 나면 육부에 들어간 것이니 낫는다'고 하였다.『중경』

민정이의 몸이 차고 퍼렇게 얼어붙긴 했지만, 다행히 언니를 알아보았으니 말이다.

갑자기 인사불성이 되어 완전히 죽은 시체 같지만 숨을 끊기지 않고 맥은 평상시처럼 뛰고, 맥이 질서가 없거나 담이 커졌다 작아졌다 하지 않고, 가슴이 따뜻한 시궐이라 안심은 되었다.

  그놈들한테 죽을 만큼 맞았다. 민정이의 죽음을 보는 것은 이번이 처음이다. 죽은 뒤 시체는 얼음처럼 차갑고, 나무토막처럼 빳빳하고, 점점 흙색을 띠게 된다는 데…….

  또 한 무리의 선량한 시민들이 끌려오는지 지하실 계단 쪽에서 발소리가 들렸다. 죄 없는 무구한 광주시민을 이 지하실로 끌고 와 폭행할 모양이다. 두 사람이 이곳 지하로 들어온 이후에도 시민들이 계속해서 끌려들어 왔다.

## 12부

## 득량댁의 봄

1. 득량댁의 봄

초당골 녹차 밭 위로 해가 높이 떠올라 있었다. 차밭에는 인부들이 세물차(6월-7일 세 번째 돋아난 하차) 따고 있었다.
새벽에서 찻잎 따면 점심 때가 되어야 끝이 난다.
뜨거운 여름날에 비치는 햇빛에 차나무는 척척 자라 버린다. 풍부한 수액을 내뿜으며 격렬하게 무성하게 성장했다. 그 강인한 힘으로 신속하게 가지를 뻗어나가고 잎을 키워 내기가 바쁘게 잎이 푸른 것은 패기 넘치는 젊은이들처럼 보였다.
원래 차나무는 크게 자라지만 따기 수월하게 하고, 수확량을 증대시키기 위해 지속적으로 전지를 해주어 더 이상 키가 자라지 않게 된 것이다.

예당댁은 일을 하다 말고 선다. 아들 생각에 서러움이 북받쳐 오른다. 아들 덕룡은 언제 저런 푸른 젊음을 찾을 것인가. 언제 젊음을 만족스러워하고 포만한 미소를 지을 것인, 삶은 희망을 품어 봄날을 기다리지 않았던가. 예당댁에게도 삶의 봄날은 올 것인지 오늘도 그녀는 아들의 찢긴 마음을 받아주고, 모든 용기를 붙돋아 주고, 모든 헛소리를 씻어 내줄 사람은 그녀밖에 없다고 여겼다.

그녀는 굳어진 한 조각의 마음을 따스한 햇살에 비춰 본다.

이윽고 참았던 눈물이 한 가닥 주르르 흘러내린다. 자꾸 북받치는 아들 생각을 꾹 눌러 참고 있었던가.

예당댁은 다시 하늘로 눈길을 돌린다.

아들 덕룡은 육 년간 우울증으로 인해 조울증에서 조증인, 조울증의 만성적 단계에서 퇴원했으나, 정신적 발작으로 병원을 찾아갔을 때 의사는 아들 병명을 '진행성 비비' 마비성 치매라고도 하는 진단이 내려져 문득 집으로 데려와 일주일에 한두 번씩 광주에 있는, 병원을 찾았으나 점점 정신적으로 황폐해졌다. 진료 과정에서도 의사의 책상을 발로 차고, 부수고, 던지고 옆의 사람을 때리는 등, 발작을 일으켜 집으로 데리고 온 것이다.

아들이 조용할 때는 여자의 분홍색 물이 든 명주에 인동꽃이 수놓여진 머리띠를 만지작거릴 때였다. 그리고 한 번 발작을 시작하면 그 머리띠 가진 여자를 내놓으라고 울부짖고 난동을 부렸다.

예당댁은 아마도 아들 덕룡이가 시위 진압과정에서, 그 여자를 폭행하고 머리를 끌어당기는 과정에서 뒤로 묶은 머리가 풀렸고, 동시에 그 머리띠가 땅에 떨어져 있는 것을 주워 담았는데, 그 과정이 아마 죄책감으로 시달리고 있는 것이라고 여겼다. 집에서 난폭해져 물건을 던지고 부수고 할 때, 그 머리띠를 손에 쥐여주면 변덕쟁이처럼 기분이 풀린 것을 알 수 있었다.

그녀는 허리를 굽혀 찻잎을 딴다.
세 잎이 난 곳 뒤에 손가락을 넣어 툭툭, 과피 위에 것에서 따낸다. 네 잎째는 조금 억세서 경질화되어 부서지거나 질기다. 그렇지만 부스러기로 바꾸기도 하기 때문에 끝쪽 줄기에 붙어 있는 잎(과피)도 따서 모아지면 앞치마 주머니 속에 넣어 담는다. 대략 1시간 되면 주머니 것을 비워야 한다. 너무 가득 모으면 잎에 상처가 날 수 있어서이다.
예당댁이 딴 잎은 길이가 거의 자로 잰 듯 일정하다.
그녀는 찻잎을 들여다본다. 중간 굵은 줄기 가운데 건강한 가지에 잎이 새로 돋아났다. 잎을 따서 앞치마 주머니에 담으면서 아들 덕룡 생각을 한다.
녹차 밭 박 원장을 통해 처자가 치료 받고 있는 읍내 K정신건강의학과병원 내 '신경정신 분석실'에 치료상담이 예약되어 있으니, 치료를 받으면 차나무의 건강한 가지에 잎이 새로 돋아나듯, 아들도 건강한 몸을 되찾을 것만 같았다.

## 2. 조막손의 힘

점심을 마친 인부들은 잠시 쉬기 위해 밭 가로 나와 무더기로 앉아 세물 차를 마시고 있었다. 뒤에 쳐진 예당댁은 다리 맥이 풀려 풀썩 주저앉아 있었다. 차밭 일을 하다 보니 온몸이 욱신거리고 쑤셨다. 손가락이 자주 뻑뻑해지면서 팔과 다리, 허리가 안 아픈 곳이 없었다.

아들 덕룡은 두 번의 사고를 당했다. 한 번은 5·18 민주화운동 둘째 날, 가톨릭센터 뒷쪽 시위 진압과정에서 시민들이 던진 벽돌을 두 번이나 맞았으며, 두 번째는 두 번째는 녹동마을 앞 22번 국도인 너릿재 터널 입구를 봉쇄하고, 화순에서 광주로 넘어오는 '시민군'의 차량을 차 단하고 있을 때, 장흥, 해남, ,보성 등지에서 무기를 지원받아 문덕 지소에 반납하고, 화순을 거쳐 넘어오던 시민군 임규정의 탄 차량이 경계병들의 총을 맞고 도량으로 굴려는 바람에 물가로 굴러떨어진 임규정을 발견한 권 덕룡 일병이 규정형을 살려보내는 과정에서 약간의 부상을 입었다. 세 번째 되는 날에는 주남마을 앞 검문소를 봉쇄하고 있던 B공수여단 지원 병사로, 그들의 길 안내를 맡아 송정리 비행장으로 이동하라는, 전 교사의 지시를 받고, 육로로 이동 중 송암동 효천역 부근에서 잠복해 있던 전 교사 부대원 간의 오인 총격전이 벌어지면서였다. 그날 이후로 지금까지 아들 덕룡은 사람 구실을 못 하고 있으니, 아들인들 얼마나 괴롭겠는가.

예상 댁은 눈가의 맺힌 물기를 닦으며 하늘을 올려다본다.

파란 하늘은 너무 맑고 아름답다. 차밭을 머리에 이고 있는 듯 푸르기만 하다. 저렇듯 아들 덕룡도 오롯이 나아지길 경건히 바랄 뿐이다.

구렁을 따라 끝 간 데까지 눈길을 보낸다. 멀리 꼭대기까지 가물가물 기어오른 푸른 차밭을 바라보면서 그녀는 새삼 놀란다.

봄에 첫물차에 이어 두물차, 그리고 두 달 사이 세물 차 찻잎을 따느라 조막손이가 되었다. 특히 오른손은 흉측하기가 말이 아니다.

엄지는 꺾인 가지에 찔린 손톱이 빠지고, 중지는 뼈마디에 혹이 생겼다. 소지는 펴지지 않는다. 그러나 이 차밭일 밖에는 무슨 도리가 없었다. 아들 덕룡이 병만 나을 수 있다면 손가락이 짓물러 문드러진들 아프랴 싶었다.

처자 신세보다 낫지 않으랴 싶었다.

젊은 처자와 차밭이랑 사이가 멀어져, 다시 방향을 바꿔 가까워져 있던 득량댁은 다리를 좀 펴고 쉬고 싶어 밭가로 나왔다. 풀밭

위로 몸을 풀썩 주저앉혔다. 예당댁도 그녀 곁으로 함께 자리를 잡아 앉았다.

"참, 성님, 덕룡이 조카 병이 많이 좋아졌다면서요?"

불쑥 묻는 득량동서의 물음에 예당댁은 마치 나쁜 짓 하다 들킨 사람마냥 대답할 말을 잃었다.

"……."

예당댁은 버릇처럼 한숨을 내쉬고 하늘을 올려다본다.

"그만하길 다행이네요."

"낫았제 마는 사람 구실을 할랑가 모르겄네. 얼마전부터 읍내 K 정신건강의학과 병원 '정신분석실' 치료 센터'에 치료받고 있네…. 우울증이 심한 것 같아서."

예당댁은 숨기로 했지만, 실토하고 말았다.

"그러면 저기 젊은 처자가 다니는 K 병원치료센터' 말인가요?"

"맞네. 우리 박 사장 친구 되신 분이 운영하는 정신건강의학과 병원에서 처자는 기억분석실'에서 치료 받고, 아들 덕룡은 '정신질환분석시' 치료를 받네. 치유겸 말일세."

"열 번이고, 백 번이고 잘하셨네요. 아주 유명의사란 소릴 들었네요."

"고맙네."

예당댁은 하늘을 한 번 더 올려다보고 나서 무심결에 한숨을 내쉬었다. 아들에 대한 마음 졸임과 공수특전부대원 가족으로서 세상살이에 자아내는 한숨이었다.

득량동서가 광주에서 별별 노동일을 다하고, 그래도 고향으로 돌아왔으니, 더구나 초당골다원 박 원장이 일자리를 주어서 함께 오순도순 일하면서 마음을 터놓으니 얼마나 정다운가.

## 3. 누님으로서의 사죄

득량댁 역시 남동생 규정이 일로 눈시울이 젖고 말았다.

그녀는 예당성님의 젖은 눈시울을 보면서 마음이 편치 않았다. 덕룡이 조카가 그 무시무시한 공수특전여단 소속이란 것도, 5·18 민주화운동 때 시위 진압부대원 군인이라는 것도, 알고 있었지만 내색할 수가 없었다. 남편인 김득수에게만 말한 적이 있었다.

득량댁은 덕룡이가 왜 하필이면 그 부대에 지원했는지 궁금했지만 물어봐서는 안 된다고 여겼다.

그녀는 육 년 전, 당시 시민군 활동을 하던 남동생을 찾아 광주

시내 곳곳을 돌아다니며 안 간 곳이 없었다. 도청 앞 남동사거리에서였다. 광주은행 앞으로 많은 젊은이들을 묶어 버스에 싣고 지나가는 것을 목격하였는데, 버스가 한두 대가 아니다, 여섯 대는 넘어 보였다. 그 많은 학생들을 싣고가서 화순 너릿재 부근 산에서 죽여 암매장했다는 말이 지금 진상 규명되고 있지 않은가. 순진한 득량댁의 눈으로 목격한 것은 전쟁도 그런 전쟁이 없었다.

남동생 임규정은 '5·18 사체 검안 자료'에 의해 폭동난동자에 해당하는 대항타 사살된 자로, 비보상 해당자이지만, 남동생 규정은 5·18 민주화운동에 시민군으로 앞장섰을뿐더러, 보성군 문덕면에서도 영웅 대접을 받고 있지 않은가. 그러나 어찌 살아있는 것에 비하랴. 그날 22번 국도 너릿재 터널 입구에서 경계를 서고 있는 권덕룡 일병을 만났기에 살 수 있는 몸이었다 살려주었으면 살아야지, 그날, 외곽을 봉쇄하던 시위 진압군인들이, 시 외곽 지역인 목표, 해남, 장흥 등 지역으로 나가 주민들을 학살하고 있다는 말을 듣고, 두 번째로 고향을 지키겠다가 나갔다가 그만….

5·18 민주화운동 여섯째 날, 전교사 사령관의 작전지휘하에 광주시 외곽도로 봉쇄 작전이 실시되면서, B공수여단은 주남마을 앞 검문소를 차단하고 광주에서 화순 등지로 빠져나가는 차량들

을 통제 하였으면, A공수A공수여단은 녹동마을 앞 22번 국도인 너릿재 터널 입구에서 화순에서 광주로 들어오는 차량을 통제하고 있었다. 그때 권덕룡 일병 등 병사들이 그곳에 배치받아 경계를 서고 있을 때였다.

동생 규정은 5.8민주화운동 넷 째날인 오후 1시가 넘어, 애국가 울려 퍼짐과 동시에 계엄군의 도청 앞, 집단 발포로 그곳 광장에 모인 수많은 시민들에게 총부리를 겨누고 무차별적인 살상을 저질렀다.

분노를 느낀 시민들은 이에 물러나지 않고 폭력적인 계엄군에 맞서 대응하기 위해 너도나도 나서서 '시민군'을 탄생시켜 무기 지원에 뜻을 모았다.

이날 오후, '외곽도로경계' 조원 7명을 이끌던 남동생 임규정은, 지원동 지역방위대와 버스를 나눠 타고 영암 보성을 거쳐, 지원받은 무기를 문덕면 지소에 반납하고, 화순을 거쳐 너릿재 입구에서 경계병사들의 정지를 무시하고 달리다 그들이 탄 차량이 계엄군이 총을 맞고 개천에 빠지면서, 동생은 물속으로 떨어지면서, 권덕룡 조카 눈에 띄어 사살되지 않고 살아났으나 두 번째 교전 끝에 목숨을 잃었다. 그런 동생 규정이를 폭도라는 비봉상에 해당

분류한 것은 고사하고 암매장된 채 아직 시선조차 찾지 못하고 있으니 이런 원통하고 억울한 일이 어디 있겠는가.

 여기 차밭 일을 하는 아줌마들 역시 가족이나 친, 인척이거나 아니면 아들 딸, 본인이 5·18과 관련되지 않은 사람이 없다. 그럴 때 득량댁 뿐만 아니라 광주시민들의 희생이 얼마나 컸겠는가. 그런데 외지 사람들은 광주를 폭동이니, 빨갱이니 터무니없이 지껄이지 않는가. 그러고 보면 광주 사람들이 다 천사가 아니고서 어찌 저 전두환 악당들을 그대로 두고 있겠는가.
 예당댁 동서는, 그들은 부부 교사였다. 동서는 결혼하고도, 보성에 있는 어느 초등학교 교사로 있다가 아이 셋이 태어나자 직장을 그만두었다.
 남편 또한 광주 시내 모 사립중고등학교 교장으로 근무 중, 설립자와 재산출연자 일가가 학교운영 주도권을 쥐기 위해 이사회로부터 장악하고, 이 사회가 사학의 예결산, 재산처분, 교직원 임명의 최종 결정권을 갖는 데 대해 남편 등 다섯 명의 교사가 고발을 시작하자 그 규모가 커졌고, 절대 이사회가 학교 권력을 독식하지 못하게 앞장선 사람이 남편이었다.
 문제는 퇴출당한 이사들을 학교 교사가 직원으로 복귀시키면서 문제가 발생 된 것이다.

현행 사학법은 이원 취임 승인 취소 (이사장 박탈)'을 당한 이사는 학교 교직원으로 재채용 못 하게 되어 있었다.

그러다 보니 '바지 이사장'을 내세운 뒤 막후에서 불법적으로 학교운영까지 했다. 남편은 여기서 여러 명과 함께 교사직을 잃었다.

아들 덕룡이가 입시를 앞두고 이 과정을 알게 되었고 지방 명문대에 합격 해 입학을 하고 충격이 컸던 그는, 대학 2학년이 되면서 곧바로 공수특전여단에 지원 입대했다. 아들 덕룡이가 입대하고 5·18 광주민주화운동, 시위 진압군으로 오게 된 그는, 민주화운동 칠 일째 되던 날, 송암동 효천역 부근에서 아군과 아군 간에 오인 교전으로 사고를 당했다, 그에 수술을 광주 국군통합병원에서 받고, 지금은 고향으로 내려와서 안정을 취하던 중, 초당골다원 박원장의 추천으로 읍내 K정신건강의학 병원 내 '정신질환 분석실'에서 치료받기로 했으니, 듣던 중 좋은 소식이 아닌가.

한집안에 환자가 둘이다 보니 생활고를 겪었고 예당댁 성님의 남편 친구이자, 일가인 녹차 밭 박 원장의 도움으로 차밭 일을 하게 된 것이다.

"아직 규정이가 사돈 암매장 발굴소식은 없제?"

예당댁이 먼 하늘가로 주던 눈길을 내리며 물었다.

"시신이라도 우리 규정이 얼굴 한 번 볼 수 있다면, 죽어도 한이 없을 것 같아요."

득량댁이 한숨을 토해내며 말했다.

"거, 죽는다는 소리 말어."

예당댁이 나무라듯 말했다.

"세월이 독하고 무섭구만요."

육 년이란 세월이 흘렀다. 동생 시신 발굴 소식은 아직도 없었다. 5·18 당시 계엄군이 시민을 향해 최소 20곳 이상에서 50여 차례에 걸쳐 발표한 것으로 확인됐다. 이는 계엄군의 진압 작전에 대한 재구성과 함께 사망자, 부상자, 분석을 토대로 나온 수치로, 구체적인 총격 횟수가 5·18 조사위의 조사를 거쳐 확인된 것으로 드러났다. 그런데도 여전히 5·18 민주화운동 역사, 부정, 왜곡, 폄훼가 지속되고 있다. 역사를 잊은 민족에게 미래가 없다고 했다. 국민들이 5·18 민주화운동을 기억하는, 궁극적인 목적은 가슴 아픈 사건들이 다시는 일어나지 않도록 하고, 더 나은 나라를 만드는데 있다고 생각했다.

예당댁 역시 아들 덕룡이를 생각하면 골백번도 더 죽었을 것이다.

 차밭은 그녀의 마음을 가장 많이 이끄는 설교자이다. 그녀는 아들 덕룡이가 그런 일이 생긴 뒤로, 녹차 밭에서 마음을 주고 다스릴 수밖에 없었다.

 차밭 부근에 한 그루씩 홀로 서 있는 나무를 볼 때면, 마치 자신의 고독한 존재를 보는 듯하다. 아들 일로 나약해진 탓도 있겠지만….

 나무들은 마치 모든 생명력을 끌어모아 오직 한 가지만을 위해서 분투하는 것이야말로 부모가 자식을 위해 하는 그것처럼, 그것들을 본받아야 할 점이 아닌가 싶다.

 그것은 물론 나무들에 내재해 있는 고유한 법칙을 따르는 일이기도 하지만, 예당댁은 거기에 비유하기도 했다. 그녀는 평소 나무들을 숭배한다.

 나무들은 나이테를 남기지 않는가. 나이테는 사어가 아문 자리에 나무가 겪었던 온갖 투쟁, 고뇌, 아픔 갖가지 행복과 잘 살고, 못 살고 생성하고, 번성했던 시절의 이야기가 충실하게 기록된 것이라 여긴다.

 굵은 나이테가 만들어진, 나이테는 무성하고 화려하게 피어났던 때이고, 나이테가 가늘었던 해는, 그해 나무가 거센 공격을 이기고 폭풍우를 견뎌낸 해이다.

나무 한 그루가 숲을 만들어 낼 수 없고, 나뭇잎 하나가 나무의 줄기나 뿌리를 알 수 없다는 건, 예당댁이 녹차밭에 관여하면서 얻은 지론이다.

아들 덕룡에 의하면 5·18 민주화운동에 북한 특수부대원이 수백 명 침투해 시위대와 섞여 있었다는 것은 말도 안 된다. 5·18 민주화운동 진압부대원으로서 직접 겪은 아들은 근거가 없다는 말이었다.

'미친 사람이 장난치는구나' 하고 일갈할 뿐이다.

당시 후방에 북한군 세력이 집단 침투하여 사회를 교란할 군대도 아니었고 이미 10.26, 12·12, 5·18등으로 엄청나게 긴장하고 있는 군을 북한이 쉽게 볼 상황이 절대 아니었다는 예당댁의 주장이다

그녀는 지만원 씨가 시스템클럽 사이트를 운영하면서 모 극우 인터넷신문을 통해 지속적으로 그 문제를 확대 재생산했다고 알고 있다. 예당댁은 지씨의 엉터리 조작질의 글을 읽은 적이 있었다.

지 씨는 광주 5·18 민주화운동을 겪지도 않았던 사람이라. 미친

사람이 장난치는구나 했다. 그렇지 않고서 오랜 시간이 지난 지금 뜬금없이 북한군 타령을 들고 나왔을까

그것은 마치 시골 사람이 억지 논리에 '서울 갔다 온 사람이 안 갔다 온 사람을 못 이긴다'는 말이 있지만 그것과는 다르지 않은가.

예당댁은 알고 있다.

그녀는 녹차밭을 향해 층층이 다락길을 따라 올라오면서, 층층이 밭마다 정성껏 일군 차밭의 실한 열매를 맺어 풍성함을 본다. 어찌해서든 자연은 차밭의 일꾼들을 살리게 되어 있었다. 그게 하늘의 이치거늘, 어찌하여 전두환 신군부 세력은 무구하고 선량한 광주시민에게 잔혹한 행위를 저질렀단 말인가.

설사 대학생들의 민주화운동, 항쟁 공격을 해온다고 하더라도 공포(空砲)와 방어적인 측면에서 시민, 즉 부모 형제를 생각해 보호해야 했고 실탄 사용은 철저히 통제해야 했었다. 물론 국가에 대한 부득이한 경우에만 사용토록 해야 했다.

국가에 대한 충성은 직속 상관에게 충성하는 길이라고 생각한 것 같았다. 신문이나 텔레비전 뉴스에서, 그 당시 참모총장이 군이 과잉진압이 잘못이라고 했는데, 직접 작전에 참여했고 지휘했

고 과잉진압을 했다. 광주 사람들을 적(敵)으로 간주하고 그렇게 많이 죽일 수 있을까. 물론 그중에서는 아들 덕룡이도 포함되어 있다.

# 해설

## 44년 세월을 견딘 저항과 통곡의 서사
– 최문경 대하소설 『불어오는 바람』

김종회
(문학평론가, 전 경희대학교 교수)

| 해설 |

# 44년 세월을 견딘 저항과 통곡의 서사
### - 최문경 대하소설 『불어오는 바람』

### 김종회
#### (문학평론가, 전 경희대 교수)

## 1. 광주민주화운동의 역사적 의의

　5·18 광주민주화운동은 한국 현대사에서 지울 수 없는 상흔이요 아픔이다. 자국의 군(軍)과 국민이 대치한 가운데 살상의 충돌이 발생하고, 그로 인해 수많은 죄 없는 생명이 유명(幽明)을 달리해야 했다. 정확하게 요약하면 "1980년 5월 18일부터 27일까지, 당시 광주시이던 광주광역시에서 전라남도 지역의 시민들이 벌인 민주화 운동"이다. 이 전대미문의 운동을 지칭하는 이름이 여러 가지였다. 광주민중항쟁, 광주 의거 등으로 불렸는가 하면 광

주 소요사태, 폭동 등으로 보도되기도 했다. 제6공화국 출범 이후 1988년 4월 1일 민주화 추진위원회에서 '광주민주화운동'으로 정식 규정되었고, 이제는 이 이름을 공식적으로 사용하고 있다.

주지하다시피 1979년 10월 26일 박정희 대통령의 서거로, 장기간의 군사독재가 통치 능력을 상실했다. 이 10·26사태의 수습 과정에서 당시 보안사령관 전두환 소장을 중심으로 한 신군부 세력이 부상했으며, 이들은 12·12사건의 하극상을 통해 군부를 장악했다. 그러나 이에 대한 국민적 저항이 동시다발로 촉발되었고, 신군부는 비상계엄조치를 전국으로 확대하는 한편 김대중·김종필 등 정치인과 학생 시위 주동자들을 체포·구금했다. 광주민주화운동은 이와 같은 시대적 배경 아래 5월 18일에 시작되어 열흘간 지속되었으며, 그 발단은 외부의 지시나 조종에 의해서가 아니라 자연발생적이었다는 것이 정설이다.

신군부를 중심으로 한 집권 세력이 공수부대를 앞세운 무력 진압을 시도하자, 학생과 시민들의 분노가 폭발했고 사태는 걷잡을 수 없이 확산되었다. 이렇게 해서 학생 시위에서 시민 봉기로, 다시 시민 무력 항쟁으로 상승·확장되기에 이르렀다. 문제는 이 과정을 거치면서 계엄군의 진압이 잔혹한 행동을 마다하지 않고 시민의 살상에 이르게 되자, 결국은 그 불길을 진정시킬 수 없는 형국에 이르게 되었던 것이다. 결국, 이 운동은 엄청난 사상자를 내면서 막을 내렸다. 사태가 있은 지 15년이 지난 1995년 7월 18일, 서울지방검찰청과 국방부 검찰부의 발표에 의하면 그때까지 확인된 사망자가 193명이었으며 이 중 군인 23명, 경찰 4명, 민간인 166명이었다. 부상자는 852명으로 확인되었다.

광주민주화운동의 결과로 신군부의 권력은 더욱 확고해졌다. 결국, 신군부가 집권하게 되고, 전두환은 간선제에 의한 선출로 제11대 대통령에 취임했다. 1993년 문민정부 출범 이후 그 진압 방법에 대한 법적 논란이 제기된 것을 기점으로, 그 이듬해 이 운동 관련자들은 전두환·노태우 등 35명을 '내란 및 내란 목적 살인' 혐의로 고소하였으나 검찰은 이에 대해 불기소 처분을 내렸다. 그러나 1995년 11월 24일, 당시 김영삼 대통령이 '역사 바로 세우기'라는 구호 아래 '5·18 특별법' 제정을 지시하면서 재수사가 이루어졌고, 전두환 전 대통령 등은 '반란 수괴' 혐의로 구속되었다. 재판부는 12·12사건은 군사 반란이며, 5·17사건과 5·18사건은 내란 및 내란 목적의 살인 행위였다고 단정했다.

5·18 광주민주화운동은 한국 현대사에 있어서 6·25동란 이후 가장 많은 사상자를 낸 정치적 비극이었다. 이 엄청난 사태를 현장에서 직접 목격한 최문경 작가가, 이를 단행본 9권 분량의 대하

장편소설로 집필한 것은 결코 가볍게 넘어갈 수 있는 사안이 아니다. 이 글을 통해 그 의미와 가치에 대해 검색해 볼 터이지만, 이처럼 글의 서두에서 이 운동의 경과 과정과 시대사적 의의를 공들여 살펴보는 것은 올바른 사실적 토대 위에서 소설의 형상력과 마주하려는 노력이라 할 터이다. 이를테면 이 소설을 부양하고 있는 역사적 환경에 대해 우리 독자가 견고한 받침돌을 딛고 서야겠다는 생각에서다.

## 2. 기록의 현장성과 목격자의 증언

이 뜻깊은 작품의 창작자 최문경 작가는, 고령이지만 집필 활동을 멈추지 않는 현역이다. 그는 경희대학교 대학원 국어국문학과에서 석·박사 과정을 다니는 동안, 필자와 함께 공부했고 또 함께 한국문학과 세계문학의 여러 작품을 읽었으며 열심히 문예이론을 연구했다. 그 놀라운 향학열과 소설에 집중하는 열정은, 젊은 학생들에 견주어서 조금도 뒤지지 않았다. 그는 1991년 《표현문학》이란 문예지로, 그리고 1999년 《광주매일신문》 신춘문예로 이름을 알리며 문단에 나왔다. 그동안 지금 이 소설의 모태가 된

『수채화 속의 나그네』를 비롯하여 모두 10권의 장편소설과 『파랑새는 있다』를 비롯하여 모두 2권의 단편 소설집을 상재(上梓)했다.

그런가 하면 그의 줄기찬 소설 창작 노력이 객관적으로 평가받아 여러 차례의 문학상 수상 실적을 보였다. 2013년 제1회《문예바다》소설문학상, 2015년 세종도서 문학나눔 선정, 2017년 제5회 직지소설문학상, 2019년 손소희문학상의 수상자이며 2020년에는 월탄 박종화문학상, 제46회 한국소설문학상, 광주문학상 등 3개의 문학상을 한꺼번에 수상하기도 했다. 이와 같은 고투와 광영의 길을 걸어오는 동안 문예지 편집위원과 계간평 집필, 학술 세미나 주제발표, 문학상 심사위원, 문인단체 임원 등으로 활달하게 문학적 지경(地境)을 넓혀 왔다. 만학(晚學)으로 대학원 학위과정에서 수학(修學)하는 일 또한, 자신의 내면적 충실과 외면적 기량을 동시에 가꾸는 일이어서, 그야말로 영일(寧日) 없이 달려온 인간 승리의 개가(凱歌)를 보여준 셈이다.

그처럼 성실하고 한결같은 이 작가가, 무려 44년간 그 가슴에 품고 있던 5.18 광주민주화운동의 실상과 질곡(桎梏)을 소설로 풀어내는 일에 마무리를 짓게 되었다. 참으로 흔연하고 기꺼운 일이 아닐 수 없다. 작가의 토로에 의하면 그 운동 시기 자신은 바로 전남도청 정문 옆에 살았고, 중년의 시기에 그 기막힌 참상을 현장에서 목도 하는 경험을 했던 것이다. 그러므로 그의 소설적 기록은 어떤 관련 자료보다 더 생생하고 신빙성이 있다. 아마도 이것을 소설의 이야기로 남기지 않고서는 목격자로서의 소임(所任)을 다할 수 없다는 강박감이 그의 일생을 따라다녔으리라 짐작된다. 그와 같은 강박감은 작가로서의 기록 욕구를 재촉할 수밖에 없었을 것이다.

사정이 그러하니 일찍이 중국 고문헌의 한 구절처럼 '국가불행 시인행(國家不幸詩人幸)'의 상황이 작가의 눈앞에 펼쳐졌을 터이고, 그는 기꺼이 이 힘겨운 작업을 감내했다. 같은 시기에 전남대 학생으로서 같은 경험을 한 작가 임철우가, 그 억압 기제 아래에서 『봄날』을 완성했듯이 말이다. 이 역작(力作)의 '작가의 말'에서 작가는 스스로의 체험적 인식과 소설을 쓰지 않을 수 없었던 저간의 사정에 대해 매우 진실하고 구체적으로 고백하고 있다. 일반적인 소설의 사례에 비추어 길게 서술하고 있지만, 작가 자신으로서는 그래도 육성으로 하고 싶은 말의 일부조차 다 내놓지 못했다는 느낌일 것이다.

작가는 먼저 광주민주화운동의 발발과 그 원인에 대해, 시대적 분위기와 더불어 설명한다. 그가 계속해서 환기하는 것은 진실규명이 지체되고 숨어있는 진실을 찾아내지 못하고 있다는 미비한 대응의 문제다. 그가 이 소설을 쓴 이유가 바로 그것이라고 언명(言明)한다. 그래서 작가로서 너무 오랫동안 그 주변을 서성거렸다고 진술한다. 작가가 머리말에서 이렇게 말하는 것과, 소설을 통해 이를 전달하는 것은 전혀 다른 국면이다. 소설은 작가에 의해 인격이 부여된 구체적 개인을 통해 말하며, 그러기에 맨얼굴의 주장보다 훨씬 더 강고(强固)한 설득력이 있다. 이 작가는 그러한 소설적 인물 설정과 사건 전개의 묘미를 잘 알고 있고, 그러기에 다른 모든 발화 방식을 떠나 소설을 선택한 것으로 보인다.

## 3. 비극의 무대에 선 인물들의 실상

최문경의 『불어오는 바람』은 5·18 광주민주화운동의 발발에서부터 전두환 정부가 노태우 후보를 앞세워 직선제 요구를 받아들이기까지, 그러한 연후에 군사정권이 하강 곡선을 그리는 지점까지의 시기를 무대로 한다. 작가는 이 격동과 흑암의 시기를 증명하는 사료들을 수집하고, 여기에 소설적 상상력과 허구를 조합하여 장대한 이야기 마당을 꾸려냈다. 공간적 배경에 있어서는 전남 보성군 문덕면의 주암호 수몰지구를 중심으로 했다. 이 지역에 생활의 근거를 둔 인물들을 취재하고, 그 실제 인물에 자기주장과 행동을 부여하여 소설적 역할을 하도록 했다. 이 작가가 오랫동안 사실과 허구의 긴장감 있는 조화를 통해 서사 구조를 제작해 온 저력이 여기서 제 기능을 발휘했다.

  이 소설이 구상과 집필과 완성의 단계를 거쳐오는 동안, 작가에게 가장 강력했던 원체험은 사태가 점화되고 확장되었을 그 당시의 일인 것 같다. 전남도청과 충장로 입구에 있는 광산동 72번지에서 7년을 거주해온 작가의 가족들은, 지붕 위를 날아다니고 지붕을 뚫기도 하는 총탄 때문에 숨죽이며 가슴 조여야 했다. 그 와중에서도 작가는 이 어불성설의 현실을 취재하고 비망록으로 남겨두었지만, 아주 오랜 세월이 지나도록 소설로 쓰지 못하고 궤짝 속에 감추어 둘 수밖에 없었다. 이 기록이 다시 햇빛을 보고 세상을 향해 입을 열어 발성하기까지, 무려 44년이 걸렸다는 말이다. 소설의 전개와 함께 그동안 작가가 깊이 갈무리해두었던 당대 현장의 인물들도 다시 살아났다. 여기서는 이 작가가 형상화한 작중인물들을 순차적으로 살펴보기로 한다.

  김득수는 보성군 문덕면 장박골 출신으로, 문덕면사무소 주사인 공무원이다. 그의 아내 득량댁의 동생 임규정은 5·18 시민군으로 활동하다 죽었고, 암매장된 지 8년 만에 발굴되었다. 김득수는 이 모든 사건의 인지자이자 증인이다.

권덕룡은 문덕면 쇠골목마을이 고향이며, 사태 당시 특전사여단 시위 진압군으로 온 일병 계급의 계엄군이다. 그는 현장에서 위험에 처한 여자들을 구해주지만, 계엄군 간의 오인 교전으로 부상을 당한다. 여러 병원에서, 특히 정신건강의학과 치료를 받아야 했으며 계엄군이지만 피해자다.

박기종은 언론인 출신으로, 5·18때 직장을 그만두고 어머니의 뒤를 이어 초당골다원 녹차밭을 가꾸며 산다. 이 녹차밭에서 일하는 인부 여성들은, 대개 5·18때 계엄군으로부터 폭력과 성 고문을 당한 피해자들이다. 그는 이들을 돌보는 타고난 호인이다.

예당댁은 진압부대원으로 광주에 온 권덕룡 일병의 어머니다. 그는 계엄군의 공격과 학살을 보았지만, 모든 책임을 군인들에게 돌려서는 안 된다고 여긴다. 군인 신분으로서 상명하복(上命下服)할 수밖에 없는 그들도 국가 권력에 의한 피해자라고 보는 것이다.

윤효정은 작가 지망생으로 5·18때 가톨릭센터 뒤 문예 창작 교실에 있다가, 건물을 수색하던 계엄군에 의해 지하로 끌려가 모진 폭력을 당한 후 기억을 상실한다. 결국, 그는 박기종의 녹차밭에서 일하며 도움을 받는다.

송광민은 문덕면 출신의 J대학 학생으로, 사태 첫날 계엄군에게 끌려갔다가 감시를 피해 탈출한다. 그는 학생 시위대의 선두에서 계엄 철폐와 전두환 처단을 외친다. 5월 27일 새벽에 도청 담을 넘어 피신하며, 이후 광주 남동성당 정의구현사제단을 도와 6월 민주항쟁의 성공을 가져온다.

임규정은 5·18 때 외곽도로 경계조의 칠 의형제 팀장으로, 무장 시위대를 이끌었다. 앞서 언급한 김득수의 아내 득량댁의 삼대독자 동생이다. 원래 광주에서 진산표구점을 운영하던 평범한 사업가였는데, 이 비극적 사건의 피해자로 암매장된 지 8년 만에 발굴된다.

염창호는 사태 현장에서 철판 필경과 등사로 투사회보를 찍어 시민들에게 배포한 책임자다. 손에 쥔 것 없고 배경도 없어서 뒷골목에 자리 잡은 고령인쇄소 필경사로 일했다. 그러나 그는 조카와 어려운 학생들을 돌보는 선량한 사람이다. 5월 27일 새벽 검거되어 풀려났으나, 다른 죄명으로 재구속 된다.

염평식은 염창호의 도움을 받은 조카이며, 어려운 환경을 넘어 문덕면사무소 직원으로 공무원이 된다. 삼촌이 구속되자 면사무소에 사표를 제출하고, 삼촌의 석방을 위해 구속자 진상조사위원회에 몸담고 활동한다. 이러한 사태의 여파로 약혼자 강민정과 혜어지고 끝내 잊지 못한다.

강민정은 앞서 언급한 윤호정과 함께 가톨릭센터 문예 창작 교실에서 강의를 듣던 중 계엄군에게 끌려가 폭행을 당한다. 그 상처를 잊기 어려워 생모 김 보살이 주지로 있는 보성 오봉산 암자에서 수양하며 산다. 몇 년 후 약혼자 염평식이 찾아오나 그를 외면한다. 비록 다시 새로운 삶을 시작하지만, 가장 처절한 피해자의 모습이다.

득량댁은 서두에서 말한 김득수의 아내이자 암매장된 임규정의 누나다. 5·18사태는 이 평범하고 무고한 가족들의 생애에 지울 수 없는 비극을 남겼고, 그 여파가 현재진행형으로 계속되고 있는 실정을 보여준다. 6·25 동란 이후 최대의 비극적 역사라 지칭하는 이유다.

### 4. 대하 장편의 의의와 작가의 사명

작가는 1980년대의 민주열사, 그리고 촛불집회까지도 모두 이 5월의 정신이 그 바탕에 잠겨있다고 단언한다. 민주화와 인권을 지키기 위한 항쟁으로서의 5월 광주는, 한국을 넘어 아시아 전역의 수범(垂範)이 되고 있다는 것이 작가의 판단이다. 동시에 광주의 5월이 아직 끝나지 않은 연유는, 앞으로도 오래 유효할 후대의 지표이자 숙제라고 의식하고 있다. 이 지난(至難) 하면서도 당위적인 책무를 감당하기 위해, 그는 무려 9권 단행본 분량의 대하 장편소설을 썼다. 그리고 그것이 당시 현장에 있었던 목격자로서 작가의 사명이라고 수긍한 것이다. 그러할 때 이와 같은 작품을 생산할 수 있는 능력을 가진 작가라는 사실은, 한편으로는 회피할 수 없는 고통이면서 또 다른 한편으로는 작가로서의 다행이기도 할 터이다.

　이 글에서 최문경 작가가 장강 대하처럼 펼쳐 놓은 서사적 줄거리를 뒤따라가지 않고, 주요 등장인물들의 행적을 중심으로 소설의 의의를 살펴본 까닭은, 그 방식이 훨씬 더 효율적으로 이 소설 세계에 접근하는 길이라 인식했기에 그렇다. 당착한 비극적 정황으로 인하여 생생하기 이를 데 없고, 각기의 인물이 움직이는 행동반경과 그 상관성 및 연합에 의해 시대사적 의미를 산출하는 터이기에 그렇다. 좋은 작가는 자신이 만들어낸 인물을 내세워 자신의 말을 전한다. 이때의 인물은 현실에 실재하는 경우도 있고 전혀 허구적으로 제작된 경우도 있다. 이 소설의 세계에서는 담화의 특성상 실재 인물들에 근거를 두고 그 언어와 행위를 도출한 형식이 대부분이다.

  미상불 이 소설 이전에 5·18 광주민주화운동을 다룬 작품은, 단편·장편·대하소설을 막론하고 부지기수로 많다. 홍희담·최윤·임철우·한강 등의 작가를 별반 어려움 없이 떠올릴 수 있다. 여기에 최문경이 하나의 획을 더하고 한 걸음 더 나아간 문학적 성과를 제시하는 것은, 결코 가볍지 않은 문학사적 진전이다. 그가 밤을 도와 이 작업에 공여한 땀과 눈물, 희생과 헌신을 귀하게 받아들이는 표식은 소설을 성의있게 읽고 그 뜻을 함께 나누는 데 있다. 그와 같은 마음으로 독자 제현의 일독을 간곡히 권유하는 바이다. 더불어 자신의 문학적 생애와 작품 세계에 있어 하나의 정상(頂上)을 이룩한 작가에게, 따뜻한 위무(慰撫)와 감사를 전한다.

최문경 대하장편소설 불어오는 바람 1·장박골의 아침

초판 1쇄 발행 | 2024년 5월 30일

지은이 | 최문경
발행인 | 장문정
발행처 | 문예바다
　　　　등록번호 | 105-03-77241
　　　　주소 | 서울 종로구 삼일대로 30길 21(종로오피스텔) 611호
　　　　전화 | 02-744-2208
　　　　메일 | qmyes@naver.com

ⓒ 최문경, 2024. Printed in Seoul, Korea
ISBN 979-11-6115-229-5
ISBN 979-11-6115-228-8 (세트)

* 이 책의 저작권은 지은이와 출판사에 있습니다.
* 양측의 서면 동의 없는 무단복제를 금합니다.